dtv

Es ist ein lauer, milder Sommerabend in einer Londoner Vorstadt der Dreißigerjahre, an dem sich Marjories Leben für immer verändern wird. Als sie von einem Abendessen mit einer Freundin nach Hause kommt, findet sie ihre Schwester Dot tot auf dem Küchenboden vor. Der Gashahn ist aufgedreht, alles deutet auf Selbstmord hin. Doch Marjorie und ihre Mutter wollen nicht glauben, was sie sehen.
Foresters meisterhafter psychologischer Thriller um Lust und Liebe, Eifersucht und Rache führt tief in die Abgründe der menschlichen Seele. Das Manuskript aus dem Jahr 1935 war jahrzehntelang verschollen und wurde erst 2011 veröffentlicht.

C(ecil) S(cott) Forester wurde am 27. August 1899 in Kairo geboren. Er studierte Medizin am Londoner Guy's Hospital, brach das Studium ab und machte das Schreiben zum Beruf. Seinen ersten großen Erfolg hatte er 1926 mit ›Grausame Schuld‹ (dtv 26045), 1930 folgte ›Gnadenlose Gier‹ (dtv 26020). 1932 bekam er das Angebot, Drehbücher für Hollywood zu schreiben. Auf der Rückreise nach England entstand der erste der weltweit erfolgreichen Horatio-Hornblower-Romane. Forester starb am 2. April 1966 in Kalifornien.

Die Übersetzerin *Britta Mümmler* überträgt klassische und zeitgenössische Texte aus dem Englischen. Sie lebt und arbeitet in München.

C. S. FORESTER

TÖDLICHE OHNMACHT

KRIMINALROMAN

Deutsch von
Britta Mümmler

Deutscher Taschenbuch Verlag

Von C. S. Forester
sind im Deutschen Taschenbuch Verlag erschienen:
Grausame Schuld (26045)
Gnadenlose Gier (26020)

Titel der Originalausgabe:
›The Pursued‹ [1935]
London 2011

Ausführliche Informationen über
unsere Autoren und Bücher
finden Sie auf unserer Website
www.dtv.de

FSC
www.fsc.org
MIX
Papier aus verantwortungsvollen Quellen
FSC® C019821

Vollständige Ausgabe 2015
Deutscher Taschenbuch Verlag GmbH & Co. KG,
München

Umschlagkonzept: Balk & Brumshagen
Umschlagbild: Nick Morley
Gesetzt aus der Scala 9,3/13˙
Satz: Bernd Schumacher, Augsburg
Druck und Bindung: Druckerei C.H.Beck, Nördlingen
Gedruckt auf säurefreiem, chlorfrei gebleichtem Papier
Printed in Germany · ISBN 978-3-423-14388-2

1

Marjorie ahnte nichts von der drohenden Katastrophe, als sie vom Bahnhof kommend den Harrison Way entlangging. Es war ein friedlicher Sommerabend, und der sanfte Wind, der raschelnd durch die Blätter der kleinen Blutbuchen fuhr, die den Wegesrand säumten, kühlte die Luft angenehm, ohne dass es kalt wurde. Die Sterne am Himmel leuchteten hell und freundlich. Marjorie hatte keine dunklen Vorahnungen.

Sie war durchaus daran gewöhnt, auch einmal einen Abend ohne ihre Kinder zu verbringen, und machte sich keinerlei Sorgen um sie. Seit Anne sieben Jahre alt war, konnte man sich darauf verlassen, dass sie tief und fest schlief, sobald sie im Bett lag, und Derrick, der noch keine vier war, machte kaum alle sechs Wochen einmal Schwierigkeiten, und da die Kinder Dot beide liebten, waren sie sicher ohne Murren zu Bett gegangen. Für Dot, die nur untätig das Haus hüten konnte, war der Abend vermutlich langweilig gewesen, doch vielleicht war Ted schon aus dem Billardsalon zurück und hatte sie erlöst, sodass sie bereits zu Hause bei Mutter war – aber irgendwie schienen Dot die langweiligen Abende sogar zu gefallen, denn sie hatte schon oft gesagt, dass es ihr nichts ausmache, das Haus zu hüten, wenn die Kinder im Bett waren, und sie wollte auch nie, dass Mutter sie begleitete und ihr Gesellschaft leistete bei ihrer einsamen Aufgabe.

Majorie hatte den Ausflug heute Abend genossen. Sie war in der Stadt gewesen, um Millicent Dunne zu besuchen.

Gemeinsam hatten sie in einem italienischen Restaurant zu Abend gegessen – von einem Kellner bedient und mit einer kleinen Karaffe Chianti dazu –, und danach waren sie in Millicents kleines Ein-Zimmer-Apartment an der Victoria Station zurückgekehrt und hatten Stunde um Stunde geredet, so lange, bis Marjorie sich schließlich beeilen musste, um einen der letzten Züge nach Hause zu erwischen. Neidlos, aber doch mit einer gewissen Neugier verglich Marjorie ihr ruhiges Leben in der Vorstadt mit dem Millicents als ledige Frau mitten in London, ihre Pflichten als Mutter und Ehefrau mit Millicents interessanter Stelle als Sozialfürsorgerin in einer Fabrik. Millicent war mittlerweile eine erfahrene und gewandte Frau von Welt, doch – eines Tages würde sie eine alte Jungfer sein. Derrick und Anne entschädigten sie vollauf dafür, dass sie auf einen Beruf verzichtet hatte, fand Marjorie; und außerdem hatte sie sich ohnehin nie für intelligent genug gehalten. Millicent war schon in der Schule stets die Klügere gewesen.

Im Flur brannte Licht, wie Marjorie durch die Scheibe über der Haustür sehen konnte, als sie die Pforte erreichte, doch im Wohnzimmer war es dunkel. Vielleicht war Dot in der Küche und machte sich einen Becher Kakao; denn dass Ted so viel früher nach Hause gekommen war, dass er noch Zeit gehabt hatte, sie zu verabschieden und ins Bett zu gehen, war höchst unwahrscheinlich. Marjorie schloss die Tür auf und rief leise »Hu-hu«, so wie sie es immer tat. Keine Antwort. Und dann, sie hatte den Fuß kaum über die Türschwelle gesetzt, roch Marjorie Gas. Der Flur stank geradezu danach; und als sie am Fuß der Treppe innehielt, hörte sie ganz deutlich das Zischen ausströmenden Gases.

Marjorie ließ die Handtasche fallen und stürzte zur Küchentür. Die Küche lag im Dunkeln, und als sie die Tür öffnete, schlug ihr der stechende Geruch des Gases geradezu ins Gesicht. Marjorie tastete nach dem Lichtschalter. Sie war klar genug im Kopf, um sich eine Sekunde lang zu fragen, ob es gefährlich wäre, in einer solchen Situation das Licht anzuschalten, sich dann aber sogleich zu versichern, dass nur Streichhölzer oder Kerzen eine Explosion auslösen würden. Im hellen Licht der Küche sah sie die blau-weiße Tapete aufscheinen, und sie sah Dot, in ihrem hübschen Sommerrock auf dem Boden daliegen, den Kopf im offenen Gasherd.

Marjorie stieß einen kleinen Schrei aus, und im nächsten Augenblick revoltierten auch schon ihre Lungen gegen das in sie einströmende Gas. Sie zwang sich, die Übelkeit zu unterdrücken, und hielt den Atem an. Rasch lief sie zum Herd hinüber und drehte den Gashahn zu; den Atem immer noch angehalten, riss sie das Küchenfenster auf, und dann beugte sie sich zu Dot hinunter, um sie aufzuheben. Doch Marjorie konnte den Atem nicht länger anhalten. Ein jähes Schnappen nach Luft füllte ihre Lungen mit noch mehr Gas, und ihr wurde schwindelig. Sie konnte Dot so nicht aufheben. Es kostete sie all ihre Kraft, in den Flur zu wanken, wo der Gasgestank weniger stark war, sodass man atmen konnte. Keuchend riss sie die Haustür auf und trat hinaus auf die Stufen. Die kühle Nachtluft war labend wie Wasser, wenn man Durst hatte. Der sanfte Wind umstrich sie; wenn er durch die Haustür hineinfuhr, sagte sie sich, und durch das Küchenfenster wieder hinaus, würde das Gas bald aus der Küche entwichen sein. Sie holte noch einmal tief Luft und wollte schon in die Küche zurückgehen, als sie Schritte die stille Straße entlangkommen und jemanden leise vor sich hin singen hörte. Es war Ted. Sie erkannte ihn im Licht der Straßenlaterne, flott wie immer in dem taillierten Mantel und die Melone wie üblich leicht schräg auf dem Kopf.

»Ted!«, rief sie. »Oh, Ted!«

Überrascht vom Klang ihrer Stimme fuhr er zusammen und eilte den kleinen Weg entlang.

»Was ist los?«, fragte er.

»Dot … in der Küche …«

Er drängte sich an ihr vorbei, doch an der Türschwelle zur Küche blieb er abrupt stehen.

»Ist sie tot?«, fragte er.

»Ich weiß nicht. Ich hatte keine Zeit, nachzusehen …«

Mittlerweile hing nur noch ein schwacher Gasgeruch im Raum. Plötzlich schlug ein stärkerer Windstoß die Haustür zu und ließ das kleine Haus erzittern. Ted trat einen Schritt vor, machte aber gleich wieder kehrt.

»Keiner darf sie anfassen«, sagte er. »Los, hol Hilfe. Geh nach nebenan. Die haben ein Telefon.«

Bis zu diesem Augenblick hatte Marjorie klar und schnell denken können, doch die folgenden Ereignisse dieser Nacht wurden immer unwirklicher und albtraumhafter; und später erinnerte Marjorie sich nur noch an eine Reihe von Bildern, die zwar lebendig, aber irgendwie verschwommen waren. Das Bild von Mrs Taylor von nebenan, im Nachthemd und das Haar zu zwei Zöpfen geflochten, die verwundert den Kopf zur Haustür herausstreckte, nachdem Marjorie den Türklopfer zwei-, dreimal laut betätigt hatte. Mr Taylor trug einen braun gestreiften Flanellpyjama; und Marjorie konnte einen Riss unter seiner Achsel erkennen, als er die Nummer der Polizei wählte. Das Bild von Dots Gesicht, das seltsam rosarot war, als man sie mit herabhängendem Kopf vom Boden aufhob. Es lag nicht daran, dass ihre Wangen geschminkt waren, denn Marjorie wusste, dass Dot nur Puder benutzte. Man konnte gar nicht glauben, dass sie tot war; nur ihre Haut war so abstoßend kalt gewesen, dass man sie kaum berühren mochte. Unterdessen waren ein Sergeant und ein Constable eingetroffen.

»Sehen Tote immer so aus?«, flüsterte Marjorie – sie hatte bisher noch nie einen Toten gesehen.

»Meistens, jedenfalls, wenn sie Gas benutzt haben, Madam«, sagte der Sergeant. »So etwas habe ich schon oft gesehen.«

Der Constable stellte alle möglichen Fragen nach Briefen. Marjorie wusste von keinem, und schließlich ließ sie den Constable herumschnüffeln und selbst danach suchen.

Jetzt war ein Arzt in einem schwarzen Mantel da und stellte Ted einige kurze kalte Fragen, die dieser schroff, aber aufrichtig und präzise beantwortete. In diesem Augenblick bewunderte sie Ted dafür, dass er sich nicht erschüttern ließ und einen so kühlen Kopf bewahrte. Sie hätte diese Fragen nicht beantworten können – eine hatte der Arzt tatsächlich auch an sie gerichtet, doch sie hatte nicht einmal gehört, was er sagte, obwohl sie gesehen hatte, wie seine Lippen sich bewegten. Mutter war mittlerweile auch da, in ihrem schwarzen Mantel und dem Hut, adrett, forsch und gepflegt wie immer, und mit den flinken Bewegungen, die völlig natürlich waren für eine so kleine Person wie sie. Auch sie bewahrte einen kühlen Kopf und schien sich vom Selbstmord ihres Lieblingskindes nicht erschüttern zu lassen, oder zumindest glaubte Marjorie das, bis sie sah, dass Mutter Tränen über die Wangen liefen und noch mehr Tränen ihre grauen Augen füllten.

Und dann waren die Leute plötzlich alle weg, und sie war wieder allein mit Ted, nachdem eine Unmenge in schwarze Notizbücher geschrieben worden war. Die Kinder schliefen immer noch tief und fest, so wie sie über den ganzen Lärm und das Treiben im unteren Stockwerk hinweg geschlafen hatten – auf Vorschlag des Sergeants war sie vorhin schon einmal hinaufgegangen und hatte sich in beide Zimmer geschlichen, wo jedes Kind ruhig dagelegen hatte und dank der geschlossenen Türen und weit geöffneten Fenster kein Gasgeruch wahrzunehmen war. Marjorie lauschte noch einmal an beiden Türen, ganz automatisch, so wie sie es immer tat, ehe sie zu Bett ging, während Ted unten die Lampen ausmachte und die Hintertür abschloss.

Sie hatte das Kleid ausgezogen und löste eben vor dem Spiegel stehend ihr Haar, als Ted hereinkam. Und in diesem Augenblick erst begriff sie es wirklich und wahrhaftig, und es drang mit voller Wucht in ihr Bewusstsein, dass Dot tot war, dass sie sich umgebracht hatte und dass sie sie nie mehr wiedersehen würde, während sie beide hier einfach gleichgültig zu Bett gingen, so, als wäre gar nichts geschehen. Sie wandte sich vom Spiegel ab und sah ihren Mann an.

»Oh Ted!«, rief sie. »Ted, ist das nicht fürchterlich?«

Marjorie trat auf ihn zu, legte ihm die Hände auf die Schultern und drückte ihre Wange an seine Brust. Ihr ganzer Körper bebte von einem heftigen Schluchzen, und sie begann hemmungslos zu weinen, die ersten Tränen, die sie an diesem Abend überhaupt vergoss.

»Nimm's dir nicht so zu Herzen, altes Mädchen«, sagte Ted. Er tätschelte ihr zuerst die Schulter, und dann ließ er seine Hand weiter den Rücken hinunterwandern, bis zu ihrem Gesäß. In all den neun Jahren ihrer Ehe und auch zuvor schon hatte Ted sie immer dort getätschelt; es war eine Geste der Zuneigung, und sie hätte vermutlich etwas vermisst, wenn er es unterlassen hätte. Mittlerweile war es ihr gleichgültig, heute Abend jedoch, da Dot tot war und in der Leichenhalle der Polizei lag, überkam sie auf einmal der Wunsch, dass er es nicht tun möge. Doch auch wenn ihre Liebe für ihn schon lange erloschen war, auch wenn es Zeiten gegeben hatte, in denen sie ihn gehasst, gefürchtet oder gar verachtet hatte, und auch wenn er ihr inzwischen so gleichgültig war wie der Türklopfer oder ihre Nachthemdschublade, war er in diesem Augenblick doch der einzige Gefährte, an den sie sich in ihrem Leid wenden konnte. Und so klammerte sie sich an ihn und hielt sich, immer noch vor Schluchzen bebend, am Revers seiner Jacke fest.

»Keine Bange, Süße«, sagte Ted. »Süße« war eins der vulgären Kosewörter, die er benutzte, wenn er zärtliche Anwandlungen bekam. Er legte ihr die Hand unters Kinn, hob ihr Gesicht an und küsste sie mit wulstigen, halb geöffneten Lippen auf den Mund. Sein Atem roch nach Alkohol – daran war sie gewöhnt. Doch als sie seine Hände auf ihrem Körper spürte, begriff sie mit kaltem Grausen, dass Ted heute Abend »lästig« zu werden gedachte – das war ihr heimliches Wort dafür –, ausgerechnet heute Abend, an dem Abend, an dem Dot sich unten in der Küche in ihrem Kummer eben erst umgebracht hatte. Sie sah zu ihm auf. Das ganze hektische Treiben der letzten Stunde hatte ihn offenbar erregt, so wie hektisches Treiben es oft tat. Seine Augen leuchteten, und ein unwillkürliches Zucken fuhr ihm über die Stirn – ein untrügliches Zeichen, das sie mittlerweile schon seit fast zehn Jahren kannte.

»Küss mich, Süße«, sagte er, und sie schloss die Augen und küsste ihn. Das gab weniger Ärger, als sich zu verweigern – ein-, zweimal hatte sie sich ihm verweigert, sowohl mit als auch ohne vernünftige Ausrede, und jedes Mal hatte es zu einer unschönen Szene geführt und zu einem schlecht gelaunten Grobian von einem Ehemann, der sie am nächsten Tag so lange finster angestarrt hatte, bis sie sich ihm hingegeben hatte. Seine Hände erforschten ihren Körper, seine Zunge ihre Lippen. Er presste sich an sie, erhitzt und erregt; es war mehr als nur sexuelle Erregung. In einem hellsichtigen Augenblick erkannte sie, dass es die Ereignisse des Abends waren, die ihn derart stimuliert hatten, und dass er Linderung nur finden würde, wenn er sie besitzen konnte. So, wie manche Männer ihre sexuellen Bedürfnisse zu etwas Erhabenerem und Noblerem wandelten, so mündete bei Ted im Gegensatz dazu alles ihn Anregende in Sex. Er würde sich unter keinen Umständen abweisen lassen. Ein Gefühl des Kummers übermannte sie, aber zumindest war es ein Kummer, der ihr ein Handeln abverlangte, und nicht jener schwarze passive Kummer, den sie empfunden hatte, als sie sich vom Spiegel zu Ted umwandte.

»Beeil dich, altes Mädchen«, sagte Ted. Anstatt sie weiter zu betatschen und sie an sich zu pressen, stieß er sie nun leicht von sich, und sie drehte sich fügsam um und ging ins Badezimmer. Sie ekelte sich zum Glück nicht vor den Verhütungsmethoden, sondern wandte sie mit kaltem Pragmatismus an. Peinlich genau kümmerte sie sich darum, denn sie hatte bereits zwei Kinder und wollte nicht noch einmal schwanger werden. Ted wartete bereits nackt auf sie, als sie zurückkam. Sie hatte schon völlig vergessen, dass sie einst einen seltsamen Schauer gewagter Leidenschaft empfunden hatte, als sie entdeckte, was für eine stark behaarte Brust er hatte.

»Komm schon, Süße«, sagte er ungeduldig, als sie ins Schlafzimmer zurückkam.

Marjorie hatte schon die ganze Zeit gewusst, dass sie in dieser Nacht keinen Schlaf finden würde – mittlerweile lag sie vor lauter Unruhe und Unrast immer schlaflos da, wenn Ted »lästig« gewesen war, und heute Nacht war es noch viel, viel schlimmer. Es musste wohl schon zwei Uhr nachts gewesen sein, dachte sie, als Ted endlich verschwitzt und schwer und noch ein klein wenig lauter atmend als sonst neben ihr einschlief. Sie lag am Rande des Bettes auf dem Rücken da, das Kissen in den Nacken gedrückt und jetzt sogar zum Weinen zu müde, und war einem solchen Aufruhr der Gefühle ausgesetzt, dass sie nicht einmal mehr Kummer empfinden konnte. Sie war sich nur noch einer schwarzen, schlaflosen Depression bewusst, die einem sehr viel tieferen Unglück entsprang, als sie es je gekannt hatte.

2

Am hinteren Ende des Gartens der kleinen Doppelhaushälfte liefen die Gleise einer elektrischen Vorortbahn entlang, und während des Bahnbetriebs erzitterte das Haus alle zehn Minuten leicht von den vorbeifahrenden Zügen, die in beiden Richtungen jeweils im Zwanzig-Minuten-Takt verkehrten. Doch der letzte Zug des Tages fuhr nachts um Viertel nach eins, und so war das Haus anfangs, während Marjorie schlaflos dalag, umfangen von der gespannten Stille der nächtlichen Vorstadt. Es war mitten im Sommer, und das Zimmer wurde nie vollständig dunkel. Die beiden fahlen Quadrate der Fenster blieben immer zu erkennen, und später bemerkte Marjorie, wie sie langsam heller wurden. Und dann waren auch schon die Spatzen und Stare zu hören, die anfingen zu zwitschern, und bald darauf, wenn auch in einiger Entfernung, das Hufgetrappel eines Pferdes. Das war ein Milchfuhrwerk, das eben dabei war, seine Runde zu beginnen – seit immer mehr Milchfuhrwerke mit Automobilreifen ausgestattet wurden, konnte man nur noch das Pferd hören und nicht mehr das Fuhrwerk selbst. Und während das Pferd noch in Hörweite war, vernahm sie ein entferntes rhythmisches Rattern.

Das war ein elektrischer Zug, der die abschüssigen Gleise hinter dem Haus entlangkam – für das geübte Ohr klangen die Züge aufgrund der Steigung recht unterschiedlich, je nachdem, ob sie hinauf- oder hinunterfuhren. Wenn der Zug hinunterfuhr, war es entweder zehn, dreißig oder fünfzig Minuten nach der vollen Stunde; und wenn er hinauffuhr, war die Stunde voll oder aber um zwanzig oder vierzig Minuten überschritten. Dies war der erste Zug hinauf, und deshalb war es zwanzig Minuten vor sechs. Das Rattern schwoll zu einem milden Crescendo an, das Haus erzitterte leicht, als der Zug vorbeifuhr, und dann verlor sich das Geräusch mit zunehmender Entfernung immer mehr, bis es schließlich mit einem Quietschen von Bremsen ganz abbrach, wenn der Zug am weiter weg liegenden Bahnhof anhielt. Nur wenn alles recht still war, konnte man dieses letzte Geräusch im Harrison Way noch vernehmen; und an diesem Morgen war es so still, dass Marjorie sogar die Türen der Abteile schlagen hörte und auch das knirschende Geräusch des Zuges, als er wieder anfuhr.

Als alles wieder still war, bewegte sich Ted plötzlich neben ihr. Er grunzte und strampelte mit den Beinen, genau wie der kleine Derrick in seinem Kinderbett strampelte, wenn er noch nicht ganz eingeschlafen war, und dann grunzte er noch einmal und drehte sich auf die andere Seite, zu ihr herum. Das war etwas verwunderlich, denn gewöhnlich schlief Ted wie ein Holzklotz, besonders in einer Nacht, in der er lästig gewesen war. Verstohlen und übervorsichtig, um ihn nur ja nicht zu stören, zog sie den Saum ihres Nachthemds herunter, bis er ihr bis über die Füße reichte. Vielleicht hatte diese Bewegung ihn doch gestört, obwohl Marjorie das eigentlich nicht glaubte. Doch wie auch immer, Ted grunzte noch einmal, wachte mit einem Ruck auf und drehte sich auf den Rücken. Mit dem typischen Husten des Rauchers räusperte er sich, wie immer beim Aufwachen, während Marjorie so tat, als würde sie schlafen.

Noch ungewöhnlicher als sonst war, dass er leise vor sich hin murmelte, und dann hielt er plötzlich inne. Vorsichtig streckte er eine Hand aus und legte sie auf ihren Körper, doch Marjorie lag ganz still da und tat weiter, als würde sie schlafen; sie war so unglücklich und wollte vermeiden, dass er wieder lästig wurde, auch wenn sie es noch nie erlebt hatte, dass er zur Einstimmung darauf vor sich hin gemurmelt hatte. Zufrieden damit, dass sie schlief, zog Ted seine Hand wieder weg. Steif und reglos lag er im Bett – Marjorie hatte den Eindruck, dass er ungewöhnlich angespannt war –, und ein-, zweimal hörte Marjorie ihn erneut murmeln.

Das alles war sehr seltsam, dieses frühe Erwachen, diese Anspannung, dieses Gemurmel. Einen Augenblick lang wusste Marjorie überhaupt nicht, was sie davon halten sollte, doch dann wurde ihr langsam klar, dass er wohl ernstlich betrübt war über Dots Tod – sehr viel betrübter, als sie vermutet oder erwartet hätte. Und darin lag ein echter Trost für Marjorie; das Wissen, dass sie in diesem Haus nicht allein war in ihrem Kummer, linderte ihr Unglück beträchtlich. Ihr Herz erwärmte sich ein wenig für ihren Ehemann; und sie hätte vielleicht sogar die Hand ausgestreckt und ihn berührt, wenn sie nicht gefürchtet hätte, dass er diese Geste missverstehen könnte. Und so blieb sie einfach nur still liegen, nahm seine Schlaflosigkeit wahr und spürte seine Anspannung.

Allmählich setzten auch die anderen Geräusche des Morgens ein. Marjorie hörte das Fuhrwerk ihres eigenen Milchmanns die Straße heraufkommen und das harte Klirren, als er die Milchflasche auf die Stufe stellte. Weitere Züge fuhren vorbei, mit ihrem rhythmischen Rattern und begleitet vom leichten Zittern im Gemäuer des Hauses. Der Briefschlitz klapperte, als die Zeitung hindurchgesteckt wurde. Und dann hörte sie, wie Derrick zu singen begann – Derrick trällerte beim Aufwachen stets wie die erwachenden Stare vor sich hin, aber er war ein braver kleiner Junge und blieb in seinem

Kinderbett, bis man ihm sagte, dass er aufstehen dürfe. Anne schlief länger und viel fester.

Heute würde sie früh aufstehen müssen, dachte Marjorie, damit sie all den Schwierigkeiten gefasst entgegentreten konnte, die schon bald unweigerlich auf sie zukämen. Der Sergeant hatte etwas von einer gerichtlichen Leichenschau zur Feststellung der Todesursache gesagt. Sie wusste nichts darüber, wie Todesursachen festgestellt wurden, und schon der Gedanke bereitete ihr Sorgen. Auch den Kindern würde sie eine Menge zu erklären haben; und Mutter würde sicher so früh wie möglich kommen, und sie rechnete damit, dass auch alle anderen Leute schnurstracks herbeieilen würden, wenn die Neuigkeit sich erst einmal herumgesprochen hatte. Mrs Posket, zum Beispiel, würde auf jeden Fall kommen, sobald sie davon gehört hatte. Und Mrs Taylor würde natürlich auch noch einmal mit ihr darüber sprechen wollen. Je früher sie aufstand, desto besser.

Marjorie schlug die Decke zurück und schwang sich aus dem Bett. Erst als sie fest auf beiden Beinen stand, drehte sie sich zu ihrem Ehemann um, der dalag und die Zimmerdecke anstarrte – oder vielmehr durch die Zimmerdecke hindurch, direkt hinaus in den blauen Himmel über dem Haus, wie es Marjorie schien. Der Anblick seines Kummers rührte sie, so sehr, dass sie sich – was sehr selten geschah – zu ihm hinunterbeugte und ihm unaufgefordert einen Kuss gab. Der Kuss wurde nicht erwidert – Ted bemerkte ihre Nähe nicht einmal, bis sie ihn küsste, und sie schien ihn sogar erschreckt zu haben, denn er fuhr bei der Berührung zusammen. Und da dies auch das einzige Anzeichen blieb, mit dem er zu erkennen gab, dass er den Kuss überhaupt bemerkt hatte, wandte Marjorie sich, etwas verletzt, wieder ab und lief, ihre Kleider auflesend, im Nachthemd ins Badezimmer.

Das Anziehen ging ihr so automatisch von der Hand, dass sie Muße genug hatte, ihr Unglück in all seiner Intensität zu empfinden, wenn auch nicht ganz so intensiv, wie es möglich gewesen wäre, da sie sich auch ein wenig über Teds so unerwarteten Kummer wunderte und darüber ebenfalls nachdachte. Als sie dann angezogen war, ergriffen sogleich die Aufgaben einer Mutter von ihr Besitz, und es blieb ihr nicht einmal mehr zwischendurch Zeit, sich unglücklich zu fühlen. Das Frühstück musste zubereitet werden, und sie musste Derrick beim Anziehen helfen – Derrick bemühte sich zwar redlich, sich selbst anzuziehen, aber er stülpte sich immer wieder die Ferse der Socken über die Zehen, und an diesem Morgen versuchte er höchst erfinderisch, verkehrt herum in seine Hose hineinzusteigen. Marjorie musste Speck braten und den Tisch decken und irgendwelche Antworten auf Derricks unablässiges Geplapper geben und darauf achten, dass Anne sich auch hinter den Ohren wusch, und heißes Wasser für Ted bereithalten, damit er sich rasieren konnte. Es war stets eine fordernde, wenn nicht gar sehr anstrengende Dreiviertelstunde, bis Marjorie sie alle wohlbehalten und mit ihrem Essen vor sich schließlich am Tisch in der Küche sitzen hatte.

Es war ein gewisser Trost, dass keines der beiden Kinder Fragen über Tante Dot stellte – sie hatten über den ganzen Lärm der Nacht hinweggeschlafen und gingen davon aus, dass Dot, wie schon so oft, nach Hause gegangen war, nachdem sie beide im Bett gelegen und ihre zurückkehrenden Eltern die Tante abgelöst hatten. Und dennoch, selbst inmitten all der morgendlichen Hektik überfiel Marjorie auf einmal der grauenvolle Gedanke, dass sie den Kindern in genau dem Raum Frühstück machte, in dem Dot sich kaum zwölf Stunden zuvor umgebracht hatte, ein Frühstück, das noch dazu auf jenem Herd zubereitet wurde, mit dem Dot sich umgebracht hatte. Derricks Milch kochte ihr über bei diesem Gedanken, die Gasflamme unter dem Kochtopf erlosch, und Marjorie konnte den Gashahn gar nicht so schnell abdrehen, dass sie nicht noch einen Hauch von Gas einatmete. Ihr wurde übel und ganz flau, sodass sie plötzlich auf einen Stuhl sackte, als Ted mit seinen Schuhen in der Hand hereinkam.

Er war ebenfalls bleich. Sie beide mussten aussehen wie ein Geisterpaar, dachte Marjorie und war nur froh, dass es den Kindern nicht auffiel.

»Ich sollte besser erst mal ins Büro gehen, bis sie mich brauchen«, sagte Ted.

»Ja«, erwiderte Marjorie.

»Wer braucht dich, Daddy?«, fragte Anne – ihr ganzes Leben lang war ihr eingetrichtert worden, dass nichts auf der Welt so wichtig war wie die pünktliche Ankunft ihres Daddys im Büro. Ted ignorierte die Frage.

»Und was ist mit Anne, soll sie zur Schule gehen?«, fragte Ted.

»Oh, natürlich, unbedingt«, sagte Marjorie. Sie konnte die Vorstellung, dass Anne ihr den ganzen Vormittag über hinterhertraben würde, nicht ertragen.

»Was ist denn, Daddy?«, fragte Anne. »Warum soll ich nicht in die Schule gehen? Daddy! Mummy! Was ist passiert?«

»Sei still, Anne!«, schnauzte Marjorie sie an – und Marjorie neigte gewöhnlich dazu, gerade mit Anne besonders behutsam umzugehen, seit sie erkannt hatte, dass Derrick ihr Lieblingskind war. Beschämt und mit zittrigen Lippen saß Anne da. Weil ihre geliebte Mutter sie nur höchst selten einmal derart barsch anfuhr, brachte dieses Ereignis sie gleich an den Rand der Tränen. Sie wollte eben zu weinen anfangen, als ein hartes Tat-tat-tat an der Seitentür sie ablenkte. Grannie kam durch die Seitentür herein, und Anne konnte sich nicht entsinnen, dass Grannie schon jemals zur Frühstückszeit gekommen war. Marjorie stieß bei ihrem Anblick einen freudigen Schrei aus.

»Komm, trink eine Tasse Tee, Mutter«, sagte sie und stand automatisch auf, um ihr einen Platz herzurichten.

»Danke, Liebes«, erwiderte Mrs Clair. Sie war noch immer dieselbe gepflegte, stille und tüchtige kleine Frau, die sie stets gewesen war, und sie sprach auch noch immer mit derselben sanften Stimme. Marjorie empfand es als große Erleichterung, dass sie da war.

»Guten Morgen, Ted«, sagte Mrs Clair.

»Morgen, Mutter«, erwiderte Ted. Er sah sie nicht an.

»Ist noch nichts passiert?«, fragte Mrs Clair.

»Nein«, sagte Marjorie.

»Was soll denn passieren?«, fragte Anne.

»Halt deine Klappe«, knurrte Ted, und die beiden Frauen tauschten einen Blick, den Ted nicht sah, weil er den Blick zu Boden gerichtet hatte.

Ted schob seinen Stuhl zurück.

»Nun, ich geh dann jetzt«, sagte er. »Ruf mich im Büro an, wenn du mich brauchst.«

Er sah ihnen immer noch nicht in die Augen, als er ging.

»Für was brauchst du Daddy, Mummy?«, fragte Anne. Sie erinnerte sich noch gut an einen Vorfall vor zwei Jahren, als Daddy ihrer Mummy eine Standpauke gehalten hatte, weil sie es gewagt hatte, ihn im Büro anzurufen.

»Ich glaube nicht, dass Mummy ihn überhaupt brauchen wird«, warf Mrs Clair ein. »Und dein hübscher Rock gefällt mir jedes Mal, wenn ich ihn sehe, besser.«

Das reichte völlig aus, um Anne zufriedenzustellen. Sie setzte ihren Hut auf und ließ sich zur Schule schicken, ohne noch eine weitere Frage zu stellen.

Erst jetzt konnten die beiden Frauen sich mit einer frisch gebrühten Tasse Tee hinsetzen und, taub gegen Derricks Geplapper, über die Ereignisse des letzten Abends reden.

»Ted ist wirklich betrübt, Mutter«, sagte Marjorie.

»Das ist nicht zu übersehen. Wie geht es dir, Liebes? Konntest du letzte Nacht schlafen?«

»Nicht eine einzige Minute. Du, Mutter?«

»Nein, natürlich nicht. Mir sind zu viele Gedanken durch den Kopf gegangen. Warum hat sie das nur getan, Marjorie?«

»Ich weiß nicht, Mutter. Sie hat immer so fröhlich auf mich gewirkt. Ich dachte immer, sie wäre der sorgloseste Mensch auf der Welt.«

»In den letzten ein, zwei Monaten war sie stiller als sonst, finde ich«, sagte Mrs Clair.

Doch es war nicht möglich, ein ungestörtes Gespräch zu führen. Die Unterbrechungen setzten sofort ein. Mrs Taylor von nebenan klopfte an die Seitentür, gleich nachdem ihr Ehemann zur Arbeit gegangen war, und wollte etwas über die neuesten Entwicklungen erfahren. Und Mrs Posket, die vier Türen weiter wohnte und Marjorie eigentlich nur entfernt vom Grüßen kannte, aber die berüchtigtste Klatschbase des Harrison Way war, kam fünf Minuten später, genau wie von Marjorie erwartet. Sie war gestern am späten Abend auch aufgewacht, hatte dummerweise aber den Krankenwagen nur noch wegfahren sehen. Voller Neid hörte sie Mrs Taylors atemlosen Bericht an, wie Mrs Graingers Klopfen sie aus dem Bett geholt habe und wie sie in dies Haus gekommen sei, in ebendiese Küche hier, und tatsächlich die tote junge Frau mit dem Kopf im Gasherd habe daliegen sehen.

»Oh!«, rief Mrs Posket. Es zerriss ihr das Herz, wenn sie daran dachte, was sie verpasst hatte.

»Es war schauderhaft«, sagte Mrs Taylor. »Das werde ich mein Lebtag nicht vergessen.«

»Sie lag wohl ganz verrenkt da?«, fragte Mrs Posket.

»Nein«, sagte Mrs Taylor widerstrebend. »Einfach nur mit ihrem Gesicht auf dem Arm, so, als würde sie schlafen.«

»Ich hätte ja gedacht, wenn sie erstickt ist, müsste sie eigentlich auch ganz verrenkt sein«, erwiderte Mrs Posket misstrauisch. »Warum hat sie es denn getan?«

»Das weiß keiner«, sagte Mrs Taylor. »Danach habe ich Mrs Grainger gerade gefragt, als du kamst.«

»Vielleicht gibt uns die Leichenschau da ja Aufschluss«, sagte Mrs Posket und wechselte einen bedeutungsvollen Blick mit Mrs Taylor. Bis zu diesem Augenblick war es weder der Mutter noch der Schwester der Toten in den Sinn gekommen, dass sie möglicherweise schwanger gewesen sein könnte – es brauchte eine Mrs Posket, um diesen Verdacht aufzubringen. Mrs Clair sah, wie bleich Marjorie geworden war.

»Also, Marjorie«, begann sie forsch. »Leichenschau hin oder her, die Hausarbeit muss gemacht werden. Wenn du nach oben gehst und die Betten machst, werde ich das Geschirr hier abwaschen und an die Tür gehen.«

Doch selbst danach gab es noch gewisse Zwischenfälle, die Marjories persönliche Anwesenheit erforderten. Ein Polizist klopfte mit einem donnernden Rat-tat an die Tür und brachte einen Brief für Mrs Grainger, den er ihr selbst aushändigen musste – Mrs Clair durfte ihn nicht annehmen.

»Und hier habe ich auch noch einen für Ihren Ehemann, Mrs Grainger«, sagte der Constable.

»Er ist im Büro«, erwiderte Marjorie.

»In den Geschäftsräumen der Gas-Gesellschaft in der High Street?«, fragte der Constable nach einem Blick in seine Unterlagen.

»Ja.«

»Dann werde ich ihm den Brief dort übergeben. Also, mal sehen. Ihrer Mutter habe ich den für sie bestimmten schon gegeben. Das ist dann alles. Danke, Madam.«

Der Umschlag enthielt die Vorladung – untermauert mit Hinweisen auf die schwerwiegenden Konsequenzen, die eine Zuwiderhandlung nach sich ziehen würde –, sich zum Zwecke der Feststellung der Todesursache von Dorothy Evelyn Clair im Untersuchungsgericht einzufinden, die ebendort am 20. Juni um elf Uhr vormittags abgehalten werde – das war morgen. Marjorie erriet die Bedeutung dieser Aufforderung in ihrem benommenen Zustand eher intuitiv – die leicht altmodischen Formulierungen machten nur wenig Eindruck auf sie.

Sie war kaum die Treppe wieder hinaufgegangen, um mit der allwöchentlichen gründlichen Reinigung des Schlafzimmers fortzufahren, als die nächste Unterbrechung kam. Derrick war es gelungen, sich in den Finger zu schneiden, und er wollte es nicht einmal seiner geliebten Grannie erlauben, ihn zu verbinden; keiner außer seiner Mummy durfte das tun. Marjorie fand ein Stück Mullbinde und bandagierte die böse Schnittwunde.

»Wie hast du das nur gemacht, mein Junge?«, fragte Marjorie.

Jetzt ließ Derrick nur noch schweigend den Kopf hängen, sein Geheule war plötzlich verstummt – ein sicheres Zeichen dafür, dass er etwas getan hatte, was er nicht hätte tun sollen. Seine Großmutter antwortete für ihn.

»Genau so etwas passiert, wenn ungezogene kleine Jungen den Mülleimer aufmachen«, sagte sie tadelnd und fuhr dann erklärend fort: »In den letzten zwanzig Minuten hat er brav wie ein Goldstück im Garten gespielt. Er muss just in dem Moment zum Mülleimer hinübergegangen sein, als ich die Küche verlassen habe. Es waren die zerbrochenen Flaschen, an denen er sich geschnitten hat.«

»Die zerbrochenen Flaschen?«, wiederholte Marjorie. Als die einzige Person in ihrem Haushalt, die je etwas in den Mülleimer warf, sollte sie doch wissen, was darin war; und sie konnte sich beim besten Willen nicht erinnern, in den letzten Monaten irgendwann einmal Flaschen, zerbrochen oder unzerbrochen, hineingetan zu haben.

»Geh hin und sieh's dir an«, sagte Mrs Clair.

Im Mülleimer lagen die schwarzen Scherben von zwei Weinflaschen – sie konnte erkennen, dass es zwei gewesen waren, weil die Flaschenhälse und -böden noch deutlich zu erkennen waren. Marjorie konnte nur vermuten, was sie enthalten hatten: den hochprozentigen einfachen Likörwein, den es seit einiger Zeit in den Läden des Orts zu kaufen gab. Ted hatte vor einigen Wochen einmal eine Flasche mitgebracht. In England vergoren und zu hochprozentigerem Wein angereichert, sparte der Käufer pro Flasche ein paar Pence Zoll, und damit war dieser Rotwein, wie Ted betont hatte, jetzt der billigste Alkohol (wenn es das einzige Ziel des Trinkers war, schnell betrunken zu werden), den es gab. Ein Mann konnte sich damit um mindestens einen Shilling billiger betrinken als mit Whisky. Aber was zwei Flaschen davon – und dann auch noch zerbrochene – in ihrem Mülleimer taten, konnte sie nicht einmal erahnen. Ted konnte sie nicht hineingetan haben, denn er war gestern Abend vom Büro aus nicht nach Hause gekommen, sondern zum Billardspielen gegangen. Dies war eines jener Rätsel, die zu lösen ihr Kopf im Augenblick viel zu müde war.

Und dann kam, ein paar Minuten nach zwölf Uhr, Anne aus der Schule angerannt.

»Mummy! Mummy! Das stimmt doch nicht, das mit Tante Dot, oder?«

Sie hätte wissen müssen, dass die Neuigkeit über einen Selbstmord sich innerhalb von zwölf Stunden selbst unter den Kindern der Schule verbreiten würde, dachte Marjorie.

»Ich weiß nicht, was du gehört hast, Anne«, sagte sie, »aber ich fürchte, es stimmt.«

Anne verzog das Gesicht, bereit zu einem Tränenausbruch, während aus ihrem Mund gleichzeitig hervorsprudelte, was sie gehört hatte; doch Mrs Clair lenkte mit einer raschen Geste ihre Aufmerksamkeit darauf, dass auch Derrick da war, und bedeutete ihr mit einem Kopfschütteln und einem an die Lippen gelegten Zeigefinger, dass sie unbedingt schweigen müsse, um das Kind nicht zu betrüben. Anne freute sich, auf diese Weise ihre ungemeine Überlegenheit gegenüber dem jüngeren Derrick bestätigt zu bekommen, und schloss sich dem nunmehr aus drei Frauen bestehenden Schweigekomplott an.

Aber Derrick hatte die Worte, die er nicht hätte hören sollen, natürlich doch gehört.

»Tante Dottie!«, rief er. »Tante Dottie! Ich mag Tante Dottie. Sie soll bald wiederkommen.«

Das Schweigen, mit dem seine Bemerkungen aufgenommen wurden, bewies ihm nur, welch tiefen Eindruck sie gemacht hatten. Also begann er noch einmal.

»Tante Dottie! Tante Dottie!«

Mittlerweile war auch Ted nach Hause gekommen und setzte sich zum Mittagessen an den Tisch.

»Halt den Mund!«, fauchte er Derrick plötzlich an, und da begann Derrick natürlich wieder zu heulen, und Anne weinte aus lauter Mitgefühl mit, und so wurde das ganze Essen ein einziges wildes Durcheinander. Und mittendrin in all dem

Trubel sprang Ted auf einmal vom Tisch auf und eilte wieder hinaus – seine Mittagspause war nur eine Dreiviertelstunde lang, und in dieser Zeit musste er auch noch von der High Street nach Hause und wieder zurücklaufen – und überließ es den Frauen, die Kinder zu beruhigen. Als das geschafft war, wandte Mrs Clair sich an ihre Tochter.

»Du bist ja ganz erledigt«, sagte sie. »Du gehst jetzt erst einmal hinauf und legst dich hin. Ich werde Anne zur Schule schicken, und dann gehe ich mit Derrick eine Weile in den Park.«

Marjorie legte sich höchstens einmal im Monat nachmittags hin, doch heute spürte sie, kaum dass ihre Aufmerksamkeit auf ihre Müdigkeit gelenkt war, wie sehr sie sich nach einer Ruhepause sehnte. Dennoch zögerte sie einen Moment.

»Und was ist mit dir, Mutter?«, fragte sie. »Du bist doch genauso müde wie ich.«

»Oh nein, bin ich nicht«, entgegnete Mrs Clair entschieden. »In meinem Alter fühlt man sich nicht mehr müde. Nun geh schon.«

Marjorie schleppte sich die Treppe hinauf nach oben ins Schlafzimmer, wo die warme Nachmittagssonne ihre Strahlen allmählich schon durch die Fenster sandte. Sie war sogar zu müde, um sich noch das Kleid auszuziehen; sie sank aufs Bett, drehte sich auf die Seite und schlief fast augenblicklich ein. Doch in ihrem schweren Schlaf suchten stürmische Träume sie heim. Und manche dieser Träume waren geradezu verstörend, wenn auch albern – es waren Träume über schwarze Scherben von Weinflaschen, die in einem Mülleimer lagen.

3

Als Marjorie am Freitagmorgen mit Derrick an der Hand die High Street entlangging, um Einkäufe zu erledigen, fiel ihr das Reklameplakat des ›Weekly Advertiser‹ ins Auge.

»Städtische Schreibkraft begeht Verzweiflungstat«, las sie. »Vollständiger Bericht zur Todesursache«.

Die städtische Schreibkraft war Dot, das wusste sie, und die Verzweiflungstat war ihr Selbstmord. Marjorie gab kaum einmal die zwei Pence für die Lokalzeitung aus, aber heute tat sie es. Und sie trieb die Verschwendung noch weiter und ging ins Mountain's, das Café auf der High Street, wo die reichen Frauen verkehrten, und erkaufte sich mit einem Eisbecher zu vier Pence für eine Weile Derricks Schweigen und mit einer Tasse Kaffee zu vier Pence einen friedlichen Augenblick für sich selbst, um die Zeitung zu lesen.

Die Seite mit dem Bericht fand sie recht schnell – so ein richtig pikanter Selbstmord in der Vorstadt bekam natürlich unweigerlich einen prominenten Platz in der Lokalzeitung.

»Der Stellvertretende Untersuchungsrichter Mr Harley Brown hat nach Ermittlungen zum Tod von Dorothy Evelyn Clair am 18. Juni, Stenotypistin, 28 Jahre alt, wohnhaft Dewsbury Road 16, in einer Sitzung ohne Geschworene auf ›Selbstmord bei eingeschränkter Zurechnungsfähigkeit‹ als Todesursache erkannt. Dr. Aloysius Montgomery sagte aus, dass der Tod durch eine Kohlenmonoxidvergiftung infolge eingeatmeten Kohlengases eingetreten sei. Die Verstorbene habe kurz vor ihrem Tode noch eine Mahlzeit zu sich genommen und eine beträchtliche Menge Alkohol getrunken. Es sei nicht ungewöhnlich, dass Menschen, die einen Selbstmord planten, reichlich trinken, um sich Mut zu machen. Seltener sei es, dass sie auch noch etwas essen, aber er könne nicht sagen, dass dies ein auffälliges Verhalten sei. Solche Fälle habe er schon häufiger gesehen. Die Verstorbene sei im dritten Monat schwanger gewesen.

Sergeant Hale von der Londoner Polizei sagte aus, dass er auf einen Telefonanruf hin in den Harrison Way 77 gekommen sei und die junge Frau dort tot auf dem Boden liegend und mit dem Kopf im Gasherd vorgefunden habe. Briefe oder irgendeinen anderen Hinweis auf das Motiv für die Tat habe er nicht gefunden.

Marjorie Grainger, verheiratet und die Schwester der Verstorbenen, schilderte, dass ihre Schwester an diesem Abend in den Harrison Way 77 kam, um das Haus zu hüten, während ihr Ehemann und sie ausgingen. Bei ihrer Rückkehr kurz vor Mitternacht habe sie Gas gerochen und dann die Verstorbene in der Küche wie beschrieben aufgefunden. Die Küche sei mit Gas angefüllt gewesen, da der Gashahn offen gewesen sei, und nachdem sie ihn zugedreht und die Fenster geöffnet hatte, habe sie die Polizei herbeitelefoniert. Sie wisse nicht, aus welchem Grund ihre Schwester unglücklich gewesen sein sollte; diese sei stets heiter und fröhlich gewesen. Sie könne sich an ein oder zwei kleine Flirts ihrer Schwester erinnern, aber an keine ernsthafte Affäre, und gewiss nicht in den letzten zwei Jahren. Edward Grainger, ihr Ehemann, bestätigte ihre Aussagen.

Martha Clair, verwitwet und die Mutter der Verstorbenen, sagte, dass ihre Tochter ihr ganzes Leben lang zusammen mit ihr in der Dewsbury Road 16 gelebt habe. Ihre Tochter sei stets ein heiteres und fröhliches Mädchen gewesen, auch wenn sie meine, in den letzten Wochen eine Veränderung an ihr wahrgenommen zu haben. Die Verstorbene habe nur sehr wenige Männer gekannt, und falls es eine ernsthafte Affäre gegeben haben sollte, hätte sie gewiss davon gewusst.

Mabel Somerset, Leiterin der Fürsorgestelle, sagte, dass die Verstorbene in den vergangenen vier Jahren als Stenotypistin für sie gearbeitet habe. Sie habe sie stets als tüchtig, fröhlich und lebhaft erlebt. In ihrem Arbeitsalltag sei sie mit sehr wenigen Männern in Kontakt gekommen. Sie wisse nicht, aus welchem Grund die junge Frau sich das Leben genommen haben sollte. Ihre Verhältnisse seien geordnet gewesen.

Mr Harley Brown, der im Anschluss daran auf die oben genannte Todesursache erkannte, schloss mit den Worten, dass kein Zweifel daran bestehe, dass diese unglückliche junge Frau von einem skrupellosen Mann verraten worden sei, der nicht den Mut aufbringe, vorzutreten und sein Verhalten zu bekennen. Er hätte gern herausgefunden, wer dieser sei, auch wenn die öffentliche Schande gar nicht Strafe genug sein könne für so jemanden.«

Marjorie ließ die Zeitung auf den Schoß sinken, als sie den Bericht gelesen hatte. Die kurzen, kargen Sätze, die der Reporter durch die bemühte Wiedergabe im *Irrealis* noch weiter entstellt hatte, vermittelten keinen klaren Eindruck von den Vorgängen im Gericht. Und erst recht vermittelten sie keinen richtigen Eindruck davon, wie sie ihre Aussage gemacht hatte – in dumme Tränen aufgelöst und nur auf die freundlichen Fragen des kahlköpfigen Untersuchungsrichters antwortend, der ihr ihre Aussage geradezu entlocken musste; genauso wenig, wie sie ein echtes Bild der rechtschaffenen Empörung des Untersuchungsrichters zeichneten, der ganz rot anlief im Gesicht, als er von dem an Dot begangenen Verrat sprach – genauso wenig, wie das kalte, schlimme Wort »Verstorbene« ein Bild der hübschen, unbekümmerten und fröhlichen Dot heraufbeschwor.

Doch es gab zwei kleine Passagen in diesem Bericht, die hervorstachen, als wären sie mit feurigen Lettern geschrieben. »Die Verstorbene sei im dritten Monat schwanger gewesen.« Davon hatte Marjorie nichts gewusst – sie hatte es nicht einmal gewusst, als sie ihre Aussage machte, weil sie nicht in den Gerichtssaal hineindurfte, als der Arzt befragt wurde. Sie hatte angenommen, die freundlichen Fragen des Untersuchungsrichters hätten darauf abgezielt herauszufinden, ob Dot in eine unglückliche Liebesaffäre verstrickt gewesen war. Marjorie hatte nicht einmal eine Vermutung, wer dafür verantwortlich sein könnte, wer es war, dem Dot ihre Liebenswürdigkeit und Jungfräulichkeit so freigebig geschenkt hatte. Sie kannte keinen einzigen Mann, der es wert gewesen wäre. Und wenn Dot tatsächlich jemanden innig genug geliebt hatte, um so etwas zu tun, so hätte sie ihr doch gewiss davon erzählt. Es hatte nie irgendwelche Geheimnisse zwischen Dot und ihr gegeben.

»Die Verstorbene habe eine beträchtliche Menge Alkohol getrunken.« Auch das entsprach Dot so gar nicht. Wein auf Hochzeiten und ein Glas Portwein am ersten Weihnachtstag, mehr hatte sie Dot nie trinken sehen. Es fiel Marjorie sehr schwer, sich vorzustellen, wie Dot sich hinsetzte und sich absichtlich betrank, selbst wenn sie so verzweifelt war, dass sie sich umbringen wollte. Plötzlich tanzte Marjorie ein Bild vor Augen – ein Bild von schwarzen Scherben zerbrochener Weinflaschen, die im Mülleimer lagen. Aber sie konnte sich nicht vorstellen, wie Dot Weinflaschen zerschlug. Es war alles so verwirrend, ihr wurde ganz schwindelig davon.

»Mummy!«, rief Derrick. »Mummy! Guck *mich* doch mal an!«

Das beharrliche Schrillen seiner Stimme hatte schließlich ihre Geistesabwesenheit durchdrungen. Derrick, der sein Eis schon längst aufgegessen hatte, war auf der Suche nach Beschäftigung darauf verfallen, seinen Löffel auf dem Kopf zu balancieren. Und mit einem Mal fiel Marjorie auch die Belustigung der beiden gut gekleideten Frauen am Nebentisch auf und das feindselig-höfliche Lächeln der Cafébetreiberin. Sie schnappte sich den Löffel, beendete Derricks Proteste, indem sie ihn einmal schüttelte, lächelte die Betreiberin entschuldigend an und verließ den Raum, um die Rechnung bezahlen zu gehen.

Die Straße war heiß und voll blendendem Sonnenschein, und wie sie auf Tomlin's Uhr sah, war es natürlich schon viel zu spät. Sie nahm Derrick bei der Hand und machte sich eilig auf den Weg nach Hause, die High Street entlang, vorbei an den Geschäftsräumen der Gas-Gesellschaft – wo sie mit einem geduldigen »Ja, mein Schatz« auf Derricks schrillen Ausruf, dass hier sein Daddy arbeite, reagierte –, und dann noch die steile Simon Street hinauf, bis sie die letzte Abzweigung erreichte, die in den Harrison Way führte. Allein der Name dieser Straße verriet schon, dass sie nach dem Weltkrieg entstanden war, von einem Spekulanten mit Häusern bebaut, die man nur kaufen, aber nicht mieten konnte – eine lange Straße, gesäumt von paarweise freistehenden Reihenhäusern, außen mit Stukkatur verziert und mit Ziegeldächern gedeckt, die je zwei kleine Wohnräume und eine Küche unten und zwei kleine Räume sowie einen noch kleineren und ein Badezimmer oben hatten. Doch jetzt, im leuchtenden Sonnenschein, war es sogar eine recht hübsche Straße, mit all den Blutbuchen am Wegesrand und den roten Ziegeln.

Marjorie fragte sich, ob sie es ertragen könnte, noch länger hier zu wohnen und in der Küche zu arbeiten, in der Dot gestorben war. Und mittlerweile wusste jeder in der Straße, dass ihre Schwester sich umgebracht hatte, weil sie ein Kind erwartet hatte und unverheiratet war. Es war entsetzlich für sie selbst und würde scheußlich sein für die Kinder – aber da Teds Büro nun einmal in der High Street lag, wäre es dumm, weiter wegzuziehen, selbst wenn sie es sich leisten könnten. Teds kleines Gehalt war für ihre Familie sehr viel mehr wert als das manch anderer Männer, weil Ted keine Fahrtkosten hatte und jeden Tag zum Mittagessen nach Hause kommen konnte.

Und dann war da ja auch noch Mutter. Darüber hatten sie sich gestern Abend unterhalten. Mutter war die Witwe eines Offiziers, wie Marjorie sich immer wieder stolz ins Gedächtnis rief. Der Vater, an den sie sich kaum erinnerte, war Bankangestellter gewesen und Offizier auf Zeit, der im Weltkrieg gefallen war. Das kleine Haus in der Dewsbury Road hatte ihm gehört, und damit und mit der Pension sowie dem Geld von der Versicherung und der großzügigen Abfindung von der Bank war Mrs Clair in der Lage gewesen, ihre beiden Töchter durchaus anständig aufzuziehen – und seit Marjorie verheiratet war und Dot eigenes Geld verdient hatte, ging es ihr sogar richtig gut. Doch jetzt war Mutter allein. Marjorie hatte, Teds unweigerlichem Wutausbruch trotzend, gestern Abend gefragt, ob Mutter nicht zu ihnen ziehen könnte, aber er hatte mit der sehr vernünftigen Bemerkung abgelehnt, dass es nie gut sei, wenn eine Schwiegermutter mit ihrem Schwiegersohn unter einem Dach wohne (im Grunde ihres Herzens wusste Marjorie natürlich, dass Ted und ihre Mutter sich nicht ausstehen konnten).

Marjorie bog in die Nummer 77 ein, schloss die Tür auf und überredete Derrick, in den Garten hinauszugehen, alles ganz automatisch, sodass ihr Gedankenfluss kaum einen Augenblick lang abbrach. Aber dennoch, Marjorie gefiel die Vorstellung nicht, dass Mutter allein war. Ted hatte den wirklich vernünftigen Vorschlag gemacht, dass Mutter doch vielleicht einen jungen Mann als Untermieter aufnehmen könnte, mehr um der Gesellschaft willen, die sie dann hätte, als des Geldes wegen, das er zahlen würde.

»Ja«, hatte Mutter gesagt, »das ist eine gute Idee. Aber es ist heutzutage schwierig, junge Männer als Untermieter zu finden.«

»Der junge George Ely würde einziehen, wenn ich es ihm sage. Du hast doch selbst einmal erwähnt, dass du ihn magst, und er würde sofort einziehen. Jede Wette.«

Ted hatte den Gesichtsausdruck des harten Geschäftsmanns aufgesetzt, als er das sagte. George Ely war Teds Assistent in der Gas-Gesellschaft.

»Aber es würde mir nicht gefallen, wenn Mr Ely sich gegen seinen Willen dazu verpflichtet fühlte«, sagte Mutter.

»Erst letzte Woche hat er noch gesagt, wie miserabel seine Bude ist«, erwiderte Ted. »Ich werde es ihm gegenüber erwähnen.«

Marjorie hoffte, dass George Ely einziehen würde. Sie mochte ihn. Er war schlank und blond und ruhig und von ausgeglichenem Naturell; in jeder Hinsicht das genaue Gegenteil von Ted. Er würde sich bestimmt darum bemühen, gut mit Mutter auszukommen.

Es war schöner, an solche Dinge zu denken als an Dots Tod, aber auch Letzterer kam ihr immer wieder in den Sinn, während sie in der Küche hantierte und das Mittagessen fertig machte. Marjorie erinnerte sich plötzlich daran, dass Ted vor einigen Wochen eine gedruckte Broschüre mit nach Haus gebracht hatte, herausgegeben von der Vereinigung der

Gas-Produzenten, die das Problem des Selbstmords durch Gasvergiftung aufgriff. Sie selbst hatte sie nicht gelesen, Marjorie wusste aber, dass Dot es getan hatte. Vielleicht war die arme Dot dadurch auf diese Idee gekommen. Ted hatte die Broschüre sehr sorgfältig gelesen, aber das gehörte natürlich zu seinen Aufgaben, denn er musste jeden Tag in der Gas-Gesellschaft Leute davon überzeugen, so viel Gas wie möglich zu verbrauchen, und in der Lage sein, zu jeder Einzelheit rund ums Gas Auskunft zu geben.

Aber was – das alte Bild tanzte, ganz unvermittelt, vor ihrem geistigen Auge herum, als sie die Tischdecke ausbreitete – was um alles in der Welt taten diese zerbrochenen Weinflaschen im Mülleimer?

»Mummy!«, rief Derrick und klopfte an die Küchentür. »Mummy!«

Es war wohl einfach zu viel verlangt, selbst an einem so schönen Vormittag wie diesem, dass Derrick einmal länger als eine halbe Stunde im Garten blieb, ohne ihre Aufmerksamkeit einzufordern. Und Ted und Anne würden auch bald da sein und ihr Mittagessen verlangen. Und Teds Laune war in letzter Zeit äußerst wechselhaft gewesen, eigentlich schon seit Dots Tod.

»Was bist du doch für ein kluger Junge«, lobte Marjorie ihn, als es Derrick gelang, seine Gartenschuhe ganz allein aufzuknöpfen.

Es war ein wenig erstaunlich, dass Ted derart betrübt war. Vielleicht lag es daran, dass es ihm im Büro schaden könnte, dass seine Schwägerin in seinem Haus Selbstmord begangen hatte, und dann auch noch aus so einem Grund.

»Hallo, Mummy«, sagte Anne, als sie zur Küchentür hereinkam. Sie war ein ernsthaftes, ruhiges kleines Fräulein, auch wenn sie so leichtfüßig daherkam wie eine Elfe.

»Hallo, Liebes«, erwiderte Marjorie. »Das Mittagessen ist fast fertig. Geh dir die Hände waschen.«

Anne war sehr lieb und vernünftig gewesen in der ganzen Angelegenheit und hatte keine Fragen gestellt, nicht einmal am Tag des Begräbnisses.

Wer war nur der Geliebte, den Dot gehabt haben musste und von dem sie nicht einmal ihrer Schwester erzählt hatte?

4

Marjorie war mit Derrick in die Dewsbury Road gegangen, um bei Grannie Tee zu trinken, und Anne sollte sich zu ihnen gesellen, sobald die Schule aus war. Derrick saß glücklich spielend auf dem Fußboden des Esszimmers, vor sich Grannies Solitärbrett und einen Beutel Glasmurmeln, sodass Marjorie in die Küche gehen und ihrer Mutter beim Herrichten des Teetabletts zur Hand gehen konnte.

Marjorie bewunderte ihre Mutter in diesen Tagen nur umso mehr. Sie hatte weder geklagt noch geweint über Dots Tod, so wie Marjorie es getan hatte, obwohl Marjorie sehr gut wusste, dass es ihr ebenso nahegegangen war. Mutter war ruhig, still und ernst geblieben. Was für eine tüchtige Frau sie doch war, dachte Marjorie bewundernd und sich ihrer eigenen Unzulänglichkeiten bewusst. Sie war so schmal und zerbrechlich, und trotzdem, Marjorie wusste, dass sie sehr stark war, niemals krank, ja nicht einmal gelegentlich unpässlich. Ihr Haar war zwar schon grau, doch ihr Teint schimmerte immer noch rosig und hell wie der eines jungen Mädchens, und in ihrem Ausdruck lag friedliche Gelassenheit – ganz im Gegensatz zu Marjorie, denn Marjorie wusste, dass sie eine tiefe Falte zwischen den Augenbrauen hatte, die sie bekümmerte, auch wenn sie eigentlich nur auf Gereiztheit deutete und nicht auf die schlechte Laune, die sie selbst fürchtete.

Mrs Clair richtete das Teetablett mit der friedlichen und gelassenen Miene einer Nonne her.

»Ich habe heute Mr Lang getroffen«, sagte sie. Sie widmete all ihre Aufmerksamkeit ihrer Arbeit und sah nicht auf, als sie sprach.

»Ja?«, erwiderte Marjorie. Mr Lang war einer von Teds Trinkkumpanen, und Marjorie mochte ihn nicht besonders.

»Er sprach sehr nett über Dot«, erzählte Mrs Clair und öffnete mit großer Sorgfalt eine Milchflasche. »Das fand ich sehr freundlich von ihm.«

»Ja?«, sagte Marjorie wieder. Sie wusste, dass es da noch etwas anderes zu erzählen gab, etwas Wichtiges.

»Ich versuche mich gerade zu erinnern, was er sonst noch gesagt hat«, fuhr Mrs Clair ganz ruhig fort. »Ich will es dir genau so erzählen, wie er es gesagt hat.«

»Ich höre, Mutter«, sagte Marjorie.

»Er sagte, dass Ted ganz lebhaft und aufgekratzt gewesen sei an jenem Mittwochabend, als... als es geschah. Und er sagte, dass Ted sehr spät zu seinem Billardspiel gekommen sei, ganz außer Puste und atemlos, weil er den Weg vom Büro gerannt war, und obwohl Mr Lang (denn es war Mr Lang, gegen den er spielen musste) warten und ihm so Gelegenheit geben wollte, sich erst zu beruhigen, bestand er darauf, sofort zu spielen, und er schlug Mr Lang. Mr Lang sagt, er habe Ted noch nie ein so gutes Spiel spielen sehen.«

»Das verstehe ich leider nicht ganz«, erwiderte Marjorie.

»Ich habe mich noch weiter mit Mr Lang unterhalten«, sagte Mrs Clair, »und ich habe aus ihm herausgebracht, wie spät es war, als Ted kam. Mr Lang hat gar nicht bemerkt, was ich tat. Er sagte, es sei schon nach neun Uhr gewesen.«

Mrs Clair hob den Blick vom Teetablett und sah Marjorie in die Augen. Doch ihre Miene war immer noch mild und ausdruckslos.

»Mutter!«, rief Marjorie.

Ted verließ das Büro gewöhnlich um sechs Uhr, und während des Sommers, wenn die Dinge ohnehin alle langsamer liefen, war er abends noch nie länger geblieben.

»Mr Lang sagte, dass Ted sogar selbst noch Witze darüber gerissen habe. Ted sagte, es sei doch wirklich zu komisch, dass er, der sowieso nur im Sommer an den Billardturnieren teilnehmen könne, weil er dann früh genug freihabe, die einzige Anfrage, die ihn seit Monaten länger aufgehalten habe, ausgerechnet am Abend des Halbfinales bekommen musste.«

Marjorie hatte nichts davon gehört, dass Ted an jenem Abend länger im Büro festgehalten worden sei. Noch am Morgen hatten sie miteinander besprochen, dass er vom Büro aus direkt in den Billardsalon gehen und seine Abendbrot-Sandwiches dort essen würde. Und falls er in Wirklichkeit gar nicht von einer Anfrage aufgehalten worden war, blieb ein Zeitraum von drei Stunden, in denen sein Verbleib ungewiss war.

»Sicher«, sagte Mrs Clair, ziemlich gelassen, »es mag überhaupt nichts bedeuten. Vielleicht war er letztlich sogar im Büro. Aber in dem Fall ist es seltsam, dass er uns, oder dem Untersuchungsrichter, nichts davon erzählt hat. Und er könnte auch mit einer anderen Frau zusammen gewesen sein.«

»Ja«, erwiderte Marjorie. »J-ja.«

Da stieg mit einem Mal aus Marjories Gedankenflut eine Erkenntnis empor. Es gab nur einen einzigen Mann auf der ganzen Welt, von dem Dot ihr nichts hätte erzählen können, wenn er ihr Liebhaber gewesen wäre. Und nun, da sie darauf aufmerksam geworden war, konnte sie sich sogar an ein oder zwei vereinzelte, vage Zwischenfälle in der Vergangenheit erinnern. Einmal war sie plötzlich ins Wohnzimmer getreten, in dem Dot und Ted sich unterhielten, und das Gespräch war abrupt abgebrochen. Und sie konnte sich erinnern, zweimal bemerkt zu haben, wie die beiden sich zulächelten. Nichts davon hatte sie zu jener Zeit irgendwie ernst genommen. Doch nicht Dot und Ted! Sie konnte die beiden einfach nicht verdächtigen. Und dennoch, keine wusste so gut wie sie, was für eine geschickt schmeichelnde Art Ted im Umgang mit Frauen hatte, wenn er wollte. Oh, es war möglich – wenn auch nur möglich.

»Das Wasser im Teekessel kocht«, sagte Mrs Clair. »Und Anne wird jetzt auch jeden Moment kommen. Wir können den Tee aufgießen und dann mal sehen, was der kleine Rebell in der Zwischenzeit im Wohnzimmer so getrieben hat.«

Aber Derrick hatte sich in den wenigen Minuten, die er allein gelassen worden war, recht brav benommen. Er war immer ganz aufgeregt und begeistert über die Besuche bei seiner Großmutter, und das Solitärbrett und die Murmeln, mit denen er bei diesen Besuchen spielen durfte, waren sein Lieblingsspielzeug. Er war gesprächig, als Marjorie ihn hochhob und in seinen Stuhl setzte, und er redete so, wie kleine Kinder es tun, ohne Zusammenhang zu irgendetwas, worüber er zuvor gesprochen hatte.

»Tante Dottie war lustig gestern«, sagte er. »Ganz doll lustig.«

Marjorie verlor beinahe die Nerven.

»Du hast Tante Dot gestern nicht gesehen«, wies sie ihn sehr scharf zurecht. Sie hätte es sogar herausgeschrien, schrill herausgeschrien, wenn sie sich im Umgang mit den Kindern nicht eine gewisse Selbstkontrolle auferlegt hätte.

»Gestern vor vielen Tagen schon«, sagte Derrick vorwurfsvoll. Gestern war für Derrick immer noch dasselbe wie vor einer Woche oder vor einem Monat. Und Derrick wusste nicht, dass Tante Dot tot war. Er sah zu den beiden Frauen auf und war überrascht und begeistert, welchen Eindruck seine Worte machten.

»Sie war lustig gestern vor vielen Tagen«, fuhr er fort. »Ich hab gehört, dass sie singt, unten, da war ich schon im Bett, und sie hatte Gute Nacht gesagt, und da bin ich runtergerannt. Tante Dottie war lustig, und Daddy war lustig. Krieg ich noch ein Butterbrot?«

»Mit Marmelade?«, fragte Mrs Clair.

»Ja, bitte«, sagte Derrick.

Mrs Clair neigte den Kopf und strich die Marmelade aufs Brot, und mit gesenktem Kopf und ihrer immer noch ruhigen Stimme, die das Zutrauen eines jeden Kindes gewann, stellte sie die Frage, die Derrick weiterplappern lassen würde. Sie zeigte nicht den geringsten Anflug jener Aufregung, die ihn nur verwirrt hätte.

»Was hat Tante Dot denn Lustiges getan gestern vor vielen Tagen?«, fragte sie.

»Ganz viel gesungen«, erzählte Derrick, »und rumgetanzt. Daddy und sie hatten roten Saft im Glas. Einen so schönen roten Saft, ich wollte auch welchen haben. Da hat Tante Dottie gesagt, ich krieg gleich 'nen Klaps auf'n Popo, und dann ist sie hinter mir her gerannt, und dann ist sie auf der Treppe hingefallen. Aber sie hat sich nicht wehgetan, Grannie, sie hat gelacht. Sie hat ganz doll gelacht. Und dann ist Daddy gekommen und hat mich ins Bett gebracht.«

»Das war *wirklich* lustig«, sagte Grannie.

Es war erstaunlich, wie ruhig und natürlich sie blieb, während Marjorie benommen vor Übelkeit dasaß und spürte, wie sie glühend rot anlief und düstere Nebel sich um sie herum in dem sonnendurchfluteten Zimmer auszubreiten schienen. Und durch diese düsteren Nebel hindurch nahm Marjorie vor allem den festen unverwandten Blick ihrer Mutter wahr – einen sphinxhaften Blick voller Bedeutung, den sie nicht enträtseln konnte.

»Da ist Anne!«, rief Mrs Clair, als sie durchs Fenster auf die Straße hinaussah; und Annes Eintreffen setzte Derricks Worten ein natürliches Ende. Marjorie schüttelte ihre Ohnmacht ab und begrüßte ihre Tochter. Nun profitierte sie von den sieben Jahren der Selbstkontrolle. Nach Annes Geburt hatte sie beschlossen, ihr Verhalten den Kindern gegenüber niemals von ihrer eigenen jeweiligen Laune abhängig zu machen, niemals, zum Beispiel, mit den Kindern zu schimpfen, nur weil sie aufgrund irgendeines äußeren Einflusses verärgert war. Inzwischen war ihr das so sehr zur zweiten Natur geworden, dass auch die umgekehrte Reaktion möglich war – der Umgang mit den Kindern beruhigte sie, wo sie sich früher erst hätte beruhigen müssen, bevor sie mit den Kindern umging.

Doch später, als Anne schon am Tisch saß und sich auch ein Brot mit Marmelade machte, während sie fröhlich mit ihrer Großmutter und Derrick plauderte, fand Marjorie Muße, noch einmal nachzudenken. Furchtbare, schreckliche Bilder zogen an ihrem geistigen Auge vorüber, Bilder, ganz in Rot getaucht wie in Blut. Sie konnte alles so klar vor sich sehen. Dot, die betrunken durchs Zimmer taumelte, und Ted neben sich, dem immer wieder ein neuer Grund einfiel, ihr noch ein Glas einzuschenken – Ted war schon immer gut darin gewesen, Ausreden und Gründe zu erfinden. An diesem Abend hatte er sich zu diesem Rendezvous wahrscheinlich aus dem fadenscheinigen Grund mit ihr verabredet, dass sie darüber reden müssten, was sie tun sollten, jetzt, da Dot sicher war, dass sie ein Kind erwartete. Und einen Augenblick lang stand Marjorie auch ein früheres Treffen klar vor Augen, mit einer

Dot, die fragte: »Aber was sollen wir denn jetzt nur *tun?*«, und einem Ted, der in seiner überzeugenden Art erwiderte: »Mach dir keine Sorgen, altes Mädchen. Darum kümmere ich mich schon. Hör mal, Madge geht aus am nächsten Dienstag. Ich werde sagen, dass ich auch ausgehe, und dann kommst du, um die Kinder zu hüten. Dann können wir alles bereden und entscheiden.«

Und dann war Ted ins Haus gekommen und brachte Wein mit. Es war ein warmer stickiger Abend, und Ted umschmeichelte und beschwatzte sie, erst zu einem Glas und dann zu noch einem – so etwas fiel Ted sehr leicht mit seiner aalglatten Wortgewandtheit. Ted wusste alles über diesen Wein, denn er hatte Marjorie schon drei Monate zuvor davon erzählt – genau so, wie er alles darüber wusste, wie viele Menschen sich mit Gas umbrachten und ob sie etwas getrunken hatten oder nicht, bevor sie es taten. Es gab eine kurze Unterbrechung, als Derrick barfuß und im Pyjama die Treppe herunterkam, und dann … Noch ein Glas, noch zwei Gläser, vielleicht mit einer Dot, die abwehrte: »Nein, wirklich nicht, ich kriege einen richtigen Schwips, wenn ich noch mehr trinke«, und einem Ted, der abwiegelte: »Sei nicht albern, altes Mädchen. Das schadet dir nicht. Wir müssen die Flasche schon noch leer machen«, und dann entschlossen die Gläser wieder füllte. Und irgendwann war Dot völlig hinüber und benommen. Vielleicht sogar bewusstlos, denn Ted hatte ja starke Arme, mit denen er sie in die Küche hinüberführen oder auch -tragen konnte. Jetzt brauchte es nur noch ein, zwei Augenblicke für die weiteren Vorbereitungen – die Flaschen in den Mülleimer werfen, die Gläser ausspülen, das Küchenfenster schließen, während Dot vielleicht dümmlich murmelte: »Was is'n bloß los, Ted?« Und dann – den Gashahn aufdrehen, und die Tür schließen, und das Haus verlassen, rasch, und zum Billardsalon laufen, wo Mr Lang schon wartend auf die Uhr schaut. Ted war aufgeregt, überdreht, in absolut bester Form – oh, das kannte sie an ihm nur zu gut! – und konnte sein Spiel mit Leichtigkeit gewinnen, konnte nach Hause kommen und der Polizei entgegentreten, immer noch überdreht bis zur Hochspannung von all der Aufregung, sodass er in dieser Nacht auch noch seiner Ehefrau lästig fiel. Und dann, danach, die Reaktion, der Kummer, die Anspannung, die blank liegenden Nerven. Alles fügte sich ineinander, alles.

»Marjorie!«, rief Grannie. »Mummy! Möchtest du noch eine Tasse Tee?«

»Ja, bitte«, erwiderte Marjorie und hielt ihr die Tasse hin. Die Szenen, die sie sich ausgemalt hatte, waren so lebendig gewesen, dass ihre Umgebung ihr wie in einem Traum seltsam unwirklich erschien. Das vertraute Zimmer und die vertrauten Möbel – an genau diesem Tisch hatte sie jahrelang jeden Abend ihre Hausaufgaben gemacht –, das freundliche Lächeln ihrer Mutter, die Gesichter ihrer eigenen Kinder, all das war ihr überraschend fremd.

»Mummy hängt Tagträumen nach«, sagte Anne und bewies damit eine ganz unerwartete Beobachtungsgabe, auch wenn sie wohl nur einen neuen Begriff aus ihrem Wortschatz anbringen wollte, so wie Siebenjährige das nun einmal machten. Anne fielen mittlerweile die Milchzähne aus, und ihr zahnlückenseliges Lächeln war unbeschreiblich charmant. Die Liebe für ihre Kinder trieb Marjorie fast die Tränen in die Augen und vergrößerte ihr Unglück noch. Durstig trank sie ihren Tee und vermied es, irgendwem in die Augen zu sehen. Ihre Kinder sollten nichts bemerken. Ihr Leben lang hatte sie ihr Bestes getan, um sie von aller Scheußlichkeit fernzuhalten.

»Wie kommst du eigentlich mit Mr Ely aus, Mutter?«, fragte Marjorie.

»Wunderbar«, sagte Mutter. »Wirklich, er macht überhaupt keine Schwierigkeiten. Er ist so ruhig, man bemerkt kaum, dass er im Haus ist. Er steht jeden Morgen pünktlich auf, und er kommt früh zurück, und er isst lieber alles wortlos auf, als zu sagen, dass es ihm nicht schmeckt.«

Mutter seufzte ein wenig, und Marjorie wusste, warum. Die unbekümmerte Dot, die letzte Person, um die Mutter sich gekümmert hatte, war das genaue Gegenteil gewesen – immer im letzten Augenblick erst aus dem Bett gefallen, immer durchs Haus getrampelt, immer hemmungslos drauflosgeredet, immer Löcher in den Strümpfen, die Mutter in allerletzter Minute schnell noch stopfen musste. Marjorie hatte damit zu kämpfen, das Gespräch normal weiterzuführen.

»Und es ist doch auch schön, sich mal um einen Mann zu kümmern, nicht wahr, Mutter?«

»Ja«, sagte Mutter einfach nur.

»Darf ich das Gebet sagen, bitte?«, fragte Derrick.

»Ja, Liebling«, erwiderte Marjorie.

Derrick faltete die Hände, schloss die Augen und rasselte das Tischgebet herunter; Anne hatte ebenfalls andächtig die Augen geschlossen und die Hände gefaltet, und Marjorie lächelte mütterlich, als sie in ihre ernsten Gesichter sah. Sie hatte es aufgegeben, regelmäßig in die Kirche zu gehen, und eine strenge religiöse Erziehung der Kinder vermied sie. Sie hatte sie taufen lassen und achtete darauf, dass sie nach jeder Mahlzeit ein Tischgebet sprachen und auch vor dem Einschlafen beteten. Zu mehr aber fühlte sie sich nicht in der Lage. Doch die beiden sahen goldig aus, wie sie jetzt zusammen das Tischgebet sprachen.

»Darf ich aufstehen, bitte?«, fuhr Derrick fort.

Marjorie sah ihre Mutter an, die zustimmend nickte, und Marjorie erlaubte es ihm.

»Guck mal *hier*, Anne«, sagte Derrick, als er wieder neben dem Solitärbrett hockte. Mrs Clair und Marjorie, die jetzt allein am Tisch saßen, hatten Muße und Gelegenheit, ein paar Blicke zu tauschen.

»Er wird es schon bald ganz vergessen haben«, sagte Mrs Clair. Ihre Geste ließ erkennen, dass sie Derrick meinte, der auf dem Teppich hockte und sich lautstark mit Anne unterhielt.

Marjorie nickte.

»Ich glaube nicht, dass er je wieder darüber redet«, fuhr Mrs Clair fort. »Und du weißt, wie Kinder sind. Niemand wird ihn je dazu *bringen* können, darüber zu reden.«

Mutter hatte also genau dieselben Schlüsse wie sie selbst aus dem gezogen, was Derrick erzählt hatte. Und sie war sogar noch weitergegangen, so weit, sich zu fragen, ob Derrick vielleicht als Zeuge aussagen müsste. Marjorie rang die Hände. Niemand würde, wenn sie es verhindern könnte, ihren Derrick jemals in einen Gerichtssaal zerren, in den Zeugenstand stellen und ihn von Rechtsanwälten befragen lassen dürfen.

Mit einem plötzlichen Gefühl von Ekel dämmerte ihr, dass ihre Gedanken und Vorstellungen sie mit einer schrecklichen Realität konfrontiert hatten. Es war ein Schock, als sie nun in aller Konsequenz erkannte, dass Ted ein Mörder war; dass er Gefahr lief, verhaftet und gehängt zu werden; dass Derrick und Anne vielleicht mit dem Schandmal, die Kinder eines Mörders zu sein, durchs Leben gehen müssten. Es war einfach zu furchtbar, zu abstrus, zu scheußlich, um wahr zu sein. Ihr Geist weigerte sich, diesen Gedanken noch länger zu ertragen. Sie konnte sich dem nicht stellen; ihr Geist scheute davor zurück wie ein widerspenstiges Pferd vor einer Hürde. Mit einem Mal spürte sie, wie ihr das Herz in der Brust raste, und sie wusste, dass ihre Gesichtsfarbe sich verändert hatte. Sie sah ihre Mutter über den Tisch hinweg an, doch ihre Mutter saß so gelassen und reglos da wie zuvor.

»Geht es dir nicht gut, Liebes?«, fragte ihre Mutter sanft.

»Doch, danke«, erwiderte Marjorie, um Atem ringend.

Auf der Suche nach irgendeinem Fluchtweg aus der Realität heraus blieb ihr Blick an der Uhr auf dem Kaminsims hängen.

»Es ist Zeit, nach Hause zu gehen«, sagte sie. »Derrick muss schon bald ins Bett.«

Es war wie die Erlösung von den ungeheuren Schmerzen der Geburt, als sie sich erlaubte, das schreckliche Grauen, das vor ihr aufgestanden war, zu verdrängen und sich wieder den kleinen Dingen des Alltags zuzuwenden. Derrick dazu zu überreden, die Murmeln alle wieder ordentlich in den Beutel hineinzutun; Anne den Hut im richtigen Winkel auf den Kopf zu setzen, die üblichen Straßen entlang nach Hause zu gehen und darüber nachzudenken, was sie Ted zum Abendessen kochen sollte; all das war ein Segen, ein weiches Bett nach einem mit Kieselsteinen gefüllten Sofa. Vor einer Stunde noch waren die härtesten Realitäten, mit denen sie konfrontiert war, Teds Lästigkeit und Derricks Hang zum Lügen gewesen. Jetzt konnte sie nicht mehr begreifen, wie sie sich darüber je hatte Sorgen machen können; doch sie klammerte sich an sie, spielte in Gedanken mit ihnen, würde sie nicht wieder loslassen, damit nur die anderen Dinge sich nicht noch mal in ihre Gedanken hineinschlichen.

Es kam ihr gar nicht in den Sinn, dass sie da etwas tat, was eine mitleidlose Welt mit Skepsis betrachten könnte: dieses ruhige Zurückkehren nach Hause zu einem Ehemann, den sie eben erst als einen Ehebrecher und als den Mörder ihrer Schwester entlarvt hatte. In ihr herrschte der Gedanke vor, dass sie zurück nach Hause ging, zurück zu den Dingen des Alltags, zumindest für eine Weile. In diesem Augenblick gab es eine entschiedene Trennung zwischen dem Ted, mit dem sie zehn Jahre lang zusammengelebt hatte, dem Ted, der einen Hang zur Lästigkeit zeigte, dem Ted, für den sie ein Abendessen kochen würde – zwischen ihm und dem Ted, dessen Schuld sich ihr vor Kurzem offenbart hatte. Es musste zwangsläufig erst einmal einige Zeit vergehen, bevor diese beiden Gestalten wieder miteinander verschmelzen würden.

Ein Puritaner oder ein Moralist könnte einwenden, dass Marjorie keinen Grund gehabt hätte, an diesem Nachmittag zu Ted zurückzukehren, dass sie sich von ihm hätte trennen sollen, drastisch, unverzüglich, und dass sie ihn niemals wieder eines Blickes hätte würdigen dürfen. Eine solche Argumentation lässt jedoch den menschlichen Faktor außer Acht; es wäre Marjorie ganz unmöglich gewesen, das zu tun, so ungeübt, wie sie darin war, rasche Entscheidungen über Angelegenheiten von größter Tragweite zu treffen, und so untauglich, wie sie von der Natur ausgestattet worden war, mit Krisen umzugehen. Vielleicht – gewiss – war es schwach von ihr, und die Schwäche war von der Art, die zur Tragödie führt, aber es war eine Schwäche, die keiner Rechtfertigung und keiner kleingeistigen Erklärung bedarf. Und man muss auch nicht das nächste Argument strapazieren, das Marjorie selbst eigentlich erst einige Zeit später in den Sinn kam, dass nämlich die Trennung von Ted bedeuten würde, den Klatsch erst loszutreten, den Verdacht auf ihn zu lenken und sie alle zusammen mit ihm in den Ruin zu stürzen.

5

An diesem warmen Abend schob Sergeant Hale sein Fahrrad die Anhöhe der Simon Street hinauf, als er Mrs Clair traf, die sie eben hinunterging – oder vielmehr überquerte Mrs Clair kurz vor der Begegnung die Straße, sodass sie beide auf derselben Straßenseite liefen und sich gar nicht verpassen konnten. Sergeant Hale erkannte sie sofort; er besaß die königliche Gabe, sich an Namen und Gesichter erinnern zu können, ohne die kein Constable je hoffen durfte, zu einem Sergeant aufzusteigen.

»Guten Abend, Madam«, sagte Sergeant Hale.

»Guten Abend«, sagte Mrs Clair, und der Sergeant war ein wenig überrascht, als sie stehen blieb, so, als wollte sie ein Gespräch mit ihm beginnen. Die meisten Leute, die eine Tragödie erlebt hatten, und sei es auch nur aus der Ferne, neigten dazu, jene Männer der Polizei zu meiden, mit denen die Tragödie sie in Berührung gebracht hatte, vermutlich, weil die düstere dunkelblaue Uniform sie unweigerlich an das erinnerte, was sie zu vergessen suchten. Sergeant Hale blieb am Bordstein stehen, die Hände an der Lenkstange; wenn er sie so betrachtete, war Mrs Clair eine charmante alte Dame, so gepflegt und distanziert, dass nicht einmal ihre Trauerkleidung sonderlich deplatziert wirkte in den sommerlichen Straßen.

»Ich fürchte«, begann Mrs Clair, »dass ich mich bei Ihnen nie richtig für die Freundlichkeit bedankt habe, mit der Sie im Haus meiner Tochter Ihrer Pflicht nachgekommen sind. Sie waren sehr nett zu ihr, und es ist Ihnen zu verdanken, dass sie nicht noch stärker litt. Dafür bin ich Ihnen sehr dankbar, Sergeant.«

»Aber nicht doch, Madam«, sagte der Sergeant und strich sich über den schwarzen Schnurrbart. »Wir haben alle unsere Pflicht zu erfüllen, und es obliegt uns, sie anständig zu erledigen. Das war allerdings eine sehr traurige Sache, Madam.«

»Ja«, seufzte Mrs Clair. »Und dennoch, wenn ich jetzt daran denke, es hätte schlimmer kommen können. Denken Sie nur, wenn die Kinder es mitbekommen hätten!«

»Ja, das wäre schlimm gewesen«, erwiderte der Sergeant.

»Wenn sie etwas gesehen hätten, wäre das fürchterlich gewesen. Sie hätten vielleicht sogar als Zeugen aussagen müssen!«

»Nun, ich weiß nicht, Madam. Wie alt sind sie denn?«

»Eins ist sieben und das andere vier.«

»Laut Gesetz muss ein Kind erst die Bedeutung des Eides verstehen, bevor es als Zeuge aussagen kann. Im Alter von sieben kann das durchaus möglich sein – das habe ich selbst schon mal erlebt. Aber nicht mit vier, Madam. Nicht einmal vor dem Untersuchungsrichter, und ganz gewiss nicht vor Gericht.«

Sergeant Hale lächelte mit amüsierter Nachsicht, weil er daran denken musste, wie viel ungezwungener die Prozeduren vor dem Untersuchungsrichter waren, verglichen mit den strikten Regelungen zur Zeugenaussage vor Gericht, die das englische Gesetz vorschrieb.

»Da bin ich aber sehr erleichtert, das zu hören, auch wenn es so weit nicht gekommen ist«, sagte Mrs Clair. »Und ich bin froh, dass die Kinder nichts mitbekommen haben. Es wäre ein Schock gewesen, den sie ihren Lebtag lang nicht mehr vergessen hätten.«

»Das stimmt, Madam.«

»Nun, dann noch einmal vielen Dank, Sergeant«, sagte Mrs Clair mit einem hübschen Lächeln zu ihm. »Guten Abend.«

»Guten Abend, Madam.«

Sergeant Hale vergaß diesen Vorfall wieder, noch während er sein Fahrrad weiter die Simon Street hinaufschob, doch Mrs Clair dachte auf ihrem Weg die Straße hinunter darüber nach. In den vergangenen drei Tagen hatte sie all ihre freie Zeit damit zugebracht, in den Straßen auf und ab zu gehen in der Hoffnung auf genau diese Begegnung. Nun hatte sie die Information, die sie brauchte und die bestätigte, wovon sie längst schon überzeugt gewesen war. Es bestand keine Möglichkeit, Derrick in den Zeugenstand rufen und gegen seinen Vater aussagen zu lassen. Soweit ihr klar denkender, aber unerfahrener Geist es begreifen konnte, lief Ted keinerlei Gefahr, für den Mord an ihrer Tochter gehängt zu werden. Es gab nicht den geringsten Beweis, der das herbeiführen könnte. Er war clever genug, gerissen genug gewesen, es genau so zu arrangieren.

Mrs Clairs Absätze klackten in forschem Rhythmus, als sie schnellen Schrittes zur Dewsbury Road eilte. Niemand drehte sich um oder sah sie an, als sie vorüberging; sie war nur eine kleine ältere Witwe, adrett und gepflegt, aber nicht sonderlich auffällig, die eine Vorstadtstraße entlangging. In ihrem faltenlosen Gesicht mit dem hellen rosigen Teint deutete kein Anzeichen auf den tödlichen Vulkan des Hasses, der in ihr brodelte und ihr Herz schier entzweizureißen drohte. Wörter und Sätze schossen ihr durch den Kopf, die zu benutzen sie zuvor nicht einmal im Traum gewagt hätte – sie waren ihr kaum vor zwanzig Jahren in Verbindung mit dem deutschen Kaiser eingefallen, als sie das Telegramm mit der Mitteilung erhielt, dass ihr Ehemann in Frankreich getötet worden sei.

Sie hätte ihn hängen sehen wollen, das Dreckschwein, den brutalen Schurken, der ihre beiden Töchter geschändet und Dot ermordet hatte, ihre liebe, süße kleine Dot. Sie hätte ihn die Folterqualen der drei Wochen in der Todeszelle erleiden lassen wollen, bis die Gefängniswärter den vor Angst fast Ohnmächtigen mit steinerner Miene herausgezerrt und zum Schafott geschleppt hätten, wo der Henker schon auf ihn wartete. Das wäre diesem Teufel recht geschehen. Doch darauf bestand nicht die geringste Aussicht, und in anderer Hinsicht war sie auch wieder ganz froh darüber. Marjorie würde niemals damit zurechtkommen, in der Welt als Witwe eines Mörders zu gelten, und Derrick und Anne als Kinder eines Mörders.

Doch komme, was da wolle, der brutale Schurke musste bestraft, musste gequält, musste so getötet werden, dass er Todesängste dabei ausstand, solange nur Marjorie, Derrick und Anne nicht darunter zu leiden hatten. Es fiel ihr sehr leicht, sich auszumalen, welchen Tod er sterben sollte, und als sie darüber nachdachte, beschleunigte sie ihre Schritte noch, und ihre Hände krampften sich fester und immer fester ineinander, bis schließlich der schwarze Glacéhandschuh an ihrer rechten Hand über den Knöcheln mit einem leisen »Pop« einriss.

Verärgert schnalzte sie mit der Zunge, als sie sich den angerichteten Schaden ansah. Aber es war ihr eine Warnung. Bis zu diesem Augenblick war sie unvorsichtig die Straße entlanggeeilt, und das in einer Geschwindigkeit, mit der sie Aufmerksamkeit auf sich ziehen würde. Der Handschuh war ihr aus reiner Gedankenlosigkeit zerrissen. In Zukunft musste sie sehr viel vorsichtiger sein, wenn sie einen Plan fassen wollte, um das Dreckschwein Ted zu töten. Sie musste bescheiden und unauffällig auftreten. Sie musste langsam gehen – so; sie musste einen gelassenen, neutralen Gesichtsausdruck zeigen – so; sie musste ihre Hände und ihren Sonnenschirm so halten, dass es keine Aufmerksamkeit erregte – so. Die Leute, die Mrs Clair an der Pforte zur Dewsbury Road 16 ankommen und sie auf ihre Haustür zugehen sahen, hätten meinen können, dass sie soeben von einem stillen Abendgottesdienst in St. Judas zurückkehrte.

Im Schlafzimmer legte sie Hut und Handschuhe ab und sah, dass ihr graues Haar so ordentlich frisiert war wie immer; im Badezimmer wusch sie sich Hände und Gesicht (sie puderte sich nie und hatte es auch nicht nötig), und dann ging sie gemessenen Schrittes hinunter, gerade rechtzeitig, um George Ely zu begrüßen, der eben in Flanellhosen und mit einem Tennisschläger in der Hand aus dem Club zurückkam.

»War es schön beim Tennis, Mr Ely?«, fragte sie.

»Prima, danke.«

»Ihr Glas Milch und etwas Brot und Butter stehen im Esszimmer bereit, sobald Sie sich die Hände gewaschen haben. Und vergessen Sie es heute Abend bitte nicht wieder. Ich glaube, sonst werde ich mich noch selbst darum kümmern müssen, dass Sie auch wirklich etwas zu sich nehmen.«

George Ely war blond und gut aussehend, vierundzwanzig Jahre alt und hatte einen Zug gutmütiger Schwäche um Mund und Kinn. Gehorsam kam er wieder herunter, um seine Milch zu trinken und sein Butterbrot zu essen, während Mrs Clair um ihn herumflatterte und seinen höflichen Protest beiseiteschob.

»Sie haben nur wenig zu Abend gegessen, bevor Sie das Haus verließen«, sagte sie. »Sie brauchen etwas, nachdem sie den ganzen Abend Tennis gespielt haben. Und Milch ist so gut für Sie. Möchten Sie nicht noch ein Glas? Ich habe in der Küche noch mehr.«

Mochte auch aller Hass dieser Welt in Mrs Clairs Busen walten, so war sie doch immer noch fähig zu Freundlichkeit einem harmlosen jungen Mann gegenüber; sie war immer noch fähig zu der heimlichen Freude, die es ihr bereitete, sich nach zwanzig ausschließlich unter Frauen verbrachten Jahren um einen Mann zu kümmern. Und Dot pflegte am Abend ebenfalls Milch zu trinken, während ihre Mutter um sie herumflatterte – George Ely war eine Art Dot-Ersatz für sie.

Im Wohnzimmer blätterte George noch einmal eine halbe Stunde lang lustlos in seiner Abendzeitung herum, während das abendliche Radioprogramm lief und Mrs Clair steif und vornehm in ihrem Sessel dasaß und unablässig an Derricks neuem Pullover strickte. Schließlich gähnte er ein wenig und stand auf.

»Gute Nacht, Mrs Clair«, sagte er.

»Gute Nacht, Mr Ely. Ich hoffe, Sie können gut schlafen. Sie sehen müde aus.«

Als seine Schritte im oberen Stockwerk verklungen waren, legte Mrs Clair ihre Strickarbeit ordentlich in den Korb zurück, verließ das Wohnzimmer und schloss die Tür hinter sich, sah noch einmal nach, ob in der Küche aufgeräumt und die Hintertür abgeschlossen war, und stieg dann langsam die Stufen hinauf in ihr Schlafzimmer. Sie zog die Rollläden herunter und machte sich mit ihren üblichen einfachen Verrichtungen bettfertig. Ihr graues Haar war ein klein wenig dünner, als die gepflegte Erscheinung vermuten ließ – der dünne

Zopf reichte ihr kaum bis auf die Schulter herab. Das Korsett, das sie ordentlich auf einen Stuhl legte, war altmodisch und noch aus Fischbein gearbeitet; Mrs Clair dachte immer, was für ein Glück es doch war, dass Tomlin's auf der High Street diese Art Korsett auch weiterhin verkaufte, denn sie hätte es gar nicht leiden können, wenn sie gezwungenermaßen eins dieser neumodischen Modelle aus Gummi hätte tragen müssen. Ihre weiße Unterwäsche war aus guter Kunstseide – ein Zugeständnis an die moderne Mode –, doch äußerst schlicht. Als Mrs Clair frisch verheiratet war, zog eine Frau nur dann, wenn sie Abendgarderobe anlegte, bunte Bänder durch die feinen Schlitze in ihrer Unterwäsche. Sobald sie das Korsett abgelegt hatte, zog sie sich ihr schlichtes Nachthemd über den Kopf und vollführte den Rest des Auskleidens darunter, ehe sie mit den Armen in die Ärmel hineinschlüpfte. Dann kniete sie nieder, mit dem Gesicht in den Händen und den Händen auf der Bettkante.

»Vater unser«, betete sie. »Segne Marjorie und Anne und Derrick.«

Sie musste mittlerweile etwas vorsichtig sein, was diese Liste betraf, damit nicht weitere Namen, die einzuschließen sie sich angewöhnt hatte, ihr versehentlich über die Lippen kamen. Dots Name musste ausgelassen werden, denn sie hatte einmal unbestimmt vernommen, dass es sündhaft und gottlos sei, für die Toten zu beten. Und Teds Name musste natürlich ausgelassen werden. Sie fuhr fort …

»Und Mr Ely. Und sorge bitte dafür, dass Ted bestraft wird, Vater. Verdamme ihn, Vater. Töte ihn, Vater. Lass ihn bezahlen für das, was er Dot angetan hat.«

Mrs Clair musste einen Augenblick lang innehalten, weil in ihrem Inneren ein Tumult aus Zorn und Empörung wütete. Dann war sie schließlich in der Lage, ihr Gebet zu beenden, mit den Worten, die sie seit beinahe sechzig Jahren jeden Abend benutzte.

»Und mache ein braves Mädchen aus mir. Amen.«

Sie schaltete das Licht aus, schlüpfte ins Bett und lag auf der Seite zusammengerollt wie ein Kind da, eine Hand unter das Kissen gesteckt und der dünne graue Zopf verstohlen über die Bettdecke lugend. Sie war immer noch naiv genug, um sich darüber zu wundern, dass ihre verworrenen Gefühle ihr nicht erlaubten, sofort einzuschlafen, so wie sie es vor der Tragödie gewohnt gewesen war. Später drehte sie sich ruhelos auf den Rücken, starrte inmitten der warmen Nacht in die Dunkelheit hinein und dachte nach.

Ted konnte nicht des Mordes angeklagt werden; das stand fest. Dennoch musste er bestraft werden. Dann mussten eben sie und Marjorie es tun. Doch Marjorie war so schwach, und nach all dem, was sie durchgemacht hatte, war es auch kein Wunder. Nein, das stimmte nicht. Mrs Clair verachtete sich selbst dafür, dass sie stets Entschuldigungen für Marjorie zu finden versuchte. Marjorie würde sich nie dazu durchringen, entschlossen zu handeln, wenn sie nicht von einer höheren Macht dazu genötigt würde. Sicher, sie war eingeschränkt dadurch, dass sie kleine Kinder hatte, und sie hatte kein Geld, aber darüber hinaus war sie ein Gewohnheitstier und bereit, sich dem Alltagstrott zu ergeben, nur weil es der Alltagstrott war. Es würde nicht einfach werden, Marjorie zum Handeln zu bewegen, aber sie musste es versuchen.

Und was genau war es, das sie Ted antun wollte? Ihn töten! Da war sie absolut sicher. Rattengift, das ihm die Eingeweide zersetzen würde, so wie die Reklameplakate es versprachen, wäre das, was er verdiente. Eine Weile spielte Mrs Clair genüsslich mit dieser Idee herum, verwarf sie dann aber bedauernd wieder und rügte sich selbst für ihre Dummheit. So praktisch es sein mochte, Ted zu vergiften, es war viel zu gefährlich. Mrs Clair konnte sich noch vage an all die Zeitungsberichte über Crippen, Armstrong und Seddon erinnern. Giftmörder wurden immer überführt, und dieses Risiko durfte sie nicht eingehen – nicht aus Angst vor dem Gerichtsurteil, das sie ereilen würde, sondern wegen der Auswirkung auf das Leben der Kinder. Doch es tat gut, sich Teds Vergiftung auszumalen, dachte Mrs Clair und blickte noch einmal bedauernd zurück, ehe sie diese heimtückische Versuchung wütend abschüttelte, verärgert über ihre eigene Schwäche.

Es musste auf andere Weise geschehen. Ted hatte sich eine gute Methode einfallen lassen, teuflisch wie er war. Er war absolut sicher vor Verfolgung, abgesehen von der Rache seiner Schwiegermutter. Die Idee, es so aussehen zu lassen, als hätte Dot Selbstmord begangen, war gut. Sie musste sich etwas einfallen lassen, das ebenso gut war, oder besser. Wenn ein dummer Mann wie Ted einen solchen Plan fassen konnte, würde ihr doch sicher ein besserer einfallen. Es musste ihr etwas einfallen.

Mrs Clair presste die Lippen zusammen in der Dunkelheit und versuchte, die Lösung des Problems herbeizuzwingen. Doch so einfach auf Befehl wollte die Inspiration nicht kommen. Sie war sich ihrer persönlichen Nachteile zu stark bewusst, der Schwäche ihrer gesellschaftlichen Stellung, ihres Mangels an Körperkraft. Wohin auch immer ihre Gedanken schweiften, stets sah sie sich schwierigen praktischen Problemen ausgesetzt. Sie brauchte Hilfe, ein Instrument, ein Werkzeug – sie konnte, und sie würde, aus Marjorie eines machen. Aber würde das reichen? Das bezweifelte sie. Irgendwo ließe sich doch sicher noch etwas Wirkungsvolleres finden.

Dann setzte sie auch diesem Gedankenstrom ein Ende, da

er viel zu unbestimmt und theoretisch war zu einem Zeitpunkt, zu dem es darauf ankam, entschlossen und praktisch zu sein. Sofort drängte sich die Idee der Vergiftung wieder in ihre Gedanken, die sich in einem unachtsamen Augenblick doch noch durchzusetzen hoffte und dann nur ein weiteres Mal entschieden eingestampft wurde. Oh, sie musste nachdenken, nachdenken, nachdenken.

Die Nacht schritt voran, und sie lag da, ständig wankend zwischen dumpfem Unbehagen und einem seltsamen Hochgefühl. Manchmal schlief sie ein, kurze zehn Minuten lang, nur um wieder aufzuwachen und weiter nachzudenken – eine Nacht, die typisch sein sollte für viele, die noch kamen. Trotzdem fühlte sie sich nicht übertrieben müde, als der Morgen kam. Als die Zeiger der Uhr auf halb acht vorangekrochen waren, schlug sie die Bettdecke zurück und kniete sich zum Morgengebet hin, das ihr ein oder zwei Jahre später als das Abendgebet zur Gewohnheit geworden war.

»Allmächtiger Gott, führe mich auf den rechten Weg an diesem neuen Tag und mache ein braves Mädchen aus mir. Um Christi willen – amen.«

Dann zog sie sich an und ging hinunter, um den Tee und den Schinkenspeck für Mr Elys Frühstück vorzubereiten.

6

Es gab genug alltägliche Arbeiten rund ums Haus, die Marjorie davon abhielten, über die gegenwärtige Situation zu grübeln. Der Fleischer, der Bäcker und der Gemüsehändler beanspruchten fast die ganze Aufmerksamkeit, die sie von den lärmenden Bedürfnissen Derricks und den gleichermaßen dringenden, aber weniger lautstark vorgetragenen Bitten Annes abzweigen konnte. Nur mit größter Mühe fand Marjorie Zeit und Kraft genug, um über ihren Ehemann nachzudenken und sich, mit verzweifelter Nutzlosigkeit, zu fragen, was sie nur tun sollte. Und jede neue häusliche Krise, egal welchen Ausmaßes, konnte schon ausreichen, um ihre Gedanken derart abzulenken, dass die seltsame und schreckliche Sache, über die sie gar nicht nachdenken wollte, ausgeschlossen blieb. Dieser Brief von der Küste, zum Beispiel.

In den vergangenen vier Jahren hatten sie jeden Sommer das Guardhouse gemietet, möbliert, für drei Wochen im Juli und August. Marjorie dachte mit Bedauern an die schönen Urlaube, die sie dort verbracht hatten; das Guardhouse (der Name »Wachhaus« erinnerte an die alten Zeiten, als an der Südküste Soldaten stationiert waren aus Angst vor einem Einmarsch Napoleons) war ein Steinhäuschen eine halbe Meile vom Kiesstrand entfernt, immer noch abgelegen genug, auch wenn Jahr um Jahr die Bungalows näher heranrückten. Sie waren in der Lage gewesen, die viereinhalb Guineas Miete pro Woche aufzubringen, indem alle zusammenlegten, Ted,

Mutter und Dot – auch wenn Marjorie stark vermutete, dass Ted gewöhnlich über den Großteil des folgenden Jahres hinweg einen Anteil seines Beitrags seiner Schwiegermutter schuldete, und mit Bestimmtheit wusste, dass es bei Dot so gewesen war.

Schöne Urlaube waren das gewesen, wirklich, mit Mutter und Dot zum Reden und gemeinsamer Hausarbeit und einem sorglosen und lebhaften Ted, der sogar bereit gewesen war, mit den Kindern am Strand zu spielen. Marjorie hatte das Guardhouse lieben gelernt, und nur mit dem allergrößten Bedauern hatte sie, bald nach Dots Tod, ihre Reservierung für dieses Jahr schriftlich abgesagt. Aber es lohnte nicht, auch nur einen Gedanken daran zu verschwenden, ob sie es sich jetzt noch leisten konnten; Dot war tot, und Mutter wäre nicht in der Lage, ihren neuen Untermieter allein zu lassen. Erst später hatte Marjorie sich mit dem Gedanken getröstet, dass der Urlaub selbst dann, wenn sie gefahren wären, nicht mehr annähernd so schön geworden wäre wie früher, allein mit Ted und ohne Mutter und Dot.

Und jetzt war dieser Brief vom Besitzer des Guardhouse gekommen. Er könne die Absage der Reservierung so spät in der Saison nicht mehr akzeptieren, schrieb er, und müsse sie daher zur Zahlung der vereinbarten Miete auffordern – dreizehneinhalb Guineas, abzüglich ein Pfund Anzahlung, machte alles in allem dreizehn Pfund, drei Shilling und sechs Pence. Marjorie hatte den Brief zur Frühstückszeit gelesen, inmitten all ihrer Vorbereitungen, zu jenem Zeitpunkt aber nicht gewagt, ihn Ted gegenüber zu erwähnen. Und zur Mittagszeit war er nicht nur mürrisch, sondern auch noch in Eile gewesen. Sie würde das Thema nichtsdestotrotz am Abend ansprechen müssen. Die Sache war dringend. Selbst wenn Mutter ihren Anteil an dem Verlust trug (und Marjorie wollte nicht, dass das geschah), würde Ted sechs Pfund und zehn Shilling aufbringen müssen – und Marjorie wusste nur zu gut, wie ihr Ehemann mit Geld umging, um auch nur darauf zu hoffen, dass er sechs Pfund und zehn Shilling erübrigen konnte. Das waren ihre gesamten Ersparnisse für den Urlaub, wenn er sie denn noch hatte.

Aber Marjorie erinnerte sich undeutlich daran, dass Ted irgendetwas von Buchprüfern gesagt hatte, die um seine Urlaubszeit herum kommen und die Geschäftsbücher seiner Filiale durchgehen wollten. Wenn das inzwischen beschlossene Sache war, hatte Ted seine Hoffnung auf einen Urlaub in diesem Jahr begraben und das Urlaubsgeld bereits für anderes verschwendet. Sie wären nicht in der Lage wegzufahren, und dennoch müssten sie dieser Aufforderung zur Zahlung der Miete nachkommen. Marjorie sah überhaupt keinen Ausweg aus diesem Wirrwarr, als sie mit Derrick zu ihrer Mutter ging, um mit ihr darüber zu reden.

Zum Glück regte die Neuigkeit Mutter nicht annähernd so sehr auf, wie Marjorie befürchtet hatte. Sie war nicht so niedergeschmettert, wie man es hätte erwarten dürfen angesichts der Aussicht, eine derart hohe Summe wie dreizehn Pfund, drei Shilling und sechs Pence auftreiben zu müssen. Trotzdem war ihr Verhalten etwas seltsam – besorgt betrachtete Marjorie das Mienenspiel in ihrem Gesicht.

»Er würde bestimmt nicht so schreiben«, sagte Marjorie, »wenn er sich nicht sicher wäre, dass wir zahlen müssen. Was sollen wir nur tun?«

Schon wahr, zuerst hatte Mutter verdutzt dreingeblickt, wie kaum anders zu erwarten angesichts einer solchen Forderung. Doch dann hatte ihre Miene sich plötzlich verändert, so als hätte sie über etwas nachgedacht. Ein abwägender Ausdruck war in ihr Gesicht getreten, fast so etwas wie Listigkeit, und dann war diese Listigkeit wieder geschwunden und abgelöst worden von einem geradezu versonnenen Blick, einem Anschein erhabenen Hochgefühls, zusammen mit einem deutlich beschleunigten Puls und einem Hauch von frischer Farbe auf den Wangen; und dann war das Hochgefühl erstorben und der listige Ausdruck wiedergekehrt. Marjorie hätte keine Worte zu finden vermocht, um dieses Mienenspiel zu beschreiben; sie bemerkte es nur, ohne in der Lage zu sein, irgendwelche Schlussfolgerungen daraus zu ziehen.

»Um das Geld brauchst du dir jedenfalls keine Sorgen zu machen«, sagte Mutter ruhig. »Das werde ich regeln, wenn Ted es nicht kann.«

In dieser Hinsicht war Mutter einfach wunderbar; sie hatte immer Geld für Notfälle auf der Bank.

»Aber es ist doch eine Schande, dass wir zahlen sollen und überhaupt keinen Urlaub haben werden«, entgegnete Marjorie.

»Master Ted ist vermutlich mal wieder so knapp bei Kasse wie immer«, bemerkte Mutter wie nebenbei.

»Ich weiß nicht«, erwiderte Marjorie peinlich berührt. »Vermutlich. Er hat nichts dergleichen gesagt. Aber du weißt ja, wie er ist.«

»Das weiß ich allerdings«, sagte Mutter und blickte sie mit ihren unschuldigen Augen so scharf an, dass Marjorie noch weit peinlicher berührt war als jemals zuvor. Es gab so viele Aspekte ihrer Beziehung zu Ted, die sie nie mit ihrer Mutter besprochen hatte, auch wenn sie das ungute Gefühl hatte, dass Mutter, trotz all ihrer Unschuld, alles darüber wusste.

»Sie zahlen ihm bei Weitem nicht genug«, sagte Marjorie – die Gewohnheiten eines zehnjährigen Ehelebens verleiteten sie trotz allem dazu, ihren Mann instinktiv zu verteidigen. »Als Leiter der Filiale sollte er ein höheres Gehalt haben als das bisschen, was er bekommt. Und er muss auch alle möglichen Dinge aus der eigenen Tasche zahlen, eben weil er die Filiale leitet.«

»Ja, Liebes«, sagte Mutter beruhigend. »Ich weiß. Nun, mal sehen, was mir einfällt. Ich werde heute Abend zu euch kommen, nachdem ich Mr Ely sein Abendessen gemacht habe, und dann können wir alles besprechen. Aber hör dir erst einmal an, was Ted dazu zu sagen hat – bevor ich komme.«

Ted war natürlich mürrisch und verärgert darüber. Es fing schon damit an, dass er sich nie damit abfinden konnte, den Wasserkessel selbst aufsetzen und den Tee selbst aufgießen zu müssen, wenn er besonders früh, nämlich um die Schlafenszeit der Kinder herum, nach Hause kam und Marjorie also damit beschäftigt war, sie ins Bett zu bringen – die Alternative, so lange zu warten, bis Marjorie Zeit hätte, es für ihn zu machen, war ihm ebenso zuwider. Und heute Abend kam er natürlich früh nach Hause und machte, typisch Mann, einen solchen Wirbel darum, eine Kanne Tee zu kochen, wie eine Frau ihn höchstens um einen ganzen Tag voller Wäsche machen würde. Griesgrämig saß er da und hörte sich das Radioprogramm an, als Marjorie endlich in der Lage war, sich zu ihm zu gesellen und das Thema anzuschneiden. Er hatte sich die Schuhe ausgezogen – bei diesem heißen Wetter hatte er stets Probleme mit seinen empfindlichen Füßen – und betrachtete düster seine Socken.

»Ted, Schatz«, begann Marjorie, schon leicht verzweifelt. »Es geht um unseren Urlaub in diesem Jahr.«

»Urlaub? Wir machen in diesem Jahr keinen Urlaub«, sagte Ted und fuhr dann, seine Ehefrau ansehend, fort: »Ich habe dir doch schon vor einer Woche gesagt, dass ich mit der Zentrale abgemacht habe, dass die Buchprüfer diesmal im August kommen können, weil wir sowieso keine Möglichkeit haben wegzufahren. Hast du nicht den Brief geschrieben und unsere Reservierung fürs Guardhouse abgesagt, so wie deine Mutter und ich es dir gesagt haben?«

»Doch, Schatz«, sagte Marjorie, »aber ...«

Sie hatte noch nicht bemerkt, dass sie ihren Ehemann in letzter Zeit nur noch »Schatz« nannte, wenn irgendeine Art Spannung zwischen ihnen herrschte. Und Ted auch nicht; aber es ist möglich, dass er, ohne das Wort wirklich zu hören, dadurch irgendwie vor einem aufkommenden Streit gewarnt war. Mit wachsendem Ärger las er den Brief des Besitzers des Guardhouse.

»Ist doch alles Quatsch!«, rief er wutentbrannt. »Der Mann muss verrückt sein. Das müssen wir natürlich nicht bezahlen.«

»Er scheint sich sehr sicher zu sein«, sagte Marjorie.

»Der kann sich von mir aus so sicher sein, wie er will«, erwiderte Ted. »Da kann er warten, bis er schwarz wird. Dreizehn-drei-sechs! Ich habe nicht mal eben so dreizehn Piepen übrig, ganz zu schweigen von dreizehn Pfund.«

»Aber machen wir in diesem Jahr denn gar keinen Urlaub, Schatz?«, fragte Marjorie.

Kurz bevor Ted nach Hause kam, hatte sie zu hoffen gewagt, dass sie aus ihrer Verpflichtung, das Guardhouse zu mieten, vielleicht das Beste machen könnten, indem sie mit den Kindern allein dorthin fuhr, während Ted in London blieb – unter der Obhut ihrer Mutter vielleicht. Ein Ideal, das ihr eher wünschenswert denn erreichbar erschienen war.

»Nein, wir machen in diesem Jahr gar keinen Urlaub«, schnauzte Ted. »Ich nicht. Und du auch nicht. Wozu brauchst du Urlaub? Die reine Geldverschwendung. Wofür sind denn all die Stadtparks da, möchte ich mal wissen? Was glaubst du, wofür ich Steuern zahle? Was ...«

In wenigen Minuten hatte Ted sich von bloßem Ärger in rasende Wut hineingesteigert. Er schrie mittlerweile und fuchtelte mit den Fäusten in der Luft herum. Sein Gesicht war dunkelrot angelaufen.

»Ted!«, rief Marjorie entsetzt. Das war der Moment, als sie in dem Ehemann, mit dem sie zusammenlebte (im Gegensatz zu dem Ehemann, an den sie nur dachte), zum ersten Mal den Mörder sah. Die unbezähmbare Leidenschaft im Gesicht, die Bewegungen der wulstigen Lippen, die verzerrte Stirn; all das gab ihr Einblick in den bisher verborgenen Charakter eines Mannes, der es nicht gestatten würde, dass ein menschliches Leben zwischen ihn und seine Bequemlichkeit trat. Es war ein schrecklicher Moment. Und vielleicht stand so viel von diesem Schrecken in Marjories Gesicht, dass Ted ihn sogar auch in seinem gesteigerten Ärger noch wahrnahm. Denn plötzlich schien er sich zusammenzureißen und sich absichtlich zurückzunehmen. Und in diesem Moment erkannte Marjorie in einer Art Geistesblitz, dass ihn seit Dots Tod die Angst vor Entdeckung zwar noch viel reizbarer gemacht hatte, er sich aber zugleich auch in hohem Maße der Notwendigkeit bewusst war, dass er auf der Hut sein musste.

Er betrachtete sie misstrauisch aus den Tiefen seines Sessels heraus. Unsicher versuchte sie, aus dem Augenwinkel seinen Blick aufzufangen. Er beherrschte sein Mienenspiel, seine Stimme, alles, und sprach völlig natürlich.

»Du wirst noch einmal schreiben müssen«, sagte er. »Sag ihm, dass ich nicht zahlen werde. Sag ihm …«

Tat-tat-tat, erklang es da vor der Haustür.

»Das wird Mutter sein«, warf Marjorie ein; auch sie versuchte, natürlich zu sprechen und die Erleichterung in ihrer Stimme nicht durchklingen zu lassen. Sie verließ das Zimmer, um ihre Mutter hereinzulassen. Mutter war so ruhig und gelassen, so natürlich und einfach und selbstbeherrscht wie ein frischer Luftzug nach Stunden in einem überheizten Zimmer.

»Guten Abend, Ted«, grüßte Mrs Clair, nachdem sie ihre Handschuhe ausgezogen und ihren Mantel an den kleinen Garderobenständer im Flur gehängt hatte. Der kleine Hut, der bei jeder anderen Frau vielleicht keck ausgesehen hätte, saß genau richtig und dennoch absolut schicklich auf ihrem grauen Haar. Lächelnd warf sie einen Blick in die Runde.

»Nun, Kinder«, begann sie. »Ihr werdet vermutlich kaum erraten, worüber ich heute Abend mit Mr Ely gesprochen habe?«

Sie sahen sie verständnislos an. Keiner von ihnen hatte einen Gedanken an Mr Ely verschwendet.

»Über den Urlaub«, sagte Mrs Clair.

Selbst da ging ihnen noch kein Licht auf. Mrs Clair musste es erklären. Und sie sprach in munterem Ton. Niemand hätte je erraten, mit welcher Raffinesse sie George Ely auf seine beabsichtigten Vorhaben hin ausgehorcht oder in welch fieberhafter Eile sie ihren Plan geschmiedet hatte – oder wie geschickt sie diesen nun ausbreitete.

»Ted wird allerdings von der ganzen Sache leider gar nichts haben«, sagte sie. »Er hat den Schwarzen Peter gezogen, so wie die Ehemänner meistens.«

Sie strahlte Ted auf eine Weise an, die noch das härteste Herz erweicht hätte.

»Lass mal hören«, sagte Ted und rutschte unbehaglich hin und her. Doch jeder konnte erkennen, dass diese wenigen einleitenden Worte ihn aufnahmebereiter gemacht hatten, als er noch vor ein paar Augenblicken gewesen war.

»Mr Ely sagte, er meine, dass du ihm seinen Urlaub wohl

genehmigen wirst, denn diesmal hättest du deinen eigenen geplant, ehe du von den Buchprüfern gehört hast«, sagte Mrs Clair. »Wirst du das tun, Ted?«

»Vermutlich«, erwiderte Ted vorsichtig. »Wäre sowieso egal. Der ist im Büro fast genauso wenig zu gebrauchen wie verfluchtes Kopfweh.«

»Wunderbar«, sagte Mrs Clair, die das taktlose Adjektiv resolut ignorierte. »Denn weißt du, wenn er zu dieser Zeit Urlaub hat, dann kann er an die Küste fahren und sich im Guardhouse einmieten. Er wird dort überhaupt nicht stören – das tut er nie. Und wir können es uns spielend leisten – er zahlt das Geld für seinen Aufenthalt, ich werde Urlaub wie immer haben und meinen Anteil zahlen, und dann können auch Marjorie und die Kinder einen Urlaub machen.«

»Und was ist mit *mir*?«, fragte Ted.

»Wie schon gesagt, du hast leider den Schwarzen Peter«, sagte Mrs Clair mitfühlend. »Du wirst zu Hause bleiben und für dich selbst sorgen müssen.«

»Oh, werde ich das«, erwiderte Ted – aber es war unschwer zu erkennen, dass er nicht unwiderruflich gegen diesen Plan war. Es schimmerte so etwas wie Hoffnung auf, dass man ihn vielleicht überreden könnte.

»Die Miete fürs Guardhouse müssen wir ohnehin zahlen, weißt du«, sagte Mutter. »Aber so begleicht Mr Ely einen Teil der Summe, ich bezahle meinen Anteil, und was du nicht hast, kannst du von mir leihen, Ted. Dann wird Marjorie nicht mehr Geld brauchen als das, was sie gewöhnlich für den Haushalt hat.«

»Oh, wirklich? Und was ist mit den Fahrtkosten? Und mit den Schaufeln und Eimern, und mit Eiscreme am Strand, und mit all dem anderen?«

»Ah«, machte Mutter. Noch einmal warf sie einen Blick in

die Runde; sie hatte offenbar noch eine Überraschung parat. »Marjorie wird kein Extrageld wollen, nicht wahr, Liebes? Die Extras kannst du doch sicher von deinem Haushaltsgeld begleichen, oder?«

»Ich glaube schon, Mutter, aber was ist mit den Fahrtkosten? Die könnte ich davon nicht bezahlen.«

Die Aussicht auf einen Urlaub ohne Ted, auf einen Urlaub, in dem sie Zeit zum Nachdenken haben würde, erschien ihr unaussprechlich, unerreichbar wundervoll.

»Es werden keine Fahrtkosten anfallen«, sagte Mrs Clair strahlend.

»Wie das?«

»Mr Ely will sich ein kleines Auto kaufen für seinen Urlaub, und er nimmt uns alle mit.«

Jetzt war das Geheimnis heraus, und einen Augenblick lang konnten sie alle sich nur ansehen, so sprachlos waren sie. Sie gehörten nicht zu jener Schicht der Gesellschaft, für die es eine Selbstverständlichkeit war, ein Auto zu besitzen – Marjorie konnte die Autos in Privatbesitz, in denen sie schon gefahren war, an den Fingern einer Hand abzählen.

»Danach wird er es natürlich wieder verkaufen«, erklärte Mrs Clair. »So kostet es ihn nicht viel. Aber das hatte er ohnehin vor. Er wusste allerdings noch nicht, wo er wohnen sollte. Er hatte sogar daran gedacht, vielleicht zu Hause zu bleiben und jeden Tag Ausflüge zu machen. Aber diese Idee gefällt ihm natürlich viel besser.«

»Das kann ich mir denken«, sagte Ted. »Diese Junggesellen mit ihren Autos führen ein verdammt flottes Leben.«

Teds Gedanken schweiften mit einem Mal ab. Wenn er sich nicht so unbesonnen in die Ehe gestürzt hätte, könnte auch er jetzt ein Auto besitzen. Er wäre ein sorgloser Junggeselle … und … und … Hier stockten seine Gedanken. Und etwas anderes wäre nicht geschehen; doch er gestand sich selbst nicht ein, was dies andere war. Ein jähes Gefühl der Unsicherheit ergriff ihn, und das nicht zum ersten Mal in diesen letzten Tagen. Leichte Übelkeit befiel ihn, er fühlte sich von allen Freunden verlassen, und einsam, und von der ganzen Welt bedroht. Er sah sich in seinem Wohnzimmer um, auf der Suche nach Freunden; dort saß seine Schwiegermutter, mit gelassener, aber dennoch hoffnungsvoller Miene, dort seine vor gespannter Erwartung ganz atemlose Ehefrau. Wenn er diesen Frauen verweigerte, worauf sie so sehr hofften, würden sie bitter enttäuscht sein. Einen Augenblick lang sah er vor seinem geistigen Auge so deutlich, als wäre es bereits geschehen, ihren veränderten Gesichtsausdruck, wenn er sagte, sie dürften nicht fahren. Madge wäre enttäuscht – und würde wahrscheinlich in Tränen ausbrechen. Mrs Clair aber wäre nicht nur enttäuscht; sie wäre verletzt und beleidigt – und würde sich die größte Mühe geben, es sich nicht anmerken zu lassen, es aber gerade deshalb nur umso stärker empfinden. Es wäre der schnellste Weg, sie sich zur Feindin zu machen, und davor schreckte Ted zurück. Vielleicht warnte ihn eine dunkle Vorahnung, ein prophetischer Instinkt, dass seine Schwiegermutter eine Person war, die es zu fürchten galt; vielleicht aber sagte ihm auch nur der einfache gesunde Menschenverstand, dass seine Ehefrau so sehr unter dem Einfluss ihrer Mutter stand, dass sein Behagen und sein häusliches Glück zum größten Teil davon abhingen, seine Schwiegermutter nicht zu beleidigen.

»Nun, hältst du es nicht auch für eine gute Idee, Ted?«, fragte Mrs Clair. »Meinst du nicht auch, so könnten wir es machen?«

»Eigentlich schon«, sagte Ted und fuhr dann, um ganze Arbeit zu leisten und seinen Widerwillen zu verbergen, hastig fort: »Ich halte es für eine großartige Idee. Du bist eine wahre Meisterin, Mutter. Ich sage Ely gleich morgen im Büro, dass er meine Termine für seinen Urlaub haben kann.«

»Oo-ooh!«, rief Marjorie verzückt.

Sie liebte das Guardhouse und die flachen grünen Wiesen, inmitten derer es stand, und den Kiesstrand mit dem Meer davor und das grüne Hügelland dahinter; ja, sie liebte sogar die hässlichen kleinen Ferienbungalows, die mittlerweile überall über die Landschaft verstreut standen. Sie würde Mutter dabeihaben als Hilfe für die Kinder – und selbst wenn Mutter ihr in den drei Wochen nur wenig half, wäre ihre Freiheit dort doch immer noch so unvergleichlich viel größer als alle Freiheit, die sie in den restlichen neunundvierzig Wochen des Jahres kannte. Ted würde nicht dort sein, und sie wusste jetzt, dass sie verzweifelt, ja geradezu wie besessen wünschte, eine Zeit lang von Ted befreit zu sein.

Und dennoch, wie beim alten Vergleich von Kupfermünze und Mond, erschienen ihr die unmittelbaren Kleinigkeiten ganz genauso groß wie die entscheidenden Fragen ihres Lebens, mit denen sie sich auseinandersetzen musste. Die Aussicht darauf, den Urlaub mit jemandem zu verbringen, der ein eigenes Auto besaß, war berauschend. All die früheren Anstrengungen würden wegfallen, keine Busfahrt mehr mitsamt Kindern und Gepäck zur Victoria Station, keine langweilige Zugreise, kein mühsames Kofferschleppen vom Bahnhof zum Guardhouse. Stattdessen würde sie einfach vor ihrer Haustür ins Auto einsteigen und mühelos zur Küste hinunterkurven, durch grüne Wiesen hindurch und vorbei an den berühmten Rasthäusern, von denen sie gehört hatte. Mr Ely würde sein Auto großzügig zur Verfügung stellen, da war sie sicher. An manchen Tagen würde er sie und die Kinder darin zum Strand hinunterfahren, die holprige Landstraße entlang, bevor er sich zu eigenen Entdeckungsfahrten aufmachte, und ihr so den mühseligen, eine Meile langen Fußmarsch mit Eimern, Schaufeln und Handtüchern ersparen. Es wäre sogar möglich – ja, höchst wahrscheinlich, obwohl sie es nicht wagte, sich diese Wahrscheinlichkeit einzugestehen –, dass er sie ein, zwei Mal auch bitten würde, ihn zu begleiten. Dann würde Mutter auf die Kinder aufpassen, und sie würde im Auto nach Hastings und Eastbourne kurven, und vielleicht sogar nach Brighton und Folkestone, wo es schicke Leute gab auf der Promenade und einen Pier und eine Musikkapelle und elegante Hotels und unvorstellbare Vergnügungen. Marjorie konnte sich keinen größeren Freudenquell als ein Auto vorstellen.

Dieser Strom an Gedanken verdrängte eine ganze Zeit lang ihre viel dringlicheren Schwierigkeiten. Sie vergaß völlig, dass der Ehemann, mit dem sie zusammenlebte und dessen Bett sie in einer Stunde wieder teilen würde, ihre Schwester verführt und ermordet hatte.

»Oo-ooh!«, rief sie aus.

»Das ist ungemein liebenswürdig von dir, Ted«, sagte Mrs Clair. »Ungemein nett. Ich hatte so sehr darauf gehofft, fürchtete aber, es wäre zu viel verlangt, dich darum zu bitten. Du meinst also, du wirst zurechtkommen so allein hier die ganze Zeit?«

Mrs Clair sprach sehr klar und deutlich. Marjorie schrak aus ihren Gedanken auf und bemerkte, dass ihre Mutter ihre Worte genauso sehr an sie wie an ihren Ehemann gerichtet hatte. Es wäre undiplomatisch, ja taktisch unklug, mit allzu offensichtlicher Begeisterung in den zum Greifen nahen Urlaubsfreuden zu schwelgen, ohne das Opfer, das er brachte, angemessen zu würdigen und ohne sich um die Unannehmlichkeiten, die auf ihn zukamen, angemessen zu sorgen. Es wäre durchaus möglich, dass er es sich noch einmal anders überlegte, wenn man ihn nicht rücksichtsvoll genug behandelte. Marjorie tat ihr Bestes, der Aufforderung ihrer Mutter an sie nachzukommen.

»Ich werde dir noch etwas Leckeres auf Vorrat kochen, Schatz«, sagte sie rasch. »Das sollte dir ein, zwei Tage lang reichen und wird besser sein als nichts. Den Schokoladenpudding, den du so magst. Und im Mountain's Café kannst du jeden Tag gut zu Mittag essen. Ted kann übrigens großartig Schinkenspeck und Eier braten, weißt du, Mutter.«

»Natürlich«, erwiderte Mutter. »Ted wird uns schon nicht verhungern. Dazu ist er viel zu vernünftig, nicht wie so manch anderer Mann. Mach dir darüber keine Sorgen, Liebes. Meine Sorge galt etwas anderem, Ted, nämlich, ob du dich nicht vielleicht zu einsam fühlen wirst.«

»Einsam?«, fragte Ted.

Er hatte noch nicht einmal die Möglichkeit bedacht, dass er sich einsam fühlen könnte, oder vielmehr, dass ihm die Einsamkeit etwas ausmachen würde. Vor ihm lagen, noch etwas unbestimmt, drei Wochen Freiheit. Drei Wochen, in denen er keine Rechenschaft ablegen müsste über all sein Tun in dem zwar geringen, aber doch lästigen Ausmaß, das normalerweise vorherrschte; er könnte nach Hause kommen, wann er wollte, und ins Bett gehen, wann er wollte – und sogar eine junge Frau mit nach Hause bringen, was für eine Vorstellung – und ganz allgemein in den Freiheiten des Junggesellendaseins schwelgen, dessen Freuden er schon fast vergessen hatte.

»Oh, wenn ich mich einsam fühle, dann werde ich damit wohl einfach fertigwerden müssen«, sagte er, in sein Schicksal ergeben.

»Du bist *wirklich* eine gute Seele«, lobte Mrs Clair ihn

anerkennend. »Wir sind dir ganz ungemein dankbar, nicht wahr, Marjorie?«

»Ja«, stimmte Marjorie zu. »Ganz ungemein.«

Ted aalte sich wohlig in ihrer bewundernden Dankbarkeit. Das Gefühl der Bedrohung und von allen Freunden verlassen zu sein, war vollkommen verschwunden. Er hatte sich nicht im Mindesten darauf gefreut, drei langweilige Wochen mit Madge und den Kindern an der Küste zu verbringen, wo das nächste Pub zwei Meilen entfernt war. Dort unten wehte stets ein kühler Wind, und die Frauen waren alle Mütter von Horden schreiender Kinder und keine im Badeanzug auch nur einen Blick wert. Er würde viel lieber hier zu Hause bleiben, sogar dann, wenn das bedeutete, dass er sein Bett selbst machen und sein Frühstück selbst zubereiten musste – der Rest der Hausarbeit konnte natürlich liegen bleiben. Was für ein Glück, dass er daran gedacht hatte, den Urlaub zu streichen. Ted gelangte, in diesem ausgedehnten Augenblick, fast zu der Überzeugung, dass diese ganze neue Situation ein Ergebnis seiner eigenen Planung war, und war infolgedessen sehr zufrieden mit sich selbst. Aber er tat sein Bestes, um sich nichts anmerken zu lassen, denn die Frauen würden es nicht verstehen, wenn sie annehmen müssten, dass er gar kein besonderes Opfer brachte. Er war so zufrieden mit sich selbst, so wenig gereizt und nervös wie schon seit dem Tag nach Dots Tod nicht mehr.

»Samstag in einer Woche fahren wir«, sagte Mrs Clair. »Es sind nur noch zehn Tage bis dahin. Du hast nicht mehr viel Zeit, dich darum zu kümmern, dass Teds Sachen alle in Ordnung gebracht sind, Marjorie. Wir müssen die Situation für ihn so bequem gestalten, wie uns irgend möglich ist. Ich komme morgen vorbei und werde mal sehen, ob ich dir helfen kann.«

Jetzt hatte das alte Hochgefühl Ted wieder erfasst; und als seine Schwiegermutter aufstand, um zu gehen, machte er keinerlei Anstalten, sie aufzuhalten. Im Gegenteil, er gab vielmehr mit seiner ganzen Haltung zu erkennen, dass er nicht das Geringste dagegen hatte, sie an diesem Abend loszuwerden. Als Marjorie von der Haustür ins Wohnzimmer zurückkam, tätschelte er ihr das Gesäß mit jener guten alten Geste, die sie zu hassen gelernt hatte.

»Zeit, ins Bett zu gehen, altes Mädchen«, sagte er.

Sie sah ihn an, und ließ dann den Blick durch das Zimmer schweifen, über die beiden vertrauten Sessel und das Sofa, die nach neun Jahren die ersten Abnutzungserscheinungen zu zeigen begannen, die beiden Bilder mit den Waldszenen, die ihnen von der Firma geschenkt worden waren, bei der sie ihre Möbel gekauft hatten, das kleine Bücherregal mit den sieben Büchern darin, den kleinen Tisch mit dem Farn, den geblümten Kaminvorleger, den Radioapparat auf dem Tischchen an der Wand, die Gardinen vor der Verandatür. Dies war das Heim, auf das sie einst so ungeheuer stolz gewesen war und das ihr so ausnehmend gut gefallen hatte. Die Stimmung froher Erwartung glitt von ihr ab wie ein aufgeknöpfter Mantel. Das Wohnzimmer war schäbig, genau wie ihr Leben – eintönig, hässlich, unerträglich.

»Was ist denn los, Süße?«, fragte da Ted. Sogar er, und sogar in seiner gegenwärtigen Stimmung, konnte erkennen, dass etwas nicht stimmte.

Diese Frage öffnete Marjorie die Augen für den bodenlosen Abgrund zu ihren Füßen. Zum ersten Mal seit jener Nacht vor mittlerweile fast drei Wochen, in der Dot starb, fühlte Ted sich wieder so – und schaudernd erkannte Marjorie, dass die Länge dieses Intervalls nur ein weiterer Beweis für seine innere Unruhe und seine Schuld war –, ein weiterer

Beweis, der kein Gewicht haben würde vor einem Gericht. Schwach wie sie war, hatte sie keinen einzigen Gedanken an die Frage verschwendet, was sie tun sollte, wenn diese Situation wieder aufkäme. Die andere Frage, ob sie Ted nicht ohnehin endgültig verlassen sollte, konnte sie umgehen, zur Seite legen, aufschieben, mit dem beruhigenden Gedanken, dass sie sich später damit befassen würde. Wenn sie Zeit hatte zum Nachdenken. Doch dies – dies war dringlich, unabwendbar, furchterregend.

»Komm schon, Süße, was träumst du vor dich hin?«, drängte Ted. »Gib mir 'nen Kuss, altes Mädchen.«

Eine Frau von kälterem oder zynischerem Wesen hätte sich vielleicht gesagt, wenn sie schon so schwach gewesen war, die andere Entscheidung aufzuschieben, dann müsse sie sich dieser Sache nun gezwungenermaßen ergeben; sich dem Leben mit Ted zu unterwerfen bedeute eben, sich allem anderen zu unterwerfen, sodass ihr nur übrig bleibe, das Beste aus einer schlimmen Aufgabe zu machen und ihr mit sorgfältig verborgener Resignation nachzukommen. Doch in Marjorie loderte heiße Leidenschaft, die gleiche heiße Leidenschaft, die Dot in den Tod geführt hatte – eine Leidenschaft aber, die Ted nicht mehr erregen konnte. Die unmittelbare Zukunft war ihr ein Graus. Im Bruchteil eines Augenblicks schoss ihr ein ganzer Strom von Gedanken durch den Kopf. Es war eine Art Gereiztheit in Teds letzten Worten angeklungen, vielleicht sogar ein verschleierter Befehlston. Der Urlaub war beileibe noch nicht fest ausgemacht und gewiss. Ein Wort von Ted, und es würde keinen Urlaub geben, und sie würde niemals von ihm wegkommen, sondern wäre auf ewig zu diesem Dasein mit ihm verdammt. Dieser Gedanke ließ Panik in ihr aufsteigen. Koste es, was es wolle, sie musste in diesen Urlaub fahren, um in der ruhigen Abgeschiedenheit des Guardhouse den Frieden zu finden, nach dem sie sich so sehr sehnte. Koste es, was es wolle. Nur noch zehn Tage bis dahin, sagte sie sich, um ihr Gewissen zu beruhigen über diese neuerliche Schwäche – die Schwäche, die zur Tragödie führen kann. Sie zwang sich, ihm das Gesicht zuzuwenden und ihn zu küssen, zwang sich, Leidenschaft vorzutäuschen, die Lippen zu öffnen für ihn, als er sie an sich riss.

In dieser Nacht hörte sie, schlaflos daliegend, den letzten Zug vom Bahnhof kommend die abschüssigen Gleise hinter dem Haus hinunterfahren und den ersten Zug am frühen Morgen hinaufrattern.

7

Mrs Taylor, die im Harrison Way 79 wohnte, im Haus neben Marjories, und Mrs Posket, die in Nr. 69 wohnte, vier Türen weiter, waren alte Freundinnen. Beide kinderlos und Anfang dreißig, mit Ehemännern, die jeden Morgen in die Innenstadt hineinfuhren und den ganzen Tag dort blieben, verbrachten sie einen Großteil ihrer Zeit miteinander, gingen zusammen einkaufen und ins Kino, und im Winter spielten sie Bridge, abwechselnd im Haus der jeweils anderen und ein Ehepaar gegen das andere. Heute kamen die beiden gemeinsam vom Sommerschlussverkauf zurück, ein wenig müde, aber dennoch triumphierend, mit Päckchen unter den Armen. Als sie die Pforte zu Nr. 79 erreicht hatten, sahen sie beide zum Haus Nr. 77 hinüber. Obwohl mittlerweile drei Wochen vergangen waren seit dem Selbstmord von Mrs Graingers Schwester und obwohl der Sommerschlussverkauf begonnen hatte, war ihnen dieses Ereignis doch immer noch frisch genug im Gedächtnis, um beim Anblick des Hauses wieder wachgerufen zu werden.

Die kleine Mrs Taylor, blond und lebhaft, war dort an eine Geschichte gekommen, die sie schon viele Male erzählt hatte und auch bis zum Tag ihres Todes noch endlos weitererzählen würde – denn schließlich hatte nicht jeder eine Selbstmörderin genau so daliegen sehen, wie sie gestorben war. Mrs Posket, schlanker und größer und dunkelhaarig, hatte das leider verpasst und musste sich mit dem viel geringeren Rang derjenigen zufriedengeben, die immerhin schon einmal in dem Haus gewesen war und mit der Schwester der toten jungen Frau einen Tag, nachdem es geschehen war, geredet hatte. Mrs Posket war als Klatschtante bekannt. Die Liebe war an ihr vorübergezogen – der Ehemann, der jeden Tag in die Innenstadt hineinfuhr, versäumte es, damit zu dienen. Und das Kino war leider kein befriedigender Ersatz. Genauso wenig wie die Sommerschlussverkäufe oder das kleine Haus, das ihr höchstens ein oder zwei Stunden am Tag Arbeit machte.

Vielleicht lagen irgendwo tief in Mrs Posket verborgen die Instinkte eines Pioniers, die ungestillte Neugier eines Entdeckers, die logische Fähigkeit eines Wissenschaftlers oder der schöpferische Drang eines Romanautors. Allein an Kreativität mangelte es; vielleicht hatte sie nie existiert, oder vielleicht hatte sie auch nicht überlebt während einer Kindheit unter öden Leuten, einer fehlgeleiteten Bildung an schlechten Schulen oder eines Ehelebens mit Bridgeabenden, Einkäufen und heimlichem Ersparten. So war Mrs Posket eher zu einer Beobachterin als zu einer Handelnden geworden. Ihr schlummernder Drang machte sie zu einer begeisterten, ja fanatischen Beobachterin. Für sie war es geradezu ein Paradebeispiel für die Ironie dieser Welt, dass solch ein dramatisches Ereignis durch die blinden blauen Augen einer Mrs Taylor gesehen worden war anstatt durch die dunklen weit blickenden Augen einer Mrs Posket – und hier muss in Klammern angemerkt werden, dass sie den Namen Mrs Posket hasste und stets versuchte, sich in Gedanken bei ihrem Mädchennamen zu nennen. Es war Mrs Poskets Ehrgeiz, den in Worte zu fassen ihr aber nie gelungen war, nicht mal sich selbst gegenüber, und der ihr im Grunde gar nicht bewusst war, dass sie jeden Tag etwas von lebenswichtiger oder dramatischer Wichtigkeit sehen oder hören musste. Und dies war auch der Grund dafür, dass Mrs Posket den Milchmann und den Lieferanten des Bäckers immer in Gespräche verwickelte und aus ihrem Schlafzimmerfenster spähte und sich merkte, was ihre Nachbarn kauften, wenn sie ihnen in den Geschäften begegnete.

Derrick kam aus entgegengesetzter Richtung die Straße entlanggerannt, seiner Mutter weit voraus, und blieb beim Anblick der beiden Frauen abrupt an der Pforte stehen.

»Guten Tag, Derrick«, sagte Mrs Posket. Derrick lächelte sie schüchtern an, ehe er sich abwandte und an dem Riegel der Pforte rüttelte.

Im einen Augenblick noch schüchtern und im nächsten schon keck, drehte er sich auf kindliche Art wieder zu ihr herum.

»Die alte Pforte geht nicht auf«, piepste er. »Blöde alte Pforte.«

»Soll ich es machen?«, fragte Mrs Posket hilfsbereit und ging auf ihn zu. »Da! Was sagst du jetzt?«

»Danke schön«, sagte Derrick.

»So ein braver Junge. Und wirst du dieses Jahr auch schön in den Urlaub fahren, Derrick?«

»Wir fahren zum Strand«, erzählte Derrick atemlos.

»An welchen Strand denn?«

»Beim Guardhouse natürlich«, sagte Derrick. Der einzige Strand, den er kannte, war der in der Nähe des Guardhouse. Und er war gnädig genug, es dieser dummen Erwachsenen noch weiter zu erklären. »Und wir fahren im Auto, in Mr Reelys Auto, und Daddy bleibt zu Hause!«

»Oh!«, rief Mrs Posket. Was für eine wunderbare kleine Information, die sie da im Voraus erfuhr. Das zeigte nur wieder einmal, dass man nie wissen konnte, wie Mrs Posket es sich selbst gegenüber ausdrückte – mit anderen Worten, kein Stein war zu unbedeutend, als dass man ihn auf der Suche nach Informationen nicht umwenden sollte. Sie hätte Derrick noch weitere Fragen gestellt, wenn Marjorie nicht die Straße entlanggeeilt gekommen wäre. Marjorie war ein wenig außer Atem, denn sie war so schnell gegangen wie möglich, sobald sie erkannt hatte, wer da mit Derrick sprach – so schnell wie möglich und zugleich verzweifelt darum bemüht, sich den Anschein zu geben, als beeile sie sich gar nicht. Und Marjorie war nicht nur außer Atem, sondern auch etwas blass, denn eine schreckliche Furcht hatte sie beschlichen, als sie Mrs Posket mit Derrick sprechen sah. Bei einem so kleinen Jungen konnte man nie wissen, welche Fantastereien oder unlogischen Dinge er herausposaunen würde. Vielleicht würde er – und diese Möglichkeit bestand zweifellos, wie gering auch immer sie sein mochte – Mrs Posket sogar etwas darüber erzählen, was er an jenem Abend gesehen hatte, etwas über Tante Dottie und Daddy.

Marjorie schnappte sich Derricks Hand und hielt ihn an ihrer Seite, ein wenig hinter sich und halb verborgen von ihrem Kleid, als sie Guten Tag sagte zu Mrs Taylor und Mrs Posket.

»Derrick hat uns gerade erzählt, was für einen schönen Urlaub Sie machen werden, Mrs Grainger«, sagte Mrs Posket lächelnd.

Marjories Befürchtungen schwanden; um die Wahrheit zu sagen, sie war fast genauso aufgeregt wie Derrick über diesen bevorstehenden Urlaub.

»Ja«, erwiderte sie begeistert, doch dann zwang sie sich, ruhig zu sprechen, damit ihre Zuhörerinnen nicht annahmen, es könnte ein Zusammenhang zwischen ihrer Begeisterung und dem bestehen, was sie als Nächstes sagen würde – denn es war besser, Letzteres mutig selbst zu verkünden, als darauf zu warten, dass es irgendwie herauskam, was unvermeidlich war. »Mein armer Ehemann kann nun doch nicht von seinem Büro weg und muss zu Hause bleiben. Ist das nicht ein Pech für ihn?«

»Das hat Derrick auch schon erzählt«, sagte Mrs Taylor, ziemlich zu Mrs Poskets Verdruss – eine Informationsquelle, die man preisgibt, ist in Zukunft nur noch halb so viel wert.

»So ein kleines Plappermaul.« Marjorie lächelte.

»Wer wird sich denn um Mr Grainger kümmern?«, fragte Mrs Posket.

»Oh, er will sich um sich selbst kümmern. Er sagt, das kann er.«

»Du meine Güte!«, rief Mrs Taylor. »Da werden Sie sicher einen Frühjahrsputz machen müssen, wenn Sie wieder zurück sind. Sie wissen ja selbst, wie die Männer so sind, allein zu Hause.«

»Da haben Sie wohl recht.« Marjorie lächelte immer noch.

Das heimliche Wissen darum, dass ihr Ehemann ein Mörder und unzüchtiger Verführer war, zwang sie, die Rolle der duldsamen Ehefrau noch viel nachdrücklicher zu spielen, als es sonst der Fall gewesen wäre.

»Nun«, sagte Mrs Posket, »solange Sie in Ihrem Urlaub schönes Wetter haben, wird Ihnen das vermutlich nicht viel ausmachen.«

»Nein«, erwiderte Marjorie. »In dem Fall wird mir *gar nichts* etwas ausmachen.«

Als Marjorie mit Derrick ins Haus gegangen war, blieben die beiden anderen Frauen noch einen Augenblick vor Mrs Taylors Pforte stehen.

»Hm«, machte Mrs Posket. »Getrennter Urlaub, wie? Meinst du, es stimmt wirklich, dass Mr Grainger nicht von seinem Büro weg kann? Ich kann mir nicht vorstellen, dass er so wichtig ist.«

»Oh, ich glaube schon«, erwiderte Mrs Taylor.

»Sie wollte nicht, dass Derrick mit uns spricht«, fuhr Mrs Posket fort. »Hast du gesehen, wie sie ihn von uns weggezogen hat?«

»Ja, das ist mir auch aufgefallen.«

Eine fast dreißig Jahre alte Erinnerung stieg in Mrs Poskets Gedanken empor. Als kleines Kind, das noch kaum lesen konnte, hatte sie ein buntes Bilderbuch gehabt, das auch ein anschauliches Dschungelbild mit der Bezeichnung »Eine Tigerin verteidigt ihr Junges« enthielt. Und dieses Bild stand ihr jetzt außergewöhnlich deutlich vor Augen, die schwarzgelbe Fellzeichnung, die entblößten weißen Zähne, das seitlich nach hinten geschobene Junge.

»Wie eine Tigerin«, sagte sie. »Ich frage mich ...«

»Du fragst dich immer irgendetwas, Grace«, warf Mrs Taylor mit einem Lachen ein.

»Nun, ich muss mich nicht fragen, was mein Dick sagen würde, wenn ich ihn für zwei Wochen allein lassen wollte, oder für drei Wochen oder wie lange auch immer. Das weiß ich bereits.«

Im Haus drinnen dachte Marjorie über das Problem nach, wie sie Derrick klarmachen sollte, dass er mit niemandem außerhalb der Familie über die häuslichen Angelegenheiten sprechen durfte, und das, ohne zugleich sein charmantes Zutrauen Fremden gegenüber zu zerstören. Es war immer das gleiche alte Problem, stets wollte sie das eine haben, ohne das andere zu lassen; doch ihr kam nicht in den Sinn, dass dies eine Schwäche war.

»Ich glaube nicht«, begann sie vorsichtig, als sie Brot und Butter für den Tee herrichtete, »dass Mrs Posket an unserem

Urlaub interessiert war. Du hättest ihr nichts davon erzählen sollen.«

»Sie hat mich gefragt, Mummy«, entgegnete Derrick.

»Oh ja, aber ich glaube nicht, dass sie es wirklich hören wollte.«

»Aber sie hat dich auch gefragt«, sagte Derrick mit der Logik eines Vierjährigen, die einen zum Verzweifeln bringen konnte.

»Das hat sie getan, aber du musst Mrs Posket keine Dinge erzählen.«

»Was für Dinge, Mummy?«

»Oh, du weißt, was ich meine. Dinge über uns.«

»Was für Dinge über uns, Mummy?«

Nur Kinder konnten in der einen Minute so klug und schon in der nächsten so zum Verzweifeln dumm sein, und so endete das Gespräch, wie zu erwarten gewesen war – und wie sogar Derrick, mit seiner geringen Erfahrung, ganz philosophisch schon erwartete, dass Gespräche enden.

»Ach, stör mich jetzt nicht. Warum gehst du nicht in den Garten hinaus und spielst, bis der Tee fertig ist?«

Bald nachdem die Kinder im Bett waren, klopfte es an der Haustür. Das verwirrte Marjorie einen Augenblick lang, weil es nicht Mutters Klopfen war. Als sie die Tür öffnete, war sie überrascht, den schüchternen, aber gut aussehenden Mr Ely vor sich zu haben.

»Guten Abend, Mrs Grainger«, sagte Mr Ely, ziemlich rot vor Aufregung. »Ich bin mit dem Auto hier!«

»Wirklich!«, rief Marjorie. »Steht es an der Straße? Darf ich es mir ansehen?«

Mr Ely führte sie stolz den Vorgartenweg entlang bis dorthin, wo das kleine Auto am Bordstein stand. Es war nur ein winziges Gefährt mit sieben Pferdestärken, das seine Jugend schon lange hinter sich hatte, aber es bedeutete Mr Ely viel mehr als jeder Rolls-Royce seinem Millionärsbesitzer, und Marjorie kam es vor wie Aschenputtels Märchenkutsche.

»Es ist wunderschön!«, rief Marjorie und meinte es auch so. Schönheit bei einem Auto begann in ihren Augen damit, dass es vier Räder hatte, sich aus eigenem Antrieb bewegen konnte und ausreichend überdacht war, um den Großteil des Regens abzuhalten.

»Ich wollte es Ihnen gleich zeigen«, erklärte Mr Ely, »damit Sie sehen können, wie viel Platz für Gepäck bleibt. Wohl nicht allzu viel, wissen Sie, wenn wir zu fünft im Auto sitzen.«

»Derrick kann auf meinem Schoß sitzen, oder auf Mutters Schoß«, erwiderte Marjorie. »Und Anne ist nicht allzu groß.«

»Es ist allerdings nicht nur das, fürchte ich. Wir dürfen nicht zu viel Gewicht einladen, damit das alte Gefährt noch vorankommt.«

»Oh, verstehe. Dann werde ich ganz besonders umsichtig sein. Wir werden nur ganz wenig mitnehmen.«

Marjorie begann in Gedanken bereits emsig das Problem zu bearbeiten, wie man das Gewicht reduzieren könnte. Es gab so einiges, worauf sie verzichten konnte, beschloss sie.

»Ich nehme an«, begann Ely, jetzt wieder schüchtern, »Sie hätten wohl keine Lust, heute Abend eine kleine Fahrt darin zu machen?«

»Oh!«, rief Marjorie, und dann fügte sie mit ehrlicher Enttäuschung hinzu: »Es tut mir leid, ich kann nicht. Ted ist heute Abend ausgegangen und wird erst spät zurück sein. Ich kann die Kinder nicht alleine lassen.«

Ely war ebenfalls enttäuscht, und man sah es ihm an. Dies war sein erster Tag als Autobesitzer, und er sehnte sich danach, den ganzen Abend lang herumzufahren. Für einen zur Unterordnung verdammten Mann war es ein herrliches Gefühl der Macht, den Fuß abzusenken und zu spüren, wie das Auto gehorsam voransauste; exakt um Straßenecken herumzukurven; Busse und Straßenbahnen hinter sich zu lassen, in denen man schon so oft öde vor sich hin zockelte, abhängig von Fahrer und Schaffner, und abhängig sogar von den Leuten auf den Gehwegen, die einen mit einem einzigen Heben der Hand anhalten konnten. Aber zugleich schreckte er davor zurück, allein durch den Verkehr der Vorstadtstraßen zu fahren. Er wollte jemanden neben sich haben, der ihn auf Autos an der Beifahrerseite aufmerksam machte und für ihn nach hinten sah, wenn er rechts abbiegen musste. Die jungen Frauen aus dem Tennisclub waren ihm alle weit überlegen. Sie würden vielleicht sogar lachen darüber, wie er von einem Gang in den anderen schaltete. Ely war überzeugt, dass sie alle bereits von Kindheit an mit Autos vertraut waren.

Mrs Grainger hielt Ely nicht für überlegen. Er machte sich weiter keine Gedanken darüber, ob sie mit Autos vertraut war oder nicht. Er bewunderte Mrs Grainger und ihre dunkle Schönheit; und in ihrer Gegenwart fühlte er sich wohler als in der irgendeiner anderen jungen Frau; ohne sich je die Mühe zu machen, es zu analysieren, empfand er in ihrer Gegenwart stets ein Gefühl des Wohlwollens, ja der Gemeinschaft, das ihm immer fehlte, wenn er mit anderen Frauen beisammen war. Das war auch der Hauptgrund, warum er sogleich auf Mrs Clairs Urlaubsvorschlag eingegangen war. Sein Aufenthalt an der Küste würde ihn nicht mehr kosten als seine Untermiete – und das war wichtig, jetzt, da er all seine Ersparnisse in das Auto gesteckt hatte –, aber am wichtigsten war, dass er zusammen mit Freunden an der Küste sein würde. Ely hatte schon einsame Urlaube an der Küste verbracht und war die ganze Zeit über unglücklich gewesen.

Die aufdringlich lachenden jungen Frauen auf den Promenaden und Piers hatten so gar nichts Anziehendes für ihn.

Marjorie war überrascht, dass Elys Enttäuschung der ihren entsprach. Sie war ganz entzückt und auch ein wenig gerührt darüber.

»Mutter würde sicher kommen und das Haus hüten, denke ich, wenn wir sie darum bitten«, sagte sie nach raschem Nachdenken. »Heute ist doch nicht der Abend, an dem sie in die Kirche geht, oder?«

»Nein. Sie war zu Hause, als ich ging. Soll ich hinfahren und sie holen?«

»Ja, tun Sie das.«

Es war wundervoll, dass man mit einem Auto Mutter nicht nur eine Nachricht senden, sondern sie auch gleich mitbringen konnte, alles in weniger als zehn Minuten. Zu Fuß hätte es, Marjories Erfahrung nach, mindestens eine Dreiviertelstunde gedauert, auch wenn Mutter immer noch ziemlich schnell laufen konnte. Ein Auto bedeutete Freiheit in vielerlei Hinsicht.

Mutter schien sehr gern vorbeizukommen. Sie strahlte Marjorie und Mr Ely an und winkte ihnen nach, als sie mit krachendem Getriebe die Straße hinunter entschwanden. Mrs Clair ging von der Pforte wieder hinein und setzte sich in das schäbige Wohnzimmer – mit geöffneter Tür, damit sie die Kinder hören konnte, falls sie weinen sollten –, immer noch lächelnd, doch jetzt war es ein Lächeln ohne jeden Anflug von Freundlichkeit darin. Es war ein hartes, schmallippiges Lächeln, und obwohl in ihren Augen ein versonnener Blick lag, hatten auch sie nichts Weiches. Mrs Clair saß aufrecht da, die Hände im Schoß, und starrte vor sich hin. Sie sah Traumbilder, in denen ihr Schwiegersohn die Strafe bekam, die er verdiente. Ihre Pläne begannen bereits Früchte zu tragen. Nicht einmal die Keuschheit ihrer Tochter wäre ein zu hoher Preis. Wenn Marjorie ihm untreu werden würde, wäre diesem Teufel damit zumindest schon eine Wunde beigebracht, eine Rate der Rückzahlung.

Ihre hellhörigen Ohren vernahmen das Geräusch des an der Pforte vorfahrenden Autos, sobald die beiden zurückkehrten, und sie ging zu ihnen hinaus. Ely half Marjorie eben aus dem Auto heraus; und sie waren beide ganz rot im Gesicht vor Aufregung.

»Sollen wir nicht zum Abendessen bei dir bleiben, Liebes, weil du doch ganz allein bist?«, fragte Mrs Clair.

»Oh ja«, erwiderte Marjorie. »Sie bleiben doch auch, Mr Ely, oder?«

»Danke, gern«, sagte Ely.

Der lange Sommerabend ging soeben mit dem Hereinbrechen der Dunkelheit seinem Ende entgegen. Mr Ely hatte so viel Spaß gehabt, trotz der Anspannung, durch den Verkehr fahren zu müssen, dass er weder allein in die Dewsbury Road zurückkehren noch sich eingestehen wollte, dass der Tag schon vorüber war.

Und so setzten sie sich gemeinsam in die Küche zu einer munteren kleinen Party mit Rührei auf Toast und den Resten eines Trifle und mehreren Bechern des starken Tees, den Mrs Clair bis zum Exzess zu trinken pflegte – ihre einzige Schwäche. Mrs Clair zeigte sich angemessen beeindruckt, als Marjorie ihr die Route beschrieb, die sie gefahren waren – auf der Hauptstraße draußen auf dem Land hatten sie zwanzig Meilen zurückgelegt in der Zeit, die sie in der Vorstadt für zehn Meilen gebraucht hatten.

»Wenn wir im Guardhouse sind«, sagte Mr Ely – er hatte sich, wie alle anderen, angewöhnt, nur noch vom Guardhouse zu sprechen, wenn er die Küste von Sussex meinte –,

»sind wir schon draußen auf dem Land, wenn wir starten. Dann müssen wir nicht jedes Mal erst Meilen von Verkehr hinter uns bringen, wenn wir in dem alten Gefährt einen Ausflug machen wollen.«

»Ist das nicht wunderbar!«, rief Marjorie.

Was Ely da soeben gesagt hatte, war eine enorme Erleichterung für sie, versicherte es ihr doch, dass Ely nicht die Absicht hatte, in dem bevorstehenden Urlaub auf seine Rechte als zahlender Logisgast zu bestehen und jeden Tag wegzufahren, um sich ganz allein zu vergnügen. Er würde sich als Teil der Gemeinschaft betrachten, und sie würde, zumindest manchmal, gebeten werden, ihn zu begleiten. All die weltlichen Freuden von Hastings und Eastbourne würden ihr offenstehen, und all die sagenumwobenen Stätten im Landesinneren, die mit Pferdekutschen angefahren wurden, Bodiam Castle, Herstmonceux Castle und Chanctonbury Ring. Mutter würde bei diesen Gelegenheiten sicher gern auf die Kinder aufpassen. Über den Tisch hinweg sah sie ihre Mutter an und war überrascht, das Glitzern eines freudigen Triumphs in ihren Augen zu entdecken – Mutter freute sich offenbar auch sehr, dass ihre Tochter dieses Jahr einen schönen Urlaub haben würde. Sie ähnelte gar einer Ehe stiftenden Mutter, deren Tochter soeben einen geeigneten Verehrer mit nach Hause gebracht hatte – ach, Mutter war einfach das Ideal einer süßen alten Dame.

8

Am Samstagmorgen erwachten die Kinder früh, voll Aufregung darüber, dass heute ihr Urlaub beginnen würde. Sogar Anne, die sonst so selbstbeherrscht war, ließ sich von Derricks Aufregung anstecken. Vor sieben Uhr schon rannten sie in ihren Pyjamas durchs Haus und kamen ins Schlafzimmer ihrer Eltern getrappelt, was für Ted einen schlechten Start in den Tag bedeutete – eine halbe Stunde Schlaf verlieren und schon vor dem Frühstück mit Kindern zu tun haben, das gehörte beides zu jenen unerträglichen Dingen, die nicht geschehen durften. Hastig sprang Marjorie aus dem Bett und scheuchte die Kinder wieder hinaus aus dem Zimmer. Dann griff sie nach ihren Kleidern und ging sich mit den Kindern zusammen anziehen, damit Ted nur noch so wenig wie möglich gestört wurde.

»Das ist wie Weihnachten«, sagte Anne, während sie sich schlängelnd das Unterhemd über den Oberkörper zog – das frühe Aufstehen und der Besuch bei den Eltern im Pyjama, erfüllt von dem Gefühl, dass wunderbare Dinge ganz kurz bevorstanden, hatten wohl diese seltsame Assoziation der Ereignisse heraufbeschworen.

»Gott sei Dank ist es nicht so kalt wie zu Weihnachten«, sagte Marjorie, befestigte ihre Strumpfhalter und warf einen Blick zur Seite aus dem Fenster hinaus, wo die herrliche Sonne bereits einen weiteren heißen Tag versprach.

Es war auch in der Nacht sehr warm gewesen – Ted hatte

geschnarcht, sich herumgeworfen und sie gestört. Zum Teil auch, weil er sie letzte Nacht schon wieder gewollt hatte. Zur Schlafenszeit hatte er sie plötzlich mit seinen heißen Händen berührt und eine jähe Panik in ihr ausgelöst, da sie sich eben der unrealistischen Träumerei hingegeben hatte, die morgige Trennung würde eine endgültige sein, und diese grobe Erinnerung an ihre gegenwärtige Verstrickung hatte sie wie ein Schock getroffen. Von Panik erfasst, hatte sie ihm die einzige Lüge erzählt, die ihr in dem Augenblick einfallen wollte – eine, die sie selten zu nutzen wagte, weil Ted so scharfsinnig war. Doch selbst angesichts einer guten Ausrede hatte Ted noch stets Missmut und Verärgerung gezeigt.

»Das ist ja eine schöne Bescherung«, nörgelte er. »In der letzten Nacht, die wir für drei Wochen haben.«

Und Marjorie glaubte tatsächlich, dass er wegen seines Ärgers die ganze Nacht geschnarcht und sich herumgeworfen und sie vom Schlafen abgehalten hatte. Wie hatte sie seinen heißen, grobschlächtigen, behaarten Körper gehasst letzte Nacht.

»Weihnachten!«, kreischte Derrick. Er hatte die große, wie eine Trommel geformte Toffeedose gefunden, die sein größter Schatz war, und schlug mit einem Stock darauf ein, was einen solchen Krach machte, dass wohl sogar Mrs Taylor nebenan sich davon gestört fühlen würde, von Ted einmal ganz abgesehen.

»Seid still, Kinder«, bat Marjorie, und dann verzweifelt: »Geht hinaus in den Garten, alle beide. Ihr dürft auch auf den Trampelpfad gehen, wenn ihr wollt. Aber nur, wenn ihr ganz vorsichtig seid und nicht auf dem Zaun herumklettert.«

Dieser Anreiz war groß genug, dass die Kinder Ruhe gaben. Der Trampelpfad war ein schmaler Fußweg, der zwischen den Gärten hinter den Häusern des Harrison Way und den Eisenbahnschienen verlief. Im Allgemeinen verbot Marjorie den Kindern, dort herumzulaufen, weil die Schienen nur durch ein niedriges Geländer von dem Fußweg getrennt waren und sie Angst hatte, dass sie darüberklettern würden. Er besaß also die ganze Faszination des verbotenen Terrains für die Kinder und bot zusätzlich dazu noch die Attraktion, dass man vom Trampelpfad aus – was der Blick aus dem Garten hinaus verwehrte – die Dächer der Züge auf und ab durch die Hügellandschaft ziehen sehen konnte.

Das Frühstück wurde, nachdem sie das Essen gemacht und die Kinder wieder hereingerufen hatte, eine unerfreuliche Angelegenheit. Ted war sogar noch schlechter gelaunt und mürrischer als sonst, teils vielleicht wegen letzter Nacht und teils, weil man von keinem Mann, der während einer Hitzewelle die Aussicht auf drei Wochen harte Arbeit mit Buchprüfern hatte, erwarten konnte, dass er geduldig dem anhaltenden Geplapper über einen Urlaub zuhörte, den andere Leute machen wollten. Und Derrick machte alles nur noch schlimmer. Unbestimmte Erinnerungen an andere Urlaube schwappten in seinen Gedanken herum und vermischten sich mit Zerrbildern aus seiner Fantasie von jenem Auto, das in letzter Zeit in den Gesprächen von Mummy und Grannie eine so große Rolle gespielt hatte.

»Fährt Tante Dottie auch im Auto mit?«, fragte er.

»Sei still, Derrick«, sagte Marjorie, doch zu spät.

Ted hatte sein Messer fallen lassen und starrte ihn finster über den Tisch hinweg an.

»Du blöder kleiner Dummkopf«, sagte er.

Noch immer hatte niemand Derrick erzählt, dass Tante Dot tot war – Marjorie versuchte bislang, ihn vor dem Wissen um den Tod zu bewahren, und hatte gehofft, dass er sie einfach vergessen würde. Aber man konnte sich eben niemals darauf verlassen (wie sie sich jetzt mit bitterem Selbstvorwurf sagte), dass ein Kind etwas vergaß oder sich an etwas erinnerte. Derrick hatte mittlerweile Angst, verlegte sich aber standhaft darauf, seine Person zu verteidigen.

»Bin kein kleiner Dummkopf«, sagte er, und Ted beugte sich über den Tisch und schlug ihm an den Kopf. Das reichte, um Derrick von einem standhaften kleinen Jungen in ein schreiendes Baby zu verwandeln. Marjorie rannte zu ihm. Die jahrelange Gewohnheit war gerade noch stark genug, um sie davon abzuhalten, die Disziplin zu unterlaufen und ihn hochzunehmen, zu trösten und sich auf seine Seite gegen seinen Vater zu stellen. Sie war kurz davor, alle Verschwiegenheit fahren zu lassen, jetzt erst recht; auch Annes schreckensbleiches Gesicht an der anderen Seite des Tisches besänftigte sie nicht – Anne, die Tante Dots Tod erahnt hatte, ohne dass es ihr jemand erzählen musste, und es hasste, deren Namen zu hören, und es sogar noch mehr hasste, die Gewalttätigkeit ihres Vaters zu erleben.

»Warum bringst du den Kindern nicht endlich mal Vernunft bei, Madge?«, forderte Ted. »Verdammte blöde Dummköpfe, alle miteinander. Das kommt von diesem ganzen Urlaubsgerede, nur daran liegt's. Fehlt nicht mehr viel, und ich verbiete euch zu fahren.«

Er sah Furcht in Marjories Gesicht aufblitzen, und das genoss er. Er wollte jemandem wehtun.

»Würde euch allen mächtig gut tun«, fuhr er fort, »wenn ihr auch mal feststellt, dass ihr etwas nicht haben könnt. Dieser blöde Dummschwätzer Ely und sein Auto! Ein Auto! Der Kerl hat zehn Jahre weniger Berufserfahrung als ich und kauft sich ein Auto!«

Diese Abschweifung war eine günstige Fügung. Teds Schimpftirade war so rasch aus ihm hervorgesprudelt, dass er sich zu einer Erwähnung von George Ely hatte hinreißen lassen, obwohl es eigentlich Marjorie und die Kinder waren, die er angreifen wollte. Als er all seinen Hohn über Ely ausgegossen hatte, musste er kurz innehalten und sich erst einmal sammeln, um seine Tirade fortzusetzen; doch wenn man erst einmal innegehalten hatte, war es nicht so leicht, wieder anzufangen. Er schluckte, und schluckte noch einmal, und Derricks Geschrei war eine wahrhaft starke Gegenkraft, die jeden klaren Gedanken verhinderte, der nötig gewesen wäre, um einen weiteren richtig verletzenden Angriff zu starten.

»Hier kann man nicht mal in Ruhe sein Frühstück beenden«, sagte er in dem Versuch, erneut drauflos zu schimpfen. Doch das erinnerte ihn nur an seinen Alltagstrott der letzten zehn Jahre. Er sah auf die Küchenuhr. »Herrgott! Ich komme noch zu spät ins Büro.«

Nun richtete er seine ganze Gewalttätigkeit darauf, sich in aller Eile die Schuhe anzuziehen. Und dann schnappte er sich auch schon seinen Hut und stürmte zur Tür hinaus, auf den Lippen einen letzten Fluch auf einen Haushalt, in dem man beim Frühstück nicht mal Zeit für eine zweite Tasse Tee hatte. Derrick war der Einzige, der einen Kommentar zu Teds Verhalten beisteuerte, als er, seine Tränen vergessend, mit feierlichem Ernst verkündete:

»Daddy ist blöd.«

»Scht! So darfst du über Daddy nicht reden«, ermahnte Marjorie ihn ganz instinktiv. Sie bemühte sich jetzt schon seit so vielen Jahren, aus Gründen der Disziplin, um eine loyale Haltung ihrem Ehemann gegenüber, dass sie sie in diesem Moment nicht ablegen konnte.

Oben mussten noch die Betten abgezogen, die Fenster geschlossen, die Rollläden heruntergelassen und das gestern begonnene Packen beendet werden. Unten musste ein Braten zubereitet und Gemüse gekocht werden, damit Ted noch ein letztes gutes Essen bekam, bevor sie ihn verließ, und damit genug kaltes Fleisch da war, das ihn übers Wochenende bringen würde. Anne schaffte es, ihre Aufregung so weit zu bezähmen, dass sie für ihre Mutter das Frühstücksgeschirr abtrocknen und den Tisch zum Mittagessen decken konnte. Doch trotz all der Hilfe hatte Marjorie an diesem Morgen immer noch genug zu tun (auch dank der Notwendigkeit, dass sie ständig aufpassen musste, dass Derrick auch keinen Unfug trieb), um die ganze Zeit auf Trab gehalten zu werden. An Tausenderlei musste gedacht werden, an den Milchmann, und an den Bäcker, und so weiter; Marjorie konnte nur hoffen, dass sie nichts vergessen hatte. Es war so schon sehr warm in dem kleinen Haus – und Marjorie rannte an diesem Vormittag bestimmt an die zwanzig Mal die Treppe hinauf und hinunter, mit hochrotem Kopf und unordentlichem Haar.

Bis Ted aus dem Büro zurück war und das Mittagessen tatsächlich auf dem Tisch stand, hatte sie keine Zeit gehabt, irgendeine Aufregung zu spüren. Marjorie hätte sogar behauptet, dass sie gar nicht aufgeregt sei, sogar noch, als sie von ihrem Platz am Tisch aus sah, dass die Uhr Viertel nach eins anzeigte, und sie sich daran erinnerte, dass Mr Ely sie um halb drei abholen kommen würde. Doch sie konnte kaum einen Bissen des Mittagessens herunterbringen, das sie gekocht hatte – Roastbeef, Ofenkartoffeln, Erbsen, Yorkshire-Pudding und Apfelkuchen mit Vanillesoße, ein echtes Sonntagsmahl im Grunde, und das an einem Samstag.

Ted bemerkte ihren fehlenden Appetit nicht einmal – für so etwas hatte er noch nie Augen gehabt –, doch er selbst aß mit Genuss, und seine schlechte Laune des Morgens ruhte. Ted hatte viel übrig für ein gutes Mittagessen, vor allem für Roastbeef und Yorkshire-Pudding. Nach dem Mittagessen ging er, sehr zu Marjories Erleichterung, ins Wohnzimmer und schaltete den Radioapparat ein, sodass sie wieder herumsausen, den Abwasch machen, alles bereitstellen und dann schließlich die Treppe hinauflaufen konnte, um ihre Kittelschürze aus- und ihr Sommerkleid anzuziehen (mit einem Mantel darüber) und die Reisetaschen und Pakete, die oben bereits warteten, herunterzutragen. Es gab ein halbes Dutzend Haushaltsangelegenheiten, an die sie Ted gern in letzter Minute noch erinnert hätte, doch das wollte sie jetzt nicht mehr riskieren. Das könnte sie ihm auch immer noch schreiben, wenn sie im Guardhouse angekommen war.

Es war schon so lange die wichtigste Pflicht in ihrem Leben, sich um ihren Haushalt zu kümmern, dass sie sich selbst jetzt noch automatisch so verhielt, als würde diese Pflicht auch weiterhin bestehen. Unbehaglich lenkte sie ihre Aufmerksamkeit sogar weg von dem Gedanken, dass das nun nicht mehr länger der Fall sein müsste. Doch in ihren Augen war sie nicht schwach. In ihren Augen wurde sie von unaufhaltsamen Umständen getrieben. Mit einem leichten Schaudern schüttelte sie diesen ganzen Albtraum von sich ab. Sie würde all dem hier jetzt erst einmal drei Wochen lang entfliehen, und in dieser Zeit musste sie sich um gar nichts sorgen.

Sie strich sich das Haar zurecht, das beim Anziehen des Kleides zerzaust worden war, und sah sich im Spiegel an. Die Erfahrungen von heute Morgen, sagte sie sich, hatten kaum eine Spur hinterlassen. Und in diesem Sommerkleid sah sie frisch und schick aus, sie hatte sich diskret gepudert und – ausnahmsweise – die Lippen rot geschminkt, damit sie nicht ganz so blass waren wie in letzter Zeit. Mochte es ihrem Wesen auch noch so fremd sein, als jemand zu posieren, der sie nicht war, so hatte doch auch sie ein geistiges Bild ihrer selbst im Hinterkopf, nämlich das einer Frau von kühlem Schick, gelassen und *soignée*, die anmutig zu einem Auto hinausschritt, um sich hinwegtragen zu lassen zu ihren drei Wochen Urlaub an der Küste.

Sie hörte das Quietschen der Autohupe an der Pforte und dann das laute Quäken von Anne und Derrick.

»Mummy, Mummy, das Auto ist da! Mummy, Mr Reely ist da! Ist Grannie auch da, Mummy? Wo sind unsere Taschen, Mummy? Mummy, hast du mein Schiff eingepackt?«

Das Bild, das sie abgab, wie sie da im Sonnenschein zur Pforte hinausging, mit zwei hüpfenden Kindern an der Seite und in jeder Hand eine schwere Reisetasche, war eigentlich noch viel anziehender als jenes, das sie sich vorgestellt hatte, denn der Gedanke an den Kontrast ließ ihre weißen Zähne in einem freundlichen Lächeln aufblitzen. Ted lief mit den restlichen Bündeln mürrisch hinterdrein, doch er war feinfühlig und flexibel genug, um seine schlechte Laune vor Mr Ely und Mrs Clair nicht zu zeigen. Mit einiger Mühe quetschten sie sich hinein – es war gerade so Platz genug für alles und jeden –, und erst als die Autotür hinter ihr ins Schloss fiel, bemerkte Marjorie, dass sie ihrem Ehemann keinen Abschiedskuss gegeben hatte, und dies war das erste Mal seit Derricks Geburt, dass sie ihn verließ. Doch sie war froh, dass es so gekommen war. Sie winkte, Ely legte den Gang ein, und dann setzte das Auto sich ruckelnd die Straße hinunter in Bewegung. An der Ecke drehte Marjorie sich noch einmal um, und ehe sie beschloss, sich den Urlaub von so unerfreulichen Gedanken nicht verderben zu lassen, fragte sie sich, wie sie sich wohl fühlte, wenn sie das Haus wiedersah. Fünfhundert Meter weiter vorn war die Ecke, wo der kleine Trampelpfad, der hinter den Häusern entlanglief, auf die Simon Street traf.

Dort stand Mrs Posket, die auf dem Weg zum Bahnhof war, um ihren Ehemann abzuholen – sie benutzte oft den Trampelpfad an den Eisenbahnschienen entlang, denn die Rückseiten von Häusern sind meistens sehr viel informativer als die Vorderseiten. Sie winkte ihnen zu, erfreut, so ein wichtiges Ereignis mit eigenen Augen gesehen zu haben; da also fuhr sie in den Urlaub, die Mrs Grainger, mit dem jungen Mr Ely von der Gas-Gesellschaft – aber nicht, dass sie damit etwas *andeuten* wollte, beileibe nicht.

9

Der Urlaub verlief natürlich nicht von Anfang an perfekt. George Ely brauchte drei Stunden, um die siebzig Meilen bis zum Guardhouse auf den am Samstagnachmittag völlig überfüllten Hauptstraßen zu überwinden, und als sie es dann erreicht hatten, waren sie alle sehr steif und müde und hungrig und durstig. Derrick hatte sogar schon geweint vor Erschöpfung, noch ehe die Hälfte des Weges zurückgelegt war, und die scharfen Worte, die seine überreizte Mutter ihm über die Schulter zugeworfen hatte, hatten ihn nicht getröstet. Und bei ihrer Ankunft im Guardhouse gab es natürlich keinerlei Vorkehrungen, keinen Tee, nichts; selbst die Betten mussten erst noch bezogen werden, bevor sie sich ausruhen konnten. Überdrüssig und müde dachte Marjorie an den Fußmarsch von einer Dreiviertelmeile zu den Läden.

Mrs Clair war es, die sich mit einer Entschlossenheit und Energie der Lage gewachsen zeigte, die noch für eine halb so alte Frau wie sie achtbar gewesen wären – genauso, wie es auch Mrs Clair gewesen war, die den weinenden Derrick im Auto besänftigt und ihn für den Rest der Fahrt in eine Art Halbschlaf gewiegt hatte.

»Also, zuerst einmal brauchen wir hier ein paar hübsche Blumen«, sagte sie fröhlich. »Anne, kann ich mich darauf verlassen, dass du mir mit Derrick dort drüben auf der Wiese ein paar hübsche pflückst?«

»Oh ja, Grannie«, erwiderte Anne; man musste ihr nur

auf die richtige Art einen Vorschlag machen, dann war sie ein sehr gefügiges Kind und übernahm mit großer Freude die Verantwortung für die ihr zugeteilte Aufgabe. Ihre Begeisterung steckte Derrick an, und die beiden rannten auf die Wiese hinaus und vergaßen, für den Moment zumindest, all ihre Quengelei und den Hunger und machten sich daran, Löwenzahn und Butterblumen einzusammeln.

»Die Betten müssten bezogen werden«, fuhr Mrs Clair, an ihre Tochter gewandt, munter fort, »aber ich glaube, wir möchten erst einmal einen Tee, nicht wahr? Ich werde mich auf den Weg zu den Läden machen. Wir brauchen Brot und Milch, und ...«

Mrs Clair zählte an den Fingern die nicht enden wollende Liste an Dingen ab, die bei diesem Wochenendeinkauf für einen Haushalt, in dem es an allem und jedem fehlte, benötigt wurden. Der junge Mr Ely, der sich die steifen Beine im Garten vertreten hatte, kam gerade rechtzeitig wieder herein, um es mit anzuhören. Er war benommen und müde von der Anstrengung der Fahrt – der längsten, die er je gemacht hatte, und dann auch noch an einem einzigen Tag und inmitten all des Verkehrs, der ihm oft in gefährlich hoher Geschwindigkeit dahinzubrausen schien. Aber er war eine hilfsbereite Seele und seltsam häuslich trotz (oder vielleicht gerade wegen) der letzten Jahre, die er zur Untermiete gewohnt hatte.

»Nun, ich bin ja auch noch da mit dem Auto«, sagte er. »Wie wollen wir es denn machen?«

Diese einfache Frage nahm Marjorie sofort eine Last von den Schultern. Sie hatte die Existenz des Autos natürlich nicht vergessen, aber da sie annahm, dass Mr Ely sich in Haushaltsdingen genauso verhielt wie Ted, war sie davon ausgegangen, dass sie und ihre Mutter ohne weitere Hilfe alles selbst erledigen mussten, während Mr Ely sich zu Brot,

Käse und Bier in ein nahe gelegenes Pub begab und erst wiederkäme, wenn alle Arbeit getan war. Dankbar lächelte sie George an.

»Vielen Dank, Mr Ely«, sagte Mrs Clair und sortierte ihre Pläne neu. »Wissen Sie was, fahren doch Sie mit Marjorie in die Läden, dann kümmere ich mich um die Vorbereitungen für den Tee und erledige schon einmal all das, was ich im Haus tun kann.«

Es war wunderbar, mit einem Auto zum Einkaufen zu fahren. Eine Dreiviertelmeile war gar nichts in einem Auto, und wenn die Sachen eingekauft waren, dann hatte man die ganze Rückbank, um sie dort abzulegen, anstatt sie, mit zunehmend schmerzendem Rücken, von Laden zu Laden herumzuschleppen. Marjories Müdigkeit und plötzliche Enttäuschung fielen ab von ihr, als sie diesen erfreulichen Umstand zu würdigen lernte. Sie lächelte und warf den Kopf in den Nacken, um das entfernte Meer zu riechen, und ihre unbeschwerte Heiterkeit steckte auch Ely an, sodass er es aufrichtig genoss, eine Viertelstunde lang flott durch die drei Läden zu eilen, die das Bungalow-Feriendorf hatte.

Im Guardhouse hatte Mutter inzwischen den Tisch gedeckt, das Wasser im Kessel kochte, und auch wenn die Kinder das Blumenpflücken sehr bald leid geworden waren, dauerte es doch nur einen Moment, ihnen Brot, Marmelade und heißes Wasser mit Milch hinzustellen, und schon hatte sich ihre Quengelei wie von Zauberhand aufgelöst. Jahr um Jahr hatte Marjorie die elende Qual der ersten Ankunft im Guardhouse vergessen, nur um sich mit erneuter Enttäuschung und Bitterkeit beim nächsten Mal wieder daran zu erinnern. Aber diese Ankunft war schon jetzt anders. Es war noch nicht einmal sechs Uhr, und hier saßen sie beim Tee und hatten die Hälfte der Arbeit bereits erledigt. Früher war sogar die schusselige und unbekümmerte Dot bissig und verdrossen gewesen, wenn die Kinder endlich im Bett lagen und das Haus auf Vordermann gebracht war. Marjorie lachte und redete, und Mrs Clair lächelte und hielt den Mund, und die Kinder benahmen sich wie Engel.

»Mr Reely! Mr Reely«, rief Derrick mit einem engelsgleichen Lächeln, trotz des Kleckses Erdbeermarmelade auf der Wange. »Mr Reely! Darf ich was flüstern?«

George Ely neigte gehorsam den Kopf. Es lag etwas seltsam Gewinnendes darin, wie Derrick ihm seine Arme um den Nacken schlang.

»Mr Reely«, sagte Derrick mit einem Flüstern, das genauso laut war wie sein normaler Tonfall. »Fährst du uns noch zum Strand nach dem Tee? Anne und mich.«

»Dürfen sie noch raus?«, fragte Mr Ely und sah Marjorie an.

»Sie wollen sich die beiden sicher nicht aufhalsen«, erwiderte Marjorie.

»Doch, das tue ich gern, wirklich«, protestierte Ely.

»Wir haben das Meer noch gar nicht gesehen, den ganzen Tag noch nicht«, bettelte Anne.

»Also gut, wenn Mr Ely euch mitnimmt«, willigte Marjorie ein und fügte an Mr Ely gewandt hinzu: »Aber nur eine halbe Stunde. Es ist schon fast Schlafenszeit. Sind Sie auch sicher, dass es Ihnen nicht zu viel ist, Mr Ely?«

»Nein, wirklich nicht, Mrs Grainger.«

Während die Kinder schnell Eimer und Schaufeln holen liefen und Ely seine letzte Tasse Tee austrank, hatte Mrs Clair noch etwas anzumerken.

»All dies ›Mrs Grainger‹ und ›Mr Ely‹ klingt hier doch etwas deplatziert«, sagte sie. »Hätten Sie etwas dagegen, wenn wir Sie ›George‹ nennen? Und dann könnten die Kinder ›Onkel‹ sagen – das ist doch besser als ›Mr Reely‹. Würde Ihnen das etwas ausmachen?«

»Kein bisschen, es würde mir gefallen.«

»Dann sollte es aber auch ›Marjorie‹ sein statt ›Mrs Grainger‹. Ich werde allerdings wohl ›Mrs Clair‹ bleiben – ich bin schon zu alt für Vornamen.«

»Wie wäre es denn mit ›Grannie‹?«, schlug Marjorie vor.

»Ja, gern«, sagte George.

Als George mit den herumhüpfenden Kindern weg war, blieb Mrs Clair noch einen Moment am Tisch sitzen.

»Er ist wirklich ein sehr netter junger Mann«, sagte sie nachdenklich und wie zu sich selbst.

»Ja, Mutter«, sagte Marjorie.

Das Gelingen dieses Urlaubs – und ganz bis zum Ende war es der allergelungenste Urlaub, an den Marjorie und George sich jemals erinnern konnten – war größtenteils Mrs Clairs dezentem Takt und ihrer Energie geschuldet. Sie war es, die anfangs sein Gelingen ermöglichte, und später war sie immer zur Hand, wenn es galt, falls nötig, ein oder auch zwei diskrete Anstöße zu geben, um die Dinge im Fluss zu halten, sodass das Gelingen, von Tag zu Tag, lawinenartig anwuchs. Sie hatte natürlich auch Hilfe durch glückliche Zufälle bei ihren Ränken – das unglaublich schöne Wetter, zum Beispiel, oder auch Elys Entscheidung, sich ein Auto zu kaufen –, aber immer verstand sie es, den größtmöglichen Vorteil daraus zu ziehen, ohne dass es jemandem deutlich genug auffiel, um ihr irgendwelche anderen Motive als die reine Freundlichkeit und einen Wunsch nach Perfektion zu unterstellen.

Vermutlich war es die ihr Herz so ungestüm antreibende Bitterkeit, die sie derart aufmerksam machte für noch die zartesten menschlichen Regungen und die ihr die Kraft gab, die Angelegenheit bis zum Ende zu bringen. Am Sonntagmorgen – dem ersten Morgen – konnte sie Georges vorübergehenden Überdruss am Autofahren und seine unbeholfene Ratlosigkeit darüber, was er stattdessen tun sollte, erahnen, und sie schickte ihn zusammen mit Marjorie und den Kindern an den Strand hinunter, während sie im Guardhouse blieb und das Mittagessen kochte.

So genoss George den Sonntag schließlich doch noch; es war herrlich, einfach nur in der Sonne zu liegen und sich bräunen zu lassen oder Anne und Derrick zu helfen, die ganz aufgeregt die ersten Sandburgen des Jahres bauten. Und sie gingen auch schwimmen – George hatte bisher nie eine große Vorliebe fürs Schwimmen gehabt, denn ohne es zu wissen, hatte er sich in dem kalten Wasser ohne jemanden, mit dem er reden konnte, irgendwie stets noch einsamer gefühlt als sonst. Doch mit Marjorie baden zu gehen war völlig anders, denn sie lachte die ganze Zeit, die sie im Wasser war. Marjorie hatte eine gute Figur, nur ein klein wenig ausgeprägter, als die aktuelle Mode es verlangte, und sie konnte gut schwimmen. George fiel auf, wie gut sie schwimmen konnte; so weit, dass er auch ihre Figur bemerkt hätte, hatten die Dinge zwischen ihnen sich aber noch nicht entwickelt. Was ihm jedoch auffiel, war, dass ihre weiße Badekappe, ein unter dem Kinn zu knöpfendes Modell, ihre dunkle Schönheit nur noch umso stärker unterstrich und sie jünger, mädchenhafter und zugänglicher erscheinen ließ.

Er war so glücklich, dass es ihm nicht einmal unangenehm war, zum An- und Auskleiden als Schutz vor den Augen der Öffentlichkeit nicht viel mehr zu haben als eine äußerst ungeeignete Mulde im Kiesstrand; und das wäre George unter weniger glücklichen Umständen doch recht schnell unangenehm geworden, denn er war jung genug und schüchtern genug und auf so unerfreuliche Art großgezogen worden, dass ihm das Umziehen an einem offenen Strand peinlich gewesen wäre, selbst wenn alle anderen dasselbe tun mussten.

Die ungewohnte Bewegung und der Sonnenschein hatten ihn ein wenig müde gemacht, und so verbrachte er den Nachmittag damit, müßig die Seiten des Abenteuerromans umzublättern, den er sich als Urlaubslektüre mitgebracht hatte. Marjorie legte sich auf Anraten ihrer Mutter einfach ganz schamlos ins Bett, um sich von den Anstrengungen der letzten Tage zu erholen, und Mrs Clair ließ die Kinder fröhlich auf der angrenzenden Wiese toben. Am Abend saßen sie alle drei zusammen auf der tiefen Veranda des Guardhouse und sahen der Sonne dabei zu, wie sie langsam hinter den Hügeln der Sussex Downs verschwand. Sie legten die Füße aufs Geländer, und rauchten Zigaretten, und plauderten leichthin und mit wachsender Vertrautheit. Marjorie behielt für sich, was für einen Unterschied es für sie machte, einen Mann um sich zu haben, der mit großem Gleichmut einen ganzen Abend an sich vorüberziehen lassen konnte, ohne Bier zu trinken. Schon seit Jahren waren all ihre Erlebnisse mit dem einen Mann, mit dem sie etwas zu tun hatte, davon getrübt und beeinflusst, dass an jedem Abend, egal, wo sie waren oder was sie taten, Bier getrunken oder stattdessen zumindest rabiat geschimpft werden musste. Im Laufe von nunmehr dreitausend Tagen, von denen jeder einzelne dieser speziellen Ausprägung unterworfen war, hatte sie eine so starke seelische Furcht entwickelt, dass die Befreiung davon wie eine Erlösung war.

Doch dies war nicht der einzige und beileibe auch nicht der wichtigste Faktor, der Marjories seelische Verfassung bestimmte an diesem Abend. In den drei vor ihr liegenden Wochen war sie befreit von der dringenden Notwendigkeit einer Entscheidung darüber, was sie in der Angelegenheit mit ihrem Ehemann tun sollte. Drei aufeinanderfolgende Wochen am Stück erschienen ihr, nach den Tagen der furchtbaren Ungewissheit vor dem Urlaub, unendlich lang. Sie musste sich um nichts sorgen. Und sie hatte sich schon heute zu einem langen und erholsamen Nachmittagsschlaf hinlegen können. Kein Wunder, dass sie so lebhaft und unbeschwert war und mit ihrer freimütigen Plauderei die anderen beiden die ganze Zeit bestens unterhielt.

George Ely wurde unwiderstehlich von dieser Heiterkeit angezogen. Er fühlte sich, als hätte er noch nie richtig gelebt vor diesem Urlaub – so fühlte er sich, auch wenn er dieses Gefühl in Worten natürlich niemals so ausgedrückt hätte, denn George war ein unartikulierter junger Mann und einer, der nie gelernt hatte, weder in der Schule noch im Leben, auf methodische Weise zu denken. Wie so viele von seiner Art ließ George sich in seinen Angelegenheiten von Instinkten und Impulsen leiten. Und so war denn auch das Einzige, was er in diesem Moment wahrnahm, ein Gefühl des Behagens und der Überlegenheit; und er unternahm nicht den geringsten Versuch, herauszufinden, warum.

Als sie an diesem Abend zu Bett gingen – Marjorie teilte mit ihrer Mutter das Zimmer, das sie sonst im Urlaub stets mit Ted geteilt hatte, während George das Zimmer hatte, das Dot stets mit Mrs Clair geteilt hatte –, sagte Marjorie: »Es war ein herrlicher Tag. Ich glaube, diesen Urlaub werde ich mehr genießen als jeden Urlaub, den ich je hatte.«

»Das hoffe ich, Liebes«, erwiderte Mrs Clair. »Das hoffe ich sehr!«

Das Nachthemd bereits übergeworfen, schlängelte Mrs Clair sich aus ihrer Unterwäsche heraus, zog den kümmerlichen kleinen Zopf grauen Haars unter dem Kragen ihres Nachthemds hervor und kniete neben ihrem Bett nieder, um ihre Gebete zu sprechen – doch mit Marjorie im Zimmer sprach sie sie lautlos für sich und nicht in dem ehrfürchtigen Flüsterton, den sie sich angewöhnt hatte. Als sie sich ins Bett gelegt hatte, betrachtete sie Marjorie, die sich vor dem Spiegel das Gesicht eincremte. Marjories Nachthemd war von frivolem Schnitt, und ihre nackten Arme sahen anmutig aus in dem gedämpften Licht. Ihr langer dunkler Zopf schwang mit jeder ihrer Bewegungen hin und her, und die Rundung ihres Busens war, wie ihr Nachthemd andeutete, wohlgeformt. Ihre Mutter sah in ihr einen schönen gefangenen Vogel, den sie bald schon befreien würde – genauso, wie sie in ihrem Ehemann ein abscheuliches, Gift spritzendes Reptil sah, das sie unter ihrem Absatz zertreten würde.

Marjorie beendete ihre Verrichtungen und ging um das Bett herum auf ihre Seite. Einen Moment lang zögerte sie – sie hatte die Angewohnheit, am Abend zu beten (die ihre Mutter ihr in der Kindheit so strikt auferlegt hatte), schon lange aufgegeben. Doch aus Rücksicht auf ihre Mutter ging sie auf die Knie und legte ihr Gesicht in die Hände. Turbulente Gedanken stürmten ihr auf einmal durch den Kopf, doch alle unbestimmt und nebulös. Verschwommene Bilder von George Ely in einigen der Situationen, in denen sie ihn am Tag gesehen hatte, flirrten einen Moment lang vor ihrem geistigen Auge. Und dann schaltete sie das Licht aus und kletterte in das Bett neben ihre Mutter.

10

Nun reihten sich Tage um Tage voller Glück und Gemeinschaft aneinander, wie weder Marjorie noch Ely sie je zuvor erlebt hatten. Das Auto wurde regelmäßig genutzt; sie aßen Eiscreme in einem halben Dutzend Seebädern, wo sie auf den Promenaden mit einem wohltuenden Gefühl der Überlegenheit die vielen sonnenverbrannten jungen Männer und aufdringlich lachenden jungen Frauen beobachten konnten, die nicht in einem schönen Steinhaus außerhalb der lauten Städte wohnten und die nicht stolz das Privileg eines eigenen Autos genossen. Verwundert betrachteten sie die graue Schönheit von Bodiam Castle, und seinen Burggraben mit den Enten und Seerosen, und den schmalen Flusslauf des Rother, der sich durch das Tal schlängelte.

Das Auto suchte sich seinen Weg entlang der ruhigen Landstraßen durch die Wälder rund um Hawkhurst – Marjorie lernte durch eifriges Üben ziemlich schnell, Karten zu lesen und Ely den Weg zu weisen, der immer noch viel zu sehr damit beschäftigt war, Gänge zu wechseln und Kurven zu umrunden, als dass er irgendeine Route über die erste Kreuzung hinaus im Kopf behalten hätte. Es war mit Sicherheit das Auto, das das erste einigende Band zwischen ihnen knüpfte. Wenn es ihm gelungen war, unter allergrößten Anstrengungen im höchsten Gang eine unbedeutende Anhöhe hinaufzukriechen, nickte Marjorie sogleich anerkennend – sie war von Anfang an von Elys Begeisterung für sein erstes

Auto infiziert. Die erste Reifenpanne war ein Ereignis; sie glaubten, etwas ganz Außerordentliches geleistet zu haben, als es ihnen ohne die Hilfe eines Fachmanns gelungen war, das kleine Auto aufzubocken und das Rad zu wechseln, und als sie dann feststellten, dass das Auto danach genauso gut fuhr wie zuvor.

Marjorie fand, dass ihre Mutter während dieser Zeit ganz bezaubernd war; immer war sie bereit, sich um die Kinder zu kümmern, damit sie beide ungebunden waren, und freudig übernahm sie alle möglichen Hausarbeiten, sodass Marjories Zeit und Energie von häuslichen Pflichten kaum beansprucht wurden. Und es waren all die freundlichen kleinen Dinge, die Mutter sagte, die zur freundlichen und sorglosen Atmosphäre dieses Urlaubs beitrugen – andere Urlaube waren von Gezänk mit Ted, und gelegentlich sogar mit Dot, beeinträchtigt gewesen. Dieser Urlaub aber war eine Zeit des ungetrübten Glücks.

Ely empfand das ganz genauso. Man könnte ihn fast einen verbitterten jungen Mann nennen, weil das Leben ihn gelehrt hatte, immer nur Enttäuschungen zu erwarten. Für ihn war es eine wunderbare Überraschung, dass der lang ersehnte Besitz eines Autos ihm all die Freuden einbrachte, auf die er zweifelnd kaum zu hoffen gewagt hatte. Und es war eine noch viel größere Überraschung für ihn, dass Mrs Grainger, die Ehefrau seines offiziellen Vorgesetzten, so mitfühlend und zugänglich war und sich so bereitwillig von seiner feurigen Begeisterung anstecken ließ. Keine andere Frau hatte je irgendeinen Nutzen oder Vorzug in George Ely gesehen, und dies war die schönste und auch die klügste Frau, der er je begegnet war. Die langen Stunden gemeinsamen Fahrens hatten Ely ein unauslöschliches Bild ihres Profils in die Netzhaut seines geistiges Auges gebrannt (ein aus vielen raschen

Blicken zusammengesetztes Bild, wenn eine leere Straße es ihm einmal erlaubte, einen Moment lang seine Konzentration vom Lenkrad abzuwenden), munter, aber doch mitfühlend und gelassen.

Und neben diesen herrlichen Autofahrten gab es noch die glücklichen Stunden, die sie am Strand verbrachten, in der warmen Sonne und mit dem Geplapper der Kinder im Ohr, das ihn gerade noch wach hielt – George Ely war nicht erfahren genug, um zu erkennen, wie Marjorie mit Takt und raschem Eingreifen die Kinder stets davon abhielt, ihn zu stören, sodass er das ganze Vergnügen ihrer Gesellschaft erlebte, aber keinerlei Störungen oder Verantwortungen. George war von sich aus sehr kinderlieb und begann, die Berührung von Annes zarten Händen und Derricks spitzbübische Freundschaft zu genießen. Es war kein großes Wunder, dass sowohl für Marjorie als auch für George diese Wochen nur so dahinflogen.

Am Abend eines dieser goldenen Tage kam Marjorie auf die Veranda hinaus, nachdem sie zwei müde und überglückliche Kinder zu Bett gebracht hatte. George war nicht dort, er wusch sich die Hände, jetzt, da das Badezimmer frei war – einer der Unterschiede zwischen George und Ted war auch, wie regelmäßig Ersterer sich die Hände wusch –, aber Mutter saß strickend in ihrem Liegestuhl.

»Nun, Liebes?«, sagte sie, als Marjorie auftauchte.

»Derrick hat schon geschlafen, noch ehe ich Anne hinlegen konnte«, erzählte Marjorie lachend und ließ sich in ihren Liegestuhl fallen. Sie legte den Kopf zurück und reckte den Busen empor, als wollte sie sich der auf sie einströmenden Abendsonne in die Arme werfen.

»Dieser Urlaub hat uns allen außerordentlich gut getan, so viel ist sicher«, sagte Mutter.

Vielleicht hatte eine gewisse Endgültigkeit im Ton ihrer Stimme gelegen oder in der Art, wie sie sprach, irgendeine Anspielung darauf, dass nun ein Kapitel zu Ende gehe. Denn Marjorie verkrampfte sich ein wenig, und die Sonne schien ihr etwas an Wärme zu verlieren, und die in goldenes Licht getauchte grüne Landschaft nahm einen Hauch von Grau an. Zum ersten Mal in diesen unglaublichen Wochen erinnerte Marjorie sich daran, dass sie enden mussten, und das schon bald.

»Was für ein Tag ist heute?«, fragte Marjorie rasch.

»Mittwoch«, sagte Mutter. »Am Samstag fahren wir nach Hause. Als du herausgekommen bist, dachte ich gerade daran, dass wir damit anfangen müssen, die Lebensmittel hier zu verbrauchen, Liebes. Und an deiner Stelle – ich will mich nicht einmischen, Liebes, aber ich dachte, ich sollte dich daran erinnern – würde ich eine Liste der Einkäufe machen, die du brauchst, wenn du nach Hause kommst. Du wirst so ziemlich alles brauchen, und du hast nur den Samstagabend, um alles zu besorgen.«

Marjorie erwiderte nichts auf diese Rede über häusliche Dinge – sie hörte nur mit halbem Ohr hin. Es trennten sie nur noch zwei volle Tage von Ted oder von der Entscheidung, die sie treffen musste. Entsetzen erfasste sie bei dieser Erkenntnis, genau so wie den Verschwender, der die soeben unerwartet eingetroffene Mitteilung von der Bank anstarrte, dass sein Konto überzogen ist. Mutter fuhr gelassen mit dem Stricken fort – natürlich, es war ganz ausgeschlossen, dass sie etwas von Marjories Unglück ahnte, trotz des scharfen Blicks, den sie von den emsigen Stricknadeln hob.

Marjorie versuchte verzweifelt nachzudenken, doch immer wieder schweiften ihre Gedanken von dem Problem ab. Jetzt war sie in Panik; und einmal musste sie sogar ein wenig ihre Willenskraft bemühen, damit sie nicht tatsächlich die Flucht antrat.

»Ah, da bist du ja, George«, sagte Mutter, als Ely auf die Veranda trat. »Willst du dich nicht zu uns setzen?«

George nahm im dritten Liegestuhl Platz, und Mutters Stricknadeln klapperten in einem fort, und die Sonne sank immer tiefer im Westen.

»Du bist heute ja gar nicht mit dem Auto ausgefahren«, sagte Mutter im Plauderton.

»Nein«, erwiderte George. »Ich hatte zu viel damit zu tun, mit Derrick und Anne eine Sandburg zu bauen.«

»Es ist ein schöner Abend«, sagte Mutter. »Warum fährst du nicht jetzt noch los?«

Das war ein großartiger Vorschlag, fand George. Er sah Marjorie an.

»Oh ja!«, rief Marjorie, und fügte dann mit einem kleinen Gewissensbiss hinzu: »Und was machst du, Mutter?«

»Ich komme schon zurecht«, erwiderte Mutter. »Ich will diese Ferse hier noch fertig machen, bevor ich das Licht anschalten muss.«

Jene Panik, die Marjorie eben so körperlich empfunden hatte, war immer noch deutlich spürbar. Sie wollte sich ins Auto setzen und einfach nur fahren und fahren und fahren, als würde sie das davontragen von der kritischen Situation, die sie so sehr fürchtete.

»Dann los«, sagte sie und stand von ihrem Liegestuhl auf.

Mit mühsam erworbener Fertigkeit bugsierte George das Auto durch das schmale Tor, und Marjorie, die ihn hinausgelotst hatte, stieg auf der Beifahrerseite ein.

»Wo wollen wir hinfahren?«, fragte George.

»Ach, ich weiß nicht. Irgendwohin, ist mir egal«, sagte Marjorie verzweifelt.

»Ich werde schon zu Bett gehen, wenn es spät wird«, rief Mutter von der Veranda. »Aber kommt zurück, wann immer ihr wollt.«

Das Auto fuhr in Richtung des goldenen Sonnenuntergangs. Es erreichte die Hauptstraße, auf der an Sommerabenden wie diesem viel Verkehr herrschte, bog ab in eine Seitenstraße, an die George sich noch erinnerte, sauste hinab in ein bewaldetes Tal und erklomm dann einen waldigen Hügel, weiter und weiter hinauf, immer rundherum in heiklen Kurven. Im vorzeitigen Dämmerlicht der schattigen Bäume sprangen und hoppelten Hasen über die Fahrbahn. Das Auto ratterte tapfer bis zum Kamm hinauf, und mit einem Mal ließen zu beiden Seiten die Bäume nach. Da konnten sie weit in der Ferne, jenseits der grasbewachsenen Landschaft, am Horizont das blaue Meer sehen, über dem ein großer roter Sonnenball schwebte.

»Ooh!«, rief Marjorie, und George hielt instinktiv das Auto an und schaltete den lärmenden Motor aus.

Sie sahen zu, wie die Sonne langsam tiefer sank. Es war alles ganz still um sie herum, abgesehen vom Gesang weit entfernter Vögel. George hatte solchen Szenerien nie viel Aufmerksamkeit gewidmet, doch dieser Abend war zu schön, als dass ihm dieser Anblick entgangen wäre. Ein qualvoller Schmerz breitete sich in Marjories Brust aus, während die Sonne immer tiefer sank. Die reine Schönheit des Ortes, die Traurigkeit des Abends, das Bedauern, dass diese glückliche Zeit zu Ende ging, all das arbeitete in ihr, während sie mit sich rang und versuchte, irgendeine Entscheidung über Ted zu fällen. In ihrem Kopf drehte sich alles, sie konnte nicht logisch denken.

George spürte, wie sie sich neben ihm regte.

»Komm, lass uns dort hinübergehen«, sagte Marjorie. »Ich will sehen, wie die Sonne im Meer versinkt.«

Ein paar Schritte brachten sie wieder an den Waldrand, und der Meereshorizont hob sich über den grasbewachsenen Hügelkamm. Dieser Baumstumpf dort drüben schien nur an der Stelle gewachsen zu sein, um als Sitzplatz zu dienen, und gemeinsam setzten sie sich darauf, ganz dicht nebeneinander (notgedrungen), und sahen zu, wie eine einzelne längliche Wolkenbank über der Sonne zunächst orange und dann blutrot aufleuchtete, während die Sonnenscheibe kurz davor war, das Meer zu berühren. An diesem perfekten Augustabend, der so klar und still war, schien es beinahe, als könnte man ein Zischen hören, als der feurige Ball ins Wasser tauchte. Dann sank er tiefer und tiefer, bis einen Augenblick lang nur noch ein roter Punkt am Horizont hing, ein Fleck warmer Farbe mitten in all dem Rot und Gold, das ihn umgab. Dann verschwand er, und plötzlich nahm das Auge den dreiviertel vollen Mond wahr, der die ganze Zeit schon, unbemerkt, an der anderen Seite des Himmels gestanden hatte.

»Oh, sie ist weg, sie ist weg«, sagte Marjorie; mit der untergegangenen Sonne begannen ihre Sorgen sie wieder zu drücken, heftiger als je zuvor, und der rote Himmel und der silbrige Mond waren immer noch da und quälten ihren Busen mit ihrer Schönheit.

George bemerkte, dass ihre Augen feucht waren, als er sie ansah.

»Marjorie!«, rief er. »Was ist denn los, Marjorie?«

Und Marjorie drehte sich zu ihm um und klammerte sich an ihn, wie ein Kind, und er hielt sie unbeholfen fest, und jetzt drehte sich auch in seinem Kopf alles. Eine Zeit lang waren sie mit der schieren Berührung zufrieden.

Dann regte Marjorie sich in seinen Armen, weil eine ganze Flut von Gefühlen auf sie einströmte. Angst vor der Zukunft, Grauen vor dem Gedanken, zu Ted zurückzukehren, Furcht, diese Insel des Friedens zu verlassen, die sie so unerwartet in der Mitte ihres Lebens gefunden hatte – all das bestürmte sie einerseits; andererseits war da der Gedanke, dass dies ein Beschützer sein könnte, einer von gutmütigem und sanftem Wesen. Und auch darin mag ein Anzeichen ihrer fatalen Schwäche zu erkennen sein – in Elys Armen zu liegen hieß, sich mit einem neuen Problem von jenem abzulenken, das so dringend nach einer Lösung verlangte, und diente als Ausrede für weiteres Aufschieben. Und zusätzlich zu all dem war da noch das Bedürfnis ihres Körpers. Drei Wochen Urlaub voll sorgloser Tage, Sonnenschein und Muße waren nicht ohne Wirkung auf sie geblieben. Der männliche Geruch von Georges Tabak mischte sich so schön mit den zart darunterliegenden Düften von Zahnpasta und Rasierseife. All die Leidenschaft, die Ted so kundig zu erregen gewusst hatte, war immer noch da und musste nur erregt werden. George war ein so reiner, feiner Mann. Sie regte sich in seinen Armen, und ohne zu wissen, was sie tat, hob sie ihr Gesicht, und George küsste sie, und sie erwiderte seinen Kuss und klammerte sich an ihn. Und dann riss die Leidenschaft sie beide fünf verrückte Minuten lang mit.

Diese Küsse waren wie ein seltsames Trankopfer für Ely. Die wenigen Küsse, die er kannte, waren einfach gewesen, und Marjorie küsste so, wie Ted es sie gelehrt hatte – mit geöffneten Lippen, erregt und begierig, und den süßen Busen an ihn pressend. Dies war sein erster, sein allererster Blick auf die Leidenschaft der Erwachsenen. Ihm schwirrte der Kopf, und seine Arme, in denen er diese liebreizende Person hielt, zitterten, auch wenn er es nicht bemerkte. Der junge Mann war trunken von Liebe und Begehren. All der Respekt und die Zuneigung und die Bewunderung, die er für Marjorie empfunden hatte, wandelten sich durch diese Küsse.

Jetzt wuchsen auch seine Erregung und Begierde; und es war vielleicht nur seiner Unbeholfenheit und Unerfahrenheit zu verdanken, dass die Affäre nicht gleich an Ort und Stelle vollzogen wurde.

Als er immer drängender wurde, rettete Marjorie sich mit einem letzten Versuch der Selbstkontrolle. Ihre Haltung wurde ein wenig steifer, sodass sie nicht mehr mit der selbstvergessenen Hingabe in seinen Armen lag, die ihn so verrückt gemacht hatte. Sie hungerte jetzt geradezu nach ihm, und ihr Herz sehnte sich nach diesem reinen, lieben jungen Mann, der plötzlich noch so viel jünger und so viel unerfahrener als sie wirkte. Aber ihre Erfahrung warnte sie: Die Dämmerung war noch kaum hereingebrochen, jeden Augenblick konnten andere Leute kommen – das sagte sie sich, um vor sich selbst zu rechtfertigen, warum sie das Problem aufschob, und ohne den Versuch zu machen, ihre wahren Gründe zu erforschen. Sie verhielt sich mütterlich ihm gegenüber und blieb in seinen Armen liegen, unwillig, sie zu verlassen. Mit den Händen streichelte sie ihm über die zarten Wangen und den Hals – die so weich und glatt wirkten auf sie, die gewöhnt war an Teds Neigung zu Bartstoppeln und Pickeln. Lächelnd sah sie ihm in die Augen, doch nun beruhigte ihre Berührung ihn, und ihr mütterliches Verhalten und ihre leicht unnachgiebige Haltung ließen sein Begehren erlöschen.

»George, Liebling«, sagte sie und küsste ihn sanft.

»Liebling«, erwiderte er, äußerst charmant – und er hatte noch nie Koseworte zu einer Frau gesagt.

»Wir müssen vernünftig sein«, sagte Marjorie, entwand sich seiner Umarmung und setzte sich wieder aufrecht auf den Baumstumpf. »Sieh nur, wir haben den restlichen Sonnenuntergang verpasst.«

George versuchte, sich zusammenzureißen. Er war erschüttert und ein wenig beschämt über sich. Wie konnte er es sich nur erlauben, eine verheiratete Frau zu küssen – und noch dazu die Ehefrau seines Vorgesetzten im Büro. Jetzt fürchtete er sich sogar ein wenig bei der Erinnerung daran, welch ein unvermuteter Abgrund der Leidenschaft sich zu seinen Füßen aufgetan hatte, denn er hatte nie auch nur geträumt von so etwas, genauso wenig, wie er je von der Art Kuss geträumt hatte, die Marjorie zu geben wusste. Im Augenblick musste er sich von dieser Entdeckung erst einmal erholen und war froh, nur still dazusitzen und Meer und Himmel anzusehen, mit einem immer heller werdenden Mond über sich und einer plaudernden Marjorie neben sich, während sie beide taten, als wäre gar nichts geschehen.

Nach einer Weile fröstelte Marjorie schließlich.

»Es wird recht kühl«, sagte sie.

»Diese klaren Nächte werden immer recht kühl«, stimmte George zu.

»Wir sollten lieber nach Hause fahren«, sagte Marjorie.

Sie stiegen wieder ins Auto, ohne einen Kuss oder auch nur einen Händedruck, und George ließ den Motor an. Er fuhr vorsichtig, denn er war noch nicht daran gewöhnt, in der Dunkelheit zu fahren, und als sie die waldgesäumte Fahrbahn entlangfuhren, bot sich ihnen im Licht der Scheinwerfer die bizarre Schönheit von Hecken und Blattwerk dar. Sogar Hasen sprangen erstaunlicherweise vor ihnen vorüber. Einmal sahen sie die grünen Augen eines Tiers, das Marjorie für einen Fuchs hielt, George jedoch nur für eine streunende Katze. Sie fuhren ins Tal hinunter über die Brücke, an den alten Cottages vorbei, und auf die von grellen Scheinwerfern erleuchtete Hauptstraße, die George geblendet nur im Schneckentempo entlangkriechen konnte.

Immer noch bloß gute Freunde, und kein Liebespaar, bogen sie in die Seitenstraße Richtung Meer ab und bugsierten das Auto durchs Tor in den Garten des Guardhouse. Dort geschah es, nachdem sie die Scheinwerfer ausgeschaltet hatten und sich tastend den Weg zur Haustür bahnten, dass die Balance noch einmal kippte, und diesmal unwiderruflich.

Ihre ausgestreckten Hände berührten einander genau in dem Augenblick, als Marjorie plötzlich wieder all ihre Sorgen vor Augen standen: dass sie immer noch keine Entscheidung getroffen hatte, dass Mittwochabend war und sie schon Samstag wieder mit Ted im Bett liegen würde, dass Mutter im Haus drinnen so gelassen wie immer auf sie warten würde.

Diese Erkenntnis und die Berührung rissen erneut die zarte Grenze ein, die sie zwischen sich und George gezogen hatte – vielleicht auch zwischen sich selbst und ihrem inneren Selbst.

»Oh George!«, flüsterte sie. »George!«

Und dann lagen sie sich in der Dunkelheit in den Armen und küssten sich erneut, und sie drängte sich an ihn und machte ihm damit erst so recht bewusst, welch kostbares Fleisch er da unter seinen Händen hatte. Es war Wahnsinn, ein Taumel, der erst zerstob, als ein paar plaudernde Urlauber die Straße direkt neben ihnen entlanggingen. Dann machte sie sich von ihm los.

»Mutter muss das Auto gehört haben«, sagte Marjorie. »Sie findet es bestimmt komisch, wenn wir nicht hereinkommen. Küss mich, Liebling! Ja! Oh, wir müssen hinein. Morgen ...«

Sie drehte sich zur Haustür herum.

»Ich kann noch nicht hineingehen«, sagte Ely bewegt. »Geh nur vor. Ich komme in einer Minute nach.«

Mutter hatte die Socke für Derrick fast fertig gestrickt,

auch wenn niemand weiß, welche Hoffnung oder welchen Hass sie mit hineingestrickt hatte.

»Hattet ihr eine schöne Fahrt, Liebes?«, fragte sie.

»Reizend!«, rief Marjorie. »Wir haben den Sonnenuntergang gesehen. Du auch?«

»Ja, ich auch. Wo ist George?«

»Oh, er hantiert noch mit irgendetwas an seinem alten Gefährt herum«, erzählte Marjorie lachend. »Er macht sich mehr Mühe damit als wir mit Anne und Derrick.«

Marjorie ging durchs Zimmer hindurch, um Hut und Mantel abzulegen. Sie glaubte, ihr weibliches Talent für Intrigen habe verhindert, dass ihre Mutter erriet, was geschehen war. Das ist möglich, doch Mrs Clair hatte einen scharfen Blick, und sie hatte es vermutlich doch erraten. Gewiss aber hat sie es später erraten, als George schließlich hereinkam, denn die Zigarette, die er draußen hektisch geraucht hatte, hatte seine Nerven nicht gänzlich beruhigt. Er war blass, und obwohl seine Augen glänzten, war sein Blick doch leer, so, als hätte er getrunken. Und er zog sich sofort mit einer Entschuldigung zurück und ging zu Bett.

11

Die Theorie scheint plausibel, dass es Marjories letzter Sinneswandel in der Dunkelheit des Gartens war, der die Geschehnisse auslöste und die Katastrophe ermöglichte. Die Küsse, die sie George beim Sonnenuntergang gegeben hatte – sogar diese besonderen Küsse –, wären vielleicht vergessen worden, und George hätte den Vorfall rückblickend vielleicht als einen unerklärlichen Ausrutscher Marjories aufgefasst, der ihr nie wieder unterlaufen würde. Doch sie hatte es sich im Garten noch einmal anders überlegt, und wenn sie es sich ein Mal anders überlegt hatte, würde sie es vielleicht auch noch ein weiteres Mal tun. Und dann war da dieses verhängnisvolle Wort »morgen«, das sie gesagt hatte. Marjorie hatte damit einfach nur gemeint – wenn sie denn überhaupt etwas damit gemeint hatte –, dass sie alles Nachdenken über diese Sache auf unbestimmte Zeit zu verschieben wünschte. Aber George in seiner Naivität meinte, das Wort bedeute buchstäblich, dass sie ihn morgen wieder küssen werde. Und es war dieser Gedanke, der ihm durch eine ruhelose Nacht half, in der er, wie jeder junge Liebhaber, sich all ihre unbedachten Gesten in Erinnerung rief und jedes einzelne ihrer Worte analysierte, Bedeutungen in sie hineinlas und Zusammenhänge herstellte, die wahrscheinlich ziemlich ungerechtfertigt waren.

Marjorie hatte einen tief in ihm schlummernden Vulkan der Leidenschaft entfacht, der bei einem so unscheinbaren und zurückhaltenden Menschen wie George Ely sonst vielleicht nie zum Vorschein gekommen wäre. Er hatte seine relative Reife mit wenig bis gar keinem Kontakt zu Frauen erreicht. Und jetzt, da er Feuer gefangen hatte, war sein Verlangen so glühend wie das aller jungen Männer. In den letzten Wochen hatten sich explosive Gefühle sehr viel größeren Ausmaßes als in all den vorangegangenen Jahren in ihm angesammelt, und an diese hatte Marjorie in der letzten Nacht gerührt. Er war im Taumel der ersten großen Liebe eines Mannes. Er betete ihre dunkle Schönheit an und das, was er als ihr Auftreten, ihren Takt und ihre Fähigkeiten bezeichnete. Die ganze Nacht lang warf und wälzte er sich im Bett herum, beschwor Bilder von ihr vor seinem geistigen Auge herauf und sehnte erwartungsvoll den Morgen herbei – es wäre schwierig, ganz genau zu sagen, was er von diesem Morgen erwartete, aber er erwartete etwas.

Überflüssig zu sagen, dass der Morgen ihm nur wenig Trost brachte. Sein Blick folgte Marjorie durchs Zimmer, und er verschlang sie geradezu mit den Augen; doch sie versuchte ihm auszuweichen. Sie schien ein wenig mehr als sonst mit den Kindern und dem Zubereiten des Frühstücks beschäftigt zu sein. Und sie ging auf Derricks Bitte ein (als sie alle berieten, wie sie den Tag verbringen sollten), dass sie mit ihm und Anne an diesem Vormittag an den Strand gehen solle; und lediglich beim Beantworten einer direkten Frage von Anne sagte sie, dass der »Onkel« natürlich auch mitkommen könne, wenn er denn wolle. Er wollte. Er nahm die Einladung begeistert an.

Doch auf dem Weg an den Strand hinunter hatte Marjorie Anne an der einen und Derrick an der anderen Seite, und als sie sich einen Platz für den Tag ausgesucht hatten, im Windschatten der Buhne, war sie sehr beschäftigt damit, den Kindern Spiele vorzuschlagen, die sie spielen könnten. George war schon fast beleidigt, als es ihm gelang, sich in einem Moment, als die Kinder weg waren, ihre Aufmerksamkeit zu sichern. Er griff nach ihrer Hand.

»Marjorie!«, sagte er drängend, beugte sich zu ihr und zwang sie, ihn anzusehen. »Marjorie! Was ist denn nur los heute Morgen?«

Seine Berührung und die Sorge in seinem Gesicht fegten die Gleichgültigkeit hinweg, um die sie sich bemüht hatte.

»Oh, nicht«, erwiderte sie mitleiderregend. »Warte. Warte bis heute Abend.«

Das reichte George aus. Das war alles, was er wollte. Er beschimpfte sich selbst dafür, ein solch blinder taktloser Dummkopf zu sein – natürlich wollte sie weder ein Wort an ihn noch eine Geste riskieren, wenn die Kinder es bemerken könnten. Das wäre wirklich furchtbar, auch wenn die beiden in ihm (wovon George mit großer Selbstverständlichkeit ausging, ohne auch nur einen Augenblick lang die Folgen zu bedenken) schon in wenigen Monaten den Vater sehen würden. Solange Marjorie ihn nur liebte, gab er sich damit zufrieden, den ganzen Tag am Strand zu verbringen, mit den Kindern zu spielen, mit ihr baden zu gehen, die aufrichtige Kameradschaft vorzugeben, die er zu Anfang dieses Urlaubs für sie empfunden hatte, und in Gegenwart ihrer Mutter ein Verhalten an den Tag zu legen, das wie respektvolle Gleichgültigkeit wirken sollte, Mrs Clair aber nicht den Bruchteil einer Sekunde täuschte, weder als sie zum Mittagessen nach Hause kamen noch als sie den Strand schließlich mit den erschöpften und müden Kindern verließen und zum Tee eintrafen.

Beim Tee verkündete Mrs Clair ein überraschendes Vorhaben.

»Heute Abend möchte ich meinen alten Schwarm mal sehen«, sagte sie schelmisch.

»Deinen *was*, Mutter?«, fragte Marjorie, ein wenig erschrocken.

»Meinen alten Schwarm. Gary Cooper. Im Majestic läuft ›Mr Deeds‹ mit ihm. Es ist natürlich unsinnig, dich zu fragen, ob du mitkommen willst. Du hast ihn schon mit Ted gesehen. Außerdem muss auch jemand zu Hause bleiben, und ich finde, jetzt habe ich einmal einen freien Abend verdient. Findest du nicht auch, George?«

»Ja«, erwiderte George, bemüht die Begeisterung in seiner Stimme niederzukämpfen.

Mrs Clair war clever. Es stimmte vollkommen, dass jemand zu Hause bleiben musste, wenn die Kinder schliefen. Und es stimmte ganz genauso, dass Ely ein Logisgast war und sein eigener Herr. Es war undenkbar, dass man ihn darum bitten könnte, zu Hause zu bleiben, während die beiden Frauen ausgingen. Ihm musste es freistehen zu tun, was immer er wollte.

»Soll George dich im Auto hinfahren?«, fragte Marjorie. Das würde einen Aufschub bedeuten.

»Oh nein. Ich möchte ihm keine Umstände machen. Der Bus um halb sieben passt mir recht gut. Mit dem bin ich schon oft gefahren. Und dann fährt ja um halb elf noch ein Bus, mit dem ich zurückkommen kann.«

»Oh«, machte Marjorie, ohne überhaupt irgendeinen Tonfall in diese eine Silbe zu legen.

»Du wirst mich gewiss nicht für unhöflich halten, George«, sagte Mrs Clair. »Ich möchte den Film sehr gern sehen. Alle sagen, dass er so gut sei, und ich schwärme furchtbar für Gary Cooper. Es ist doch wirklich eine gute Gelegenheit, jetzt, da er hier unten läuft und ich ihn in London verpasst habe. Und morgen Abend werden wir zu sehr mit Packen beschäftigt sein.«

»Natürlich«, sagte George.

»Badest du mich, Onkel?«, fragte Derrick plötzlich. Er hatte sich so lange, wie man es von einem kleinen Jungen erwarten konnte, aus dem Gespräch herausgehalten.

»Der Onkel will sich nicht mit kleinen Jungen abgeben«, warf Marjorie eher instinktiv als überlegt ein.

»Er mag kleine Jungen«, sagte Anne. »Das hat er mir selbst erzählt. Aber kleine Mädchen mag er am liebsten.«

Derrick war ein freundlicher kleiner Kerl beim Baden, und anscheinend bildete sich bereits ein früher Sammeltrieb in ihm heraus, so wie er versuchte, der langen Liste all der Leute, die ihn schon gebadet hatten, immer noch neue Namen hinzuzufügen. Er bekam seinen Willen, und während Mrs Clair Hut und Mantel anlegte, war es Ely, der ihn, wenn auch ein wenig nervös, einseifte, abwusch und abtrocknete und ihm dann den blau-weißen Pyjama zuknöpfte, den Derrick ihm umständlich gezeigt hatte, während er stolz damit prahlte, dass er ihn schon ganz allein anziehen könne. Triumphierend ritt Derrick auf Elys Schultern in die Küche, um seiner Mutter Gute Nacht zu sagen, die mit Annes Hilfe eben mit dem Abwaschen des Teegeschirrs fertig geworden war.

»Gute Nacht, Mummy!«, quietschte er auf seinem hohen Posten herumzappelnd, während Ely ihn besorgt festhielt. »Gute Nacht, Anne.«

Und weiter ging es ins Schlafzimmer, wo Ely ihn ins Bett legte. Dort lag er und sah aus wie ein Engel mit dem schön gebürsteten Haar und der frisch gewaschenen Gesichtsfarbe eines Babys.

»Gute Nacht, Onkel«, murmelte er. Er war schon schläfrig, ganz in dem für ihn üblichen verblüffenden Kontrast zu der Ausgelassenheit noch einen Augenblick zuvor. Er kuschelte sich in sein Kissen.

»Gute Nacht, kleiner Mann«, sagte Ely. Zärtlichkeit stieg in ihm auf. Gewöhnlich brachte er für Kinder ebenso wenig Zuneigung auf wie für Frauen; doch weil er nicht innehielt und seine Gefühle analysierte, staunte er nicht über sich selbst.

Seine Gedanken waren in Aufruhr, als er im Wohnzimmer Platz nahm und auf das Geplansche oben lauschte, das ihm sagte, dass jetzt Anne unter Marjories Aufsicht badete. Doch dieser Aufruhr hatte zu nichts geführt, als Anne in ihrem Nachthemd herbeigehüpft kam, sich zu seinen Füßen setzte und die beiden Kekse aß, aus denen ihr Abendbrot bestand.

»Ich will auch vom Onkel ins Bett gebracht werden«, sagte Anne entschlossen, als Marjorie auftauchte, um sie zu holen.

»Sei nicht albern«, mahnte Marjorie. »Kleine Mädchen kann der Onkel nicht ins Bett bringen.«

»Doch, kann er. Das tust du doch, Onkel, oder?«

»Wenn keiner etwas dagegen hat«, sagte Ely zu Marjorie aufblickend.

»Wenn es dir recht ist, ist es auch mir recht«, erwiderte Marjorie.

Ely nahm das dünne kleine Geschöpf auf den Arm und trug es davon. Es war seltsam angenehm, ihren Arm um seinen Nacken zu spüren – genau wie auch Derricks Anblick, der in dem anderen Bett schon tief und fest schlief.

»Erst beten«, sagte Anne, kauerte sich an den Bettrand und flüsterte ernsthaft vor sich hin. Und dann war sie mit ihren spindeldürren Armen und Beinen auch schon ins Bett hineingekrabbelt und hatte die Bettdecke bis an die Nase hochgezogen.

»Hast du gehört, was ich gesagt habe?«, fragte sie besorgt.

»Nein.«

»Das solltest du auch nicht, weil ich Gott etwas Nettes über dich gesagt habe«, erwiderte Anne. Sie kuschelte sich genauso ins Kissen wie Derrick. »Gute Nacht, Onkel.«

»Gute Nacht, Schatz«, sagte Ely.

Er verließ das Zimmer und schloss leise die Tür hinter sich, doch seine Gedanken waren immer noch in Aufruhr. Unten wartete Marjorie auf ihn.

Am Treppenabsatz hörte er ein leises Geräusch durch die Tür des Schlafzimmers der Frauen neben sich – ein schwaches »Ping«, als eine Haarnadel oder Brosche in eine Glasschale auf der Frisierkommode gelegt wurde. Marjorie war nicht unten, sie war dort drin. Er war sich nicht ganz bewusst, was er tat, als er seine Hand auf die Klinke legte und die Tür öffnete. Marjorie stand vor dem Spiegel gleich daneben; sie hatte ihr Kleid ausgezogen und stand im Unterrock da, Schultern und Arme nackt und das Haar offen. Sie schien an diesem Ort Zuflucht gesucht zu haben, um ihre Erscheinung nach Annes Bad wieder in Ordnung zu bringen. Tatsächlich aber war sie hier heraufgekommen, weil sie die Minuten des Wartens nicht länger ertragen konnte, als George weg war, und sich mit der einzigen Tätigkeit, die ihr in dem Augenblick einfiel, ablenken wollte. Es würde helfen, das unvermeidliche Tête-à-Tête mit George aufzuschieben, bei dem sie weder wusste, was sie sagen wollte, noch, was sie sagen sollte.

Marjorie drehte sich um, als die Tür geöffnet wurde. Es war, als würde sich das Schicksal auf sie herabsenken. Die Knie wurden ihr ganz weich bei Georges Anblick. Und in ihrer Stimme schwang etwas wie Tränen mit.

»George!«, war alles, was sie sagen konnte – ihr wollte kein weiteres Wort einfallen. Sie streckte eine Hand aus und trat auf ihn zu, so als wollte sie ihn zurückdrängen; doch es war nur eine sehr halbherzige Geste.

»George! Ich … du …«

George sagte gar nichts. Die letzten Spuren irgendeines Zögerns seinerseits erloschen, als er sah, dass Marjorie den Tränen nahe war. Er ging zu ihr, um sie zu trösten, und dann setzte die Berührung ihres Fleisches diesem Gedanken ein Ende. Marjorie kam in seine Arme; aus der Wüste der Unentschlossenheit direkt hinein in die liebliche Oase rücksichtsloser Hingabe. Das Bett stand neben ihnen. Wie ein Blitzschlag am dunklen Himmel durchfuhr Marjorie eine Sekunde lang der Gedanke, dass ihr Ehemann ein Mörder war. Doch als er vergangen war, blieb nichts weiter als nur ein umso größeres Verlangen, diesem neuen Liebhaber jeden Wunsch von den Lippen abzulesen. Ely war ein unerfahrener Liebhaber, sanft und doch unbeholfen, unendlich zärtlich und doch von Leidenschaft hingerissen. Marjorie spürte, wie sie mit Leib und Seele in Liebe zu ihm entbrannte.

»Liebling«, sagte sie. »Liebling. Liebling.«

12

Am nächsten Morgen war Mrs Clair sicher, dass die beiden ein Liebespaar waren. Sie war beinah gestern Abend schon sicher gewesen, als sie Marjorie nach ihrer Rückkehr aus dem Kino schlafend in dem zerwühlten Bett fand, das Haar zerzaust und die Kleider so unordentlich verstreut, wie sie es Marjorie als Kind nie erlaubt hatte. Mrs Clair schlich ins Schlafzimmer, verzichtete darauf, Licht einzuschalten, und behalf sich mit dem trüben Licht einer Kerze auf der Frisierkommode. Marjorie lag friedlich schlafend da und atmete gleichmäßig. Als Mrs Clair ihr einen prüfenden Blick zuwarf, erkannte sie sofort die Entspannung ihres Körpers und die Röte auf ihren Wangen. Sie lächelte, während sie durch das Zimmer schlich und sich zum Zubettgehen fertig machte.

Und am nächsten Morgen hatten diese beiden nur Augen füreinander und schenkten niemandem sonst Aufmerksamkeit. Das Geplapper der Kinder beachteten sie gar nicht, auch wenn Ely ein Schulterklopfen für Anne übrig hatte und die Zeit fand, Derrick im Nacken zu kitzeln. Mrs Clair fing ein kurzes bedeutungsvolles Lächeln zwischen Ely und Marjorie auf, und da erinnerte sie sich, genau so ein Lächeln schon einmal aufgefangen zu haben, nämlich zwischen Ted und Dot; in ihrer Naivität jener Tage hatte sie dem keine Bedeutung beigemessen. Sie behielt den Vergleich allerdings für sich. Es wäre doch eine Schande gewesen, ihr Glück zu trüben, und Mrs Clair hatte auch noch andere Dinge vor Augen, als nur Ted zum Hahnrei zu machen. Es musste eine noch schlimmere Strafe geben als diese, und am Ende wären die beiden noch viel, viel glücklicher, als sie es als schuldbewusste Liebende je sein könnten. Sie klopfte auf den Frühstückstisch, um die Aufmerksamkeit auf sich zu lenken, und sah sie dann alle gebieterisch an.

»Ladys und Gentlemen!«, sagte sie. »Keiner außer mir scheint daran zu denken. Heute ist unser letzter Tag. Was wollt ihr denn alle machen an unserem letzten Tag?« Es hatte tatsächlich keiner daran gedacht. Sowohl George als auch Marjorie konnte man am Gesichtsausdruck ablesen, wie sehr diese Erinnerung sie schockierte. Anne bedauerte es ebenfalls. Nur Derrick blieb gleichmütig – die Aussicht auf einen weiteren ganzen Tag an der Küste rückte die Rückkehr am nächsten Tag noch in weite Ferne für ihn.

»Nun, was wollt ihr denn alle machen?«, wiederholte Mrs Clair.

»An den Strand gehen«, sagte Anne.

»An den Strand gehen«, echote Derrick.

»Manche scheinen in jeder Lebenslage zu wissen, was sie wollen«, bemerkte Mrs Clair. Weder George noch Marjorie wussten irgendetwas zu sagen.

»Später werden wir packen müssen«, fuhr Mrs Clair fort. »Dann wirst du genug zu tun haben, Marjorie. Willst du heute Vormittag nicht noch mit George und den Kindern an den Strand hinuntergehen, während ich die Hausarbeit erledige?«

Dem stimmten alle begeistert zu.

An diesem Vormittag war es anders am Strand als gestern. Anstatt lange zeitraubend einen Platz bei der Buhne zu suchen, beeilte Marjorie sich. Anstatt lange darauf zu warten, dass die Kinder zu spielen anfingen, trieb sie die Dinge selbst voran. Sie machte den unglaublichen Vorschlag, beiden ein Eis zu kaufen, das sie nicht aus dem Pappbecher essen müssten, sondern an einem Tisch in einem richtigen Café, falls es ihnen gelang, an diesem Vormittag eine Sandburg zu bauen, die einer solch enormen Belohnung wert wäre. Die Kinder machten sich sofort an die Arbeit – Derrick schaufelte emsig drauflos mit seiner Holzschaufel, um einen Sandhügel aufzuhäufen, der groß genug war für den Einfallsreichtum seiner Schwester, während Anne mit der Hand unter dem Kinn um ihn herumging und architektonische Träume träumte. Dann war Marjorie in der Lage, zu George zu gehen, der sich eben vor die Buhne setzte. Sie konnte seine Hand drücken und ihn anlächeln, und er konnte ihr Lächeln erwidern, und für eine Weile vergaßen sie die Welt um sich herum.

Aber nicht lange. Denn plötzlich sprudelte in Marjories Kopf ein Springbrunnen hässlicher Gedanken – die Erinnerung ihrer Mutter, dass dies ihr letzter Tag sei, war wirklich clever gewesen. Morgen musste sie dorthin zurückkehren, wo Ted auf sie wartete. Dort wartete das Haus im Harrison Way, auf das sie einst so stolz gewesen war. Und auch wenn sie hier abschweifte, so war es doch wichtig zu bedenken, wie schmutzig und unaufgeräumt das Haus sein würde, nachdem Ted dort drei Wochen lang allein gewohnt hatte, und was für ein Berg Wäsche am Montag auf sie warten würde. Dort wartete auch das schäbige Wohnzimmer auf sie, ein Gedanke, den Marjorie kaum ertragen konnte, und das Badezimmer und das Schlafzimmer, und Ted mit seinen scheußlichen Lippen und Händen. Hände, die einst Dot befummelt hatten. Hände, die rot waren von ihrem Blut. Marjorie wurde von Schaudern erfasst.

»Liebling«, sagte George. »Was ist los? Was hast du denn, Liebes?«

»Was sollen wir nur *tun*?«, fragte Marjorie und zerrte mit ihren Fingern an seinen Händen, als die Erkenntnis sie erneut unvermittelt traf. Sie sprach wie eine Wahnsinnige. »Was sollen wir nur *tun*? Was sollen wir nur *tun*?«

»Was wir tun sollen?«, gab George standhaft zurück. Er war noch nicht beunruhigt. Unbestimmt hatte er das Gefühl gehabt, dass es schon einen Ausweg aus den Schwierigkeiten geben würde, die vor ihnen lagen; sein Glück war zu groß gewesen, um sich Gedanken über die Einzelheiten zu machen. »Oh, es wird alles gut werden, Liebling. Heutzutage ist es nicht mehr so schlimm. Was ist schon eine ...«

»Scheidung« war das Wort, das er hatte sagen wollen, doch es blieb unausgesprochen. Sobald er der Realität derart nahekam, erkannte er viel deutlicher all die Einwände, die es gegen einen solchen Plan gab. Marjorie sprach das Wort für ihn aus.

»Eine Scheidung? Was, ich soll mich von Ted scheiden lassen? George, Liebling, das ist unmöglich. Denk doch mal nach ... Was wird aus deiner Stelle?«

Drei Wochen lang hatte George keinen Gedanken an seine Stelle verschwendet. Er war Graingers Untergebener in der Filiale der Gas-Gesellschaft. Seine Zukunft hing praktisch von Graingers Gnaden ab. Und nicht nur das, da war auch noch der Geschäftsführer der riesigen Firma, der weit über Grainger thronte und berüchtigt war für seine Sittenstrenge und dafür, jeden Mitarbeiter unverzüglich zu entlassen, der auch nur im Mindesten von dem abwich, was er für den Pfad der Tugend hielt. George war die Bestürzung im Gesicht abzulesen, und unwillkürlich äußerte er den Namen des Geschäftsführers.

»Und dann ist da noch Mr Hill ...!«

»Ja«, sagte Marjorie. »An den habe ich auch schon gedacht.«

Sie kannte Hills Ruf – und dennoch erkannte sie erst an diesem Vormittag plötzlich, dass es größtenteils Mr Hills Ruf gewesen sein musste, der Ted vor lauter Furcht zu jener Tat getrieben hatte, die er im Juni begangen hatte – noch ein weiterer Beweis, der aber nur für die wenigen Menschen Gewicht hatte, die ganz genau mit allen Umständen vertraut waren.

Da bemerkte Marjorie plötzlich Georges unglückliche Miene und war sogleich besorgt und zerknirscht.

»George, Liebling«, sagte sie und streckte die Hand nach ihm aus. »Mach dir doch nicht solche Sorgen. Es wird alles gut werden.«

Tapfer lächelte sie ihn an. Sie war inzwischen sehr viel tiefer und leidenschaftlicher verliebt in ihn als vor der Nacht, in der sie sich ihm hingegeben hatte – das war recht typisch für sie. Aber sie hatte so viele Sorgen. Und gegen ihren Willen gewannen sie wieder die Oberhand.

»Und da sind die Kinder«, sagte sie kläglich. »Du weißt doch, wie Ted ist. Er hasst Kinder. Doch wenn ich es wagen würde, ihn zu verlassen, würde er Derrick und Anne schon allein deshalb behalten, um mich zu ärgern. Und er würde sie auch noch schrecklich behandeln. Das weiß ich. Ich könnte, ich *würde* sie ihm niemals überlassen.«

Ihre Lippen zitterten, doch George hatte kein Wort des Trostes für sie in diesem Augenblick.

»So ist es«, sagte er nur grimmig. Er wusste genug über das Gesetz, um sicher zu sein, dass jede Ehefrau, die ihren Ehemann aus freien Stücken verließ, gezwungen werden würde, die Kinder dem Ehemann zu übergeben, dessen Heim angeblich für sie offen stand. Und er verabscheute auch den Gedanken, Derrick und Anne Graingers Gnade auszuliefern. Er schob den Unterkiefer vor und versuchte, einen klaren Gedanken über die Zukunft zu fassen. Die Idee der Scheidung verlor immer mehr an Reiz, je länger er darüber nachdachte. Grainger war übellaunig und rachsüchtig, soweit er wusste. George konnte absehen, dass er nicht nur seine Stelle verlieren, sondern auch noch hohe gerichtliche Kosten zu tragen haben würde; und irgendwie erinnerte er sich unbestimmt daran, dass ein geschädigter Ehemann nicht nur seine Kosten geltend machen, sondern von dem Mann, der der Scheidungsgrund war, auch noch eine Wiedergutmachung verlangen durfte. Und wenn das möglich war, konnte man darauf setzen, dass Grainger es auch tun würde. Er würde nicht ruhen, bis Ely vollkommen ruiniert wäre, bis er auf den Straßen betteln gehen müsste, und Marjorie auch, beide gequält von dem Gedanken, wie es den Kindern ergeht.

»Wir haben nur noch bis morgen Zeit«, sagte Marjorie neben ihm. »Ich muss morgen zu ihm zurückkehren. Oh, das kann ich nicht, das will ich nicht!«

Der Gedanke allein schon machte ihn halb wahnsinnig.

»Ich will es auch nicht«, erwiderte er verzweifelt. »Ich will es nicht.«

Es war Marjorie, die nun eine Zeit lang die Pragmatische war von ihnen beiden. Sie durchforschte ihre Gedanken auf der Suche nach einer Lösung ihrer Schwierigkeiten.

»Liebling«, begann sie – in der geringfügigen Aussicht darauf, dass es vielleicht eine hilfreiche Antwort geben könnte. »Hast du Geld?«

»Nein«, erwiderte George bitter. »Ich habe alles, was ich hatte, abgehoben, um das Auto zu bezahlen. Aber ich bekomme zwanzig Pfund, wenn ich es wieder verkaufe.«

»Zwanzig Pfund ist nicht viel«, sagte Marjorie. »Und ich habe gar nichts. Das Haushaltsgeld ist fast aufgebraucht. Ich werde eine Woche lang anschreiben lassen müssen, wenn ich wieder zurück bin.«

Es war seltsam, wie unerwartet diese letzten Worte ihr herausgeschlüpft waren. Für die meisten – aber nicht für George – wären sie Beweis genug gewesen, dass Marjorie sich mit dem Gedanken an eine Rückkehr nach Hause auszusöhnen begann. Doch eigentlich erklärten sie sich dadurch, dass es ein so gewaltiger Schritt war, ihren Ehemann zu verlassen, dass Marjorie überhaupt nur richtig denken konnte unter der Voraussetzung, diesen Schritt nicht vollzogen zu haben.

Seite an Seite saßen sie, mit der Buhne im Rücken, an dem sonnenbeschienenen Strand. Überall um sie herum tummelten sich Urlauber, die nächste Gruppe keine fünfhundert Meter entfernt. Kinder rannten und lachten und riefen. Weit draußen, wo sich das zurückgewichene Meer beim niedrigsten Stand der Ebbe seicht im Watt brach, liefen kreischend Badende herum. Eine Möwe kreiste darüber, prachtvoll weiß vor dem blauen Himmel. Ein oberflächlicher Betrachter hätte keinen Unterschied gesehen zwischen George, mit seinem offenen Hemd und der grauen Flanellhose, und Marjorie, in ihrem Sommerkleid, und all den vielen anderen Urlaubspaaren, die sich vermutlich über die Preise für das Essen an der Küste oder den Kinofilm vom Abend zuvor unterhielten. Doch bei ihnen ging es um Leben und Tod.

Marjorie saß mit der Hand auf dem Herzen da; all das Blau und Goldgelb um sie herum erschien ihr trist und wie grau verfärbt. Die schlimmste all ihrer Sorgen drang ihr jetzt mit aller Macht erneut ins Bewusstsein – eine Zeit lang hatte sie diese vor Aufregung, einen Liebhaber zu haben, schon beinahe vergessen. Ihr Ehemann war ein Mörder, der Mörder und Verführer ihrer eigenen Schwester. Und diese entsetzliche Tatsache war jetzt sogar noch entsetzlicher. Bedrohlich wie ein Eisberg vor einem Passagierschiff ragte sie plötzlich vor ihr auf. Panische Angst ergriff sie. Sie erschauderte vor Umständen, die viel zu mächtig waren, als dass sie sich dagegen zur Wehr setzen konnte, wie Gulliver in der Gewalt der Riesen. Angst – und Selbstmitleid – überwältigten sie. Tränen stiegen ihr in die Augen und rollten ihr die Wangen hinab. Von Schluchzern geschüttelt saß sie da mit dem Rücken zur Buhne. Der oberflächliche Betrachter hätte jetzt meinen können, einen Streit unter Liebenden mit anzusehen.

Die Schluchzer brachten Ely wieder zu sich, der düster den Strand entlangstarrend dasaß.

»Liebling!«, rief er, als er sich zu ihr umdrehte. »Wein doch nicht, Liebling. Bitte nicht. Letzten Endes wird schon alles gut werden. Wirklich. Ich schwöre es. Oh Liebling, ich kann es nicht ertragen, wenn du weinst.«

Er streckte die Arme nach ihr aus, und sie sank ihm entgegen, und er küsste sie rasch verstohlen auf den Mund und die feuchten Wangen. Ihre Tränen schmeckten salzig – das bemerkte er sogar noch in diesem Augenblick.

»Sag mir, dass du mich liebst, Liebling«, jammerte Marjorie.

»Oh, ich liebe dich, Liebes. Mehr als alles auf der Welt.«

»Egal, was auch geschieht, du wirst mich immer lieben?«

»Natürlich, natürlich. Was auch geschieht.«

Hastig küssten sie sich noch einmal, und dann machten sie sich los voneinander, weil sie sich erinnerten, an welch öffentlichem Ort sie waren. Der oberflächliche Betrachter hätte jetzt meinen können, dass die Liebenden sich wieder versöhnt hatten; doch wenn das die Hypothese gewesen wäre, die er zugrunde legte, wäre es ihm sicher schwergefallen, Derrick und seine Beziehung zu ihnen zu erklären, als der kleine Junge jetzt zu ihnen gerannt kam.

»Mummy! Onkel! Kommt mal gucken, was wir gemacht

haben, ich und Anne! Kommt mal gucken! Kriegen wir *jetzt* unser Eis?«

Sie folgten ihm den Strand entlang, während er vor ihnen her hüpfte und hopste. Anne legte gerade letzte Hand an ein riesiges Rokokoschloss, kunstvoll ausgestattet mit Zinnen, Auffahrten und Seitenflügeln. Seetang, Muscheln und Kiesel waren alle zur Verzierung herbeigeschleppt worden. Und an einem Fahnenmast auf dem Schlossturm flatterte sogar eine steife Papierfahne. Anne grübelte noch über die Wirkung des Ensembles, mit einem in die Ferne gerichteten Blick in den Augen – mit dem Blick eines Kunstschaffenden, der soeben aus seinen Träumen erwacht.

»Wunderschön!«, rief Marjorie. Nach acht Jahren der Mutterschaft war es ihr mittlerweile zur zweiten Natur geworden, diesen fröhlichen Ton anzuschlagen, wenn sie mit den Kindern sprach, egal, was sie selbst gerade litt. »Habt ihr das alles ganz allein gemacht?«

»Ja!«, kreischte Derrick.

»Natürlich«, sagte Anne. »Obwohl Derrick ja nicht so viel gemacht hat.«

»Ich hab den Sandhaufen gemacht!«, protestierte Derrick.

»Ich finde es einfach wundervoll«, warf Marjorie ein. »Diese Muscheln da an den Seiten sehen wirklich hübsch aus.«

»Die hat Derrick gefunden«, gab Anne ehrlich zu.

»Kriegen wir jetzt unser Eis?«, kreischte Derrick wild herumhüpfend und seine Schaufel schwingend.

»Ja, Mummy?«, fragte Anne.

Ihr ernster Ton war stärker ihrem Verlangen nach einem echten Beweis der Anerkennung ihres Talents geschuldet als einer Gier nach Süßem.

»Ich glaube schon«, sagte Marjorie hilflos und warf George einen Blick zu.

»Oh ja, aber natürlich«, sagte George. Er war nicht so geübt darin wie Marjorie, seine Gefühle in Gegenwart der Kinder zu beherrschen, doch er tat es um ihretwillen, und weil er ihre Motive so sehr schätzte. »Kommt, Kinder. In welches Café sollen wir denn gehen – ins Beach oder ins Willow Pattern?«

Wieder gingen sie den bevölkerten Strand entlang und bahnten sich einen Weg durch die überall lagernden Gruppen von Menschen. Marjorie betrachtete die Kinder, die vorausliefen, Derrick pummelig und stämmig in seinem Badezeug, Anne – ätherisch, aber nicht dürr im goldenen Sonnenlicht – anmutig in ihrem knappen Kleid, die Arme und Beine goldbraun gebräunt. Einen Augenblick lang nahm Marjorie das Gespräch noch einmal auf, das sie geführt hatten, ehe Derrick sie unterbrach.

»Ich könnte sie doch nicht einfach so verlassen, nicht wahr?«, sagte sie flehentlich, hob den Blick zu George und legte ihm eine Hand auf den Arm.

George schüttelte den Kopf.

»Nein«, erwiderte er. »Du kannst sie nicht verlassen, Liebling. Das verstehe ich. Uns wird bald etwas einfallen, Liebes.«

Doch auch im weiteren Verlauf dieses albtraumhaften Tages tauchte die Frage »Was sollen wir nur *tun*?« immer wieder auf. Marjorie stellte sie erneut verzweifelt am Nachmittag. Sie hatte sich, irgendwie, allein mit Ely in der Küche wiedergefunden, und sie hatten sich geküsst, wie wild und halb ohnmächtig. Doch als diese wahnwitzigen Sekunden vorüber waren, hielt Marjorie Ely auf Armeslänge von sich weg und sagte: »Was sollen wir nur *tun*?« Panik lag in ihrem Blick und in ihrer Stimme. Sie nahm jetzt so bewusst wie ein verurteilter Verbrecher wahr, wie die Stunden vergingen. Morgen würde sie zu Ted zurückkehren müssen. Die Zeiger der Uhr schienen schneller als sonst voranzuschreiten.

Am späteren Nachmittag kam ihr plötzlich eine Idee.

»Geh mit den Kindern hinaus auf die Straße«, flüsterte sie Ely eindringlich zu. »Kauf ihnen ein paar Süßigkeiten – irgendetwas. Bitte, Liebling.«

Und als sie dann mit ihrer Mutter allein war, bat sie sie um Hilfe – sie war wie ein Tier, das in einem Schuppen gefangen war und in jede Ecke rannte auf der vergeblichen Suche nach einer Möglichkeit zur Flucht.

»Mutter«, sagte sie atemlos. »Ich will morgen nicht nach Hause fahren.«

Mutter hatte sich in die schattige Ecke der Veranda gesetzt und nahm ihre Strickarbeit aus dem Handarbeitskorb, wobei sie das Gesicht notgedrungen abgewendet hatte. Ein paar Sekunden später saß sie wieder aufrecht da, und mit einer Seelenruhe, die Marjorie beinahe wahnsinnig machte, ordnete sie erst noch einmal ihre Stricknadeln, bevor sie sprach.

»Das überrascht mich nicht«, sagte sie gelassen. »Dies ist der schönste Urlaub, den wir je hatten, glaube ich. Doch jeder hat auch seine eigene Arbeit zu tun, weißt du, Liebes. Das Leben kann nicht ein einziger langer Urlaub sein.«

Es war zum Verzweifeln, derart missverstanden zu werden.

»So meine ich es nicht«, sagte Marjorie. »Der Urlaub ist mir egal. Ich meine, dass ich nicht zu Ted zurückkehren will, dass ich nicht mehr mit ihm zusammenleben will. Nie mehr.«

Das Gesicht, das Mrs Clair jetzt von ihrer Strickarbeit hob, trug überzeugend den Ausdruck verständnisloser Überraschung, auf deren Darstellung sie sich vorbereitet hatte, seit George mit den Kindern das Haus verlassen hatte.

»Aber Liebes!«, rief sie. »Was soll das denn heißen?«

»Das, was ich sage, Mutter. Ich kann nicht zu Ted zurückkehren. Ich kann nicht. Oh, hilf mir bitte, Mutter.«

Darauf war Mrs Clair vorbereitet. All die Tage und Abende, die sie in diesem Urlaub allein verbracht hatte, hatten ihr reichlich Zeit beschert, darüber nachzudenken, was sie wollte. Ted einfach nur Marjorie zu nehmen und ihm die Kinder zu überlassen wäre nicht annähernd genug.

»Marjorie, Liebes«, sagte sie. »Ich muss mich doch sehr über dich wundern. Du willst deinen Ehemann verlassen? Warum denn nur? Ich wüsste nicht, wie ich dir dabei helfen könnte.«

»Wegen Dot, Mutter. Und du kennst auch all die anderen Gründe. Und du kannst doch nicht von mir erwarten, dass ich zu ihm zurückkehre nach dem, was er Dot angetan hat.«

»Wirklich, Liebes. Ich verstehe nicht, wovon du sprichst. Was hat die arme kleine Dot damit zu tun? Und was sind all die ›anderen Gründe‹?«

Das traf Marjorie wie ein Schock; dann hatte sie ihre Mutter missverstanden an jenem Tag, als Derrick erzählte, was er gesehen hatte. Mutter hatte wohl doch keinen Verdacht geschöpft über Ted und Dot. Aber das war nicht sonderlich überraschend, wenn sie jetzt so darüber nachdachte. Ihre kleine unschuldige Mutter, die vor der Welt behütet lebte, konnte sich natürlich kein Bild von der Verderbtheit um sich herum machen. Und Marjorie hatte das Gefühl, dass sie sie auch gar nicht aufklären könnte – dass es tatsächlich ein hoffnungsloses Unterfangen wäre, es zu versuchen. Sie war die Einzige, die das Geheimnis durchdrungen hatte. Und deshalb wäre es ebenso hoffnungslos, auf die Hilfe ihrer Mutter zu setzen, wenn sie Ted verlassen wollte – Mutter wäre der letzte Mensch auf Erden, der eine Ehefrau dazu ermutigen würde, sich von ihrem Ehemann zu trennen. In Marjories Kopf drehte sich alles. Sie war erschöpft von der emotionalen Anstrengung.

»Oh, Mutter«, sagte sie mit wachsender Verzweiflung. »Du verstehst es nicht.«

»Ich bin mir sicher, dass ich das nicht verstehe«, sagte Mutter sittenstreng. »Ich versuche ja, nicht zu altmodisch zu sein in meinen Vorstellungen. Aber ich finde schon, dass der Platz einer Frau an der Seite ihres Ehemanns ist, solange kein sehr guter Grund dagegen spricht. Liebes, du hast dich doch hoffentlich nicht irgendwelchen Tagträumen über George Ely hingegeben? Er ist ein so ausgesprochen netter junger Mann. Du hast doch nichts Schlimmes oder Dummes getan?«

»Oh nein, Mutter.« Jetzt war Marjorie in absoluter Panik. Irgendetwas dieser Art zuzugeben, das erkannte sie jetzt, würde bedeuten, alle Hoffnung auf Mutters Hilfe fahren zu lassen. Das hätte sie sich auch schon früher klarmachen können – und dennoch hatte sie sich gegen besseres Wissen an den Gedanken gehängt, dass Mutter vielleicht Verständnis für sie und George aufbringen könnte. »Als ob ich so etwas tun würde!«

»Das habe ich auch nie angenommen, Liebes«, sagte Mutter. »Aber als du so aufgebracht sprachst, befürchtete ich schon halb, dass ... Aber darüber müssen wir nicht sprechen. Ich werde nun hoffentlich nichts mehr von diesem Unsinn hören, dass du nicht zu Ted zurückkehren willst. Du willst nicht, dass dieser Urlaub zu Ende geht, nur daran liegt es, glaube ich. Sobald du zu Hause bist und dich wieder daran gewöhnt hast, deinen Haushalt zu führen, wirst du viel zufriedener sein. Versuch's einfach, Liebes, und du wirst schon sehen.«

»Ja, Mutter«, erwiderte Marjorie.

»Alle Männer sind manchmal ein wenig schwierig«, sagte Mutter, als käme diese Beobachtung aus den tiefsten Tiefen ihrer Weisheit. »Sogar dein lieber Vater war es, ein- oder zweimal.«

»Ja, Mutter«, erwiderte Marjorie.

Und wieder waren ein paar der flüchtigen Stunden, die ihr noch blieben, vergangen. Ungläubig sah sie auf die Uhr, und ihre Mutter folgte ihrem Blick.

»Die Zeit schreitet voran«, sagte Mutter. »Ich glaube, wir fangen mit dem Packen lieber schon an, bevor die Kinder zurückkommen.«

Die Umstände schienen Marjorie voranzutreiben, so wie ein Verbrecher von den Wärtern um sich herum von der Todeszelle zum Schafott getrieben wird. Packen, Tee machen, abwaschen, die Kinder baden – ein weiterer langer Abschnitt des Tages wirbelte geradezu vorüber zu Marjories Entsetzen.

»Fahrt ihr beide heute noch ein letztes Mal aus?«, fragte Mutter. »Ich an eurer Stelle würde es tun.«

Sie fuhren zu dem Wald hinaus, wo sie sich zum ersten Mal geküsst hatten, doch als sie die Stelle erreicht hatten, blieben sie weder im Auto sitzen noch ließen sie sich auf den Baumstumpf nieder, von dem aus sie den Sonnenuntergang betrachtet hatten. Ohne ein Wort zu wechseln, liefen sie gemeinsam tiefer in den Wald hinein, bis sie vom Weg aus nicht mehr zu sehen waren, und dort drehte Marjorie sich herum und warf sich Ely, fast weinend, in die Arme, und er umklammerte sie begierig.

Ely gehörte, wie man schon aus der hoffnungsvollen Art schließen konnte, mit der er von der Scheidung gesprochen hatte, nicht zu der Sorte junger Männer, die dankbar nach der Gunst einer verheirateten Frau griffen, weil sie darin die Lösung für das ewige Problem sahen, wie man sowohl das Zölibat als auch die Heirat vermeiden konnte. Er war ganz trunken von Liebe zu ihr. Ihm war nie der Gedanke gekommen, dass er in Zukunft eine bequeme Affäre mit Marjorie führen könnte. Er hatte an nichts anderes gedacht als nur an seine ungeheure Leidenschaft für sie. Er hatte den ganzen Tag mit ihr verbracht, ohne mehr als einen Händedruck zu erhalten. Die Erinnerung an letzte Nacht trieb ihn schier in den Wahnsinn; er war krank und fast ohnmächtig vor Begehren, und der Wald schien sich um ihn herum zu drehen, als er sie erregt an sich drückte. All die Pläne, die Marjorie geschmiedet hatte, als sie neben ihm im Auto saß und dachte, dass sie jetzt wirklich einmal vernünftig über die Zukunft sprechen würden, gingen über Bord. Sie küssten sich und flüsterten, bis die Dämmerung schon fast der Dunkelheit gewichen war. Erst da sah Marjorie sich in der Lage, noch einmal die Frage zu stellen, die sie an diesem Tag schon einmal gestellt hatte –

»Liebling, was sollen wir nur *tun*?«

Die Frage brachte Elys Verzückung zum Platzen wie eine Blase, die ohnehin schon bis zum Zerreißen gespannt war von all dem, was soeben geschehen war.

»Ich weiß es nicht«, sagte er bedrückt. Die ineinander verflochtenen Äste über ihren Köpfen hoben sich schwarz vom fahlen Himmel ab.

»Sag mir, dass du mich liebst, Liebling«, drängte ihn Marjorie – die Bedrückung in seiner Stimme hatte eine neue Angst in ihr ausgelöst.

»Oh, ich liebe dich, ich liebe dich, Liebling«, sagte Ely.

»Ich hatte schon gefürchtet, du liebst mich nicht mehr. Ich dachte, du bist meiner vielleicht … du bist meiner vielleicht überdrüssig«, jammerte Marjorie.

»Aber nein!«, rief Ely entgeistert. »Wie könnte ich, Liebling?«

»Oh …«

Dann stieg eine neue Angst auf.

»Versprich mir, Liebling«, bat Marjorie, »dass du es mir sagst, wenn du mich irgendwann nicht mehr lieben solltest. Wirst du das tun, Liebster? Mach mir bitte nie etwas vor, ja?«

»Liebling«, sagte Ely. »Ich werde dich immer lieben.«

Es dauerte zwei oder drei Minuten, bis die Frage wieder aufkam –

»Was sollen wir nur *tun*?«

»Ich wüsste nicht, was wir im Augenblick tun könnten«, sagte Ely.

»Mutter scheint wie selbstverständlich davon auszugehen, dass ich morgen nach Hause zurückkehre. Und ... und ... ich wüsste auch gar nicht, wo ich sonst hingehen sollte.«

»So ist es«, sagte Ely einfach nur.

»Willst *du* denn, dass ich zu Ted zurückkehre?«, fragte Marjorie.

Es war das erste Mal, dass dieser Aspekt der Frage Ely in seiner Naivität klar wurde. Es war ihm noch gar nicht in den Sinn gekommen, an morgen Abend zu denken; doch jetzt ergriff ihn blankes Entsetzen. All die Jahre engen Kontakts mit Grainger im Büro hatten ihm vielfältigen Einblick in den Charakter des Letzteren gewährt. Es konnte überhaupt kein Zweifel daran bestehen, was morgen geschehen würde, wenn Grainger seine Ehefrau nach dreiwöchiger Abwesenheit wieder zu Hause willkommen hieß. Eifersucht umfing ihn wie eine Flamme.

»Er wird mit mir schlafen wollen«, sagte Marjorie, jetzt verzweifelt bemüht darum, all das auszusprechen, was gesagt werden musste.

Ely umklammerte sie so, dass es wehtat, so als könnte er sie durch reine Körperkraft vor Graingers Umarmung bewahren.

»Das kannst du nicht tun«, stammelte er. »Das darfst du nicht tun!«

Marjorie konnte in dem dämmrigen Licht die Seelenqual in seinem Gesicht erkennen. Und sogar in diesem Augenblick der aufgewühlten Gefühle spürte sie einen kleinen Wonneschauer. So war Ted nie gewesen. Ted war dominant, besitzergreifend, herrisch. Vor Jahren hatte sie ihn einmal geliebt – auch wenn sie diese Tatsache sich selbst gegenüber jetzt nicht mehr zugab –, doch sogar als sie Ted liebte, war ihr stets bewusst gewesen, dass sie ihm weniger bedeutete als er ihr. Sie wäre vielleicht fähig gewesen, ihn zu verärgern, aber niemals, ihn zu verletzen, nicht so wie diesen armen jungen Mann mit dem gepeinigten Ausdruck im Gesicht, der zitternd in ihren Armen lag.

Es schmerzte auch sie unerträglich, ihn so zu sehen. Sie hätte alles getan, alles versprochen, um ihn zu trösten. Ihre Liebe und Zärtlichkeit verdoppelten sich; es entsprach ihrem Wesen, Liebe mit Liebe zu beantworten.

»Liebling«, sagte sie, »mach dir nur nicht solche Sorgen, bitte nicht, Liebling.«

Doch Elys überreizte Fantasie verweilte immer noch bei dem Bild, wie Marjorie in Graingers Armen lag. Der Ausdruck trostlosen Kummers in seinem Gesicht ließ kein bisschen nach.

»Liebling!«, jammerte Marjorie erneut. »Nicht, bitte mach dir keine Sorgen. Es wird alles gut werden. Ich werde dafür sorgen, dass alles gut wird, Liebster.«

Sie hätte alles versprochen, um die Anspannung zu lösen. Und in Elys Armen, und in dieser tröstlichen Dunkelheit mit den so ernst flüsternden Bäumen über sich, war es leicht, Versprechungen zu machen, ohne Rücksicht darauf, ob sie auch in der Lage wäre, sie einzuhalten.

»Ich werde nicht mit ihm schlafen. Das erlaube ich ihm nicht«, sagte sie.

In diesem Augenblick erschien ihr das auch alles recht einfach. Sie würde Ted eine Weile ausweichen. Das stünde leicht in ihrer Macht, zumindest ein paar Tage lang. Und dann wäre sie vielleicht in der Lage, Ted dazu zu bewegen, ihr vernünftig zuzuhören. Auf jeden Fall würden ihr ein paar Tage zur Verfügung stehen, und in dieser drängenden kritischen Situation bedeutete der Gewinn von ein paar Tagen ihr sehr viel. »Morgen« stand unmittelbar bevor. »Nächste Woche« nicht. Hocherfreut sah sie, wie Georges Gesichtsausdruck sich aufhellte.

»Wirklich?«, fragte er. »Glaubst du, das wird gehen?«

»Aber natürlich«, sagte sie entschlossen.

»Ich will nicht, dass er dich unglücklich macht, Liebling.«

»Das wird er nicht tun. Nicht, solange du mich liebst.«

Wenn Ely überhaupt ins Nachdenken verfiel, dann darüber, dass Marjorie und ihr Ehemann schon seit fast zehn Jahren verheiratet waren und daher in ihrer gemeinsamen Beziehung ein Stadium erreicht hatten, das für ihn, der erst vor vierundzwanzig Stunden seine Unschuld verloren hatte, weitgehend unverständlich war. Er war bereit, alles zu glauben, was Marjorie ihm in dieser Hinsicht erzählte. Noch einmal zog er sie an sich, und noch einmal küsste er sie, und sie überschüttete ihn mit törichten, überschwänglichen Schwüren.

Sie würde Ted niemals erlauben, sie anzurühren. Wenn es nach ihr ging, musste Ted von nun an zölibatär leben; was er außerhalb des Hauses tat, war ihr allerdings egal – je mehr Affären er hatte, desto mehr würde sie sich freuen. Sie würde sich rein erhalten für George. Sie war ganz sein, und nur sein. Das alles erschien ihr nicht nur möglich, sondern sogar leicht in diesem verwegenen Augenblick.

Und so oblag nun also Marjorie die Initiative in dieser Affäre, ja die Führung – wenn man überhaupt sagen konnte, dass sie in irgendeine Richtung führte. Sie hatte George von ihrem Verdacht Ted und Dot betreffend erzählen wollen, doch davor schrak sie jetzt zurück. Es würde auch nichts nützen, denn sie waren sich darin einig, dass sie nichts tun konnten; und es George zu erzählen würde daran auch nichts ändern. Es konnte nur Schaden anrichten und George schreckliche Sorgen darüber bescheren, dass sie mit einem Mörder zusammenlebte. Und sie konnte nicht ertragen, dass er sich Sorgen machte; lieber wollte sie weiterhin die Last ihres Wissen allein tragen. Außerdem – vielleicht würde George ihr gar nicht glauben, würde sie für verrückt erklären, würde sie womöglich weniger lieben, und um nichts auf der Welt wollte sie das riskieren. Und dann waren da ja immer noch die vier, fünf Tage, die ihr zur Verfügung standen. Bis dahin zumindest konnte sie es noch aufschieben, ihm davon zu erzählen, und da sie es konnte, tat sie es auch.

Ruhiger und glücklicher, als sie den ganzen Tag gewesen waren, fuhren sie durch die dunklen Straßen zum Guardhouse zurück. Mrs Clair, die sie scharf ansah, als sie im Licht blinzelnd ins Haus traten, war verwundert über den Ausdruck in ihren Gesichtern. Sie konnte nicht erraten, welche Entscheidung sie, wenn überhaupt, getroffen hatten. Aber sie konnte es sich leisten abzuwarten und zu sehen, wie sich die Dinge weiterentwickelten.

13

Der Samstag war in jeder Hinsicht, abgesehen vom weiterhin guten Wetter, ein schrecklicher Tag. Ganz früh am Morgen schon mussten Marjorie und Mrs Clair aufstehen, die letzten Sachen noch packen und dann im Haus alles wieder perfekt aufräumen. An diesem Nachmittag würde eine andere Familie einziehen, und die Ergebnisse ihrer Bemühungen würden auf das Genaueste geprüft werden von einer anderen Hausfrau, die sie trotz ihrer Abwesenheit kritisieren könnte. Auch wenn sie nie zu hören bekämen, was die neu Eingetroffenen sagten, konnten sie den Gedanken, für schlampig gehalten zu werden, doch nicht ertragen. Alles musste sauber gemacht, abgestaubt und poliert werden; und es mussten Vorkehrungen getroffen werden wegen des bisschen Wäsche, das zu waschen war; und der Milchmann musste abgepasst und bezahlt werden; und mit dem Hausmeister musste das Inventar durchgegangen und eine Einigung über zu Bruch Gegangenes erzielt werden; und die Schlüssel mussten übergeben werden; und das Gepäck – das sich unbegreiflicherweise verdoppelt zu haben schien seit ihrer Ankunft – musste ins Auto eingeladen werden.

Als Marjorie endlich neben George Platz nahm, war sie schon müde; und auch die Fahrt nach London brachte ihr keinerlei Erholung, denn Derrick suchte sich, ohne jede Rücksichtnahme, von allen Tagen ausgerechnet diesen Tag aus, um eine Reiseübelkeit zu entwickeln. Er brachte es fast dahin, dass auch Marjorie noch übel wurde. Ted stand in der heißen Mittagssonne an der Pforte, als das Auto schließlich am Harrison Way Nr. 77 vorfuhr. Steif kletterte Marjorie aus dem Auto heraus und stellte Derrick (der während der zweiten Hälfte der Fahrt auf ihrem Schoß gesessen hatte) auf dem Gehweg auf die eigenen Füße. Sie bemühte sich, Ted auf eine Art zu begrüßen, die ihn zufriedenstellen und Georges Eifersucht nicht erregen würde.

Die Sonne brannte heiß herab, die Straße war staubig, der kleine Vorgarten mit den wenigen anspruchslosen Pflanzen wirkte vernachlässigt und verloren. Das Haus sah irgendwie heruntergekommen und schäbig aus, und von der Pforte, an der Ted lehnte, blätterte die Farbe ab.

»Hallo, mein Großer«, sagte Ted zu Derrick.

Marjorie war, als würde sie seine Stimme zum ersten Mal hören; sie klang seltsam und unmelodisch. Derrick hielt sich schüchtern zurück – es war drei Wochen her, dass er seinen Vater zuletzt gesehen hatte, und keiner hatte sich bemüht, die Erinnerung an ihn wachzuhalten. Die anderen kletterten ebenfalls aus dem Auto und gingen mit Bündeln beladen auf die Pforte zu. Marjorie sah, wie sich in einem der oberen Fenster von Nr. 69 die Gardine bewegte, und wusste, dass Mrs Posket ihre Ankunft beobachtete.

»Guten Tag, Mr Grainger.« Ely tat sein Bestes, um ganz natürlich zu sprechen, aber unangenehm war es ihm doch.

»Guten Nachmittag«, sagte Ted.

Das allein schon verriet Marjorie, dass Ted heute noch ein Mittagessen erwartete und dass er hungrig war und dass er ihre Ankunft für überfällig hielt.

»Ist irgendetwas zum Essen im Haus, Ted?«, fragte sie rasch.

»Ein bisschen Brot, drei Tage alt«, erwiderte Ted. »Sonst nicht viel.«

»Dann muss ich erst einmal in die Läden gehen und etwas einkaufen«, sagte Marjorie.

»Das glaube ich auch«, meinte Ted.

»Ich werde dich im Auto hinfahren, Marjorie«, warf Ely ein, der gerade von der Haustür wiederkam, wo er das Gepäck aufgestapelt hatte. »Mrs Clair wird sicher nichts dagegen haben.«

»Sie vielleicht nicht, aber ich«, wandte Ted ein. »*Mrs Grainger* ist sehr gut in der Lage, allein einkaufen zu gehen. Mir wär's lieber, wenn die Ladeninhaber nicht sehen, wie sie von einem jungen Mann in einem Auto herumkutschiert wird.«

Die Betonung der Worte »Mrs Grainger« zeigte, dass Ted Elys vertrauliche Anrede sogleich bemerkt hatte und sich darüber ärgerte.

»Oh, ich gehe zu Fuß, das macht mir nichts aus«, sagte Marjorie. »Es wird nicht lange dauern. Sie fahren besser gleich mit Mutter weiter nach Hause, Mr Ely.«

Sie versuchte, fröhlich zu wirken trotz der düsteren Stimmung, die sie soeben überkam, und unbekümmert trotz der deutlichen Spannung. Sie versuchte, George zu vermitteln, dass er keinen Anstoß nehmen sollte an dem, was Ted gesagt hatte, und ihm mit ihrem Tonfall zu versichern, dass sie ihn immer noch liebte, auch wenn die Umsicht ihr diktierte, dass sie ihn besser »Mr Ely« nennen sollte. Und sie versuchte zugleich Ted in dem Glauben zu wiegen, dass George ihr jetzt nicht mehr bedeutete als zu Anfang des Urlaubs. George zögerte immer noch, doch Marjorie streckte ihm die Hand hin und setzte der Situation damit ein Ende.

»Auf Wiedersehen, Mr Ely«, sagte sie. »Vielen Dank für alles, was Sie für uns getan haben. Ich weiß gar nicht, wie wir ohne Sie zurechtgekommen wären. Ich hoffe, Sie haben Ihren Urlaub ebenfalls genossen.«

»Auf Wiedersehen«, sagte George, stieg wieder ins Auto ein und schlug die Tür ein wenig zu hart hinter sich zu.

»Auf Wiedersehen, Mutter. Bis bald«, sagte Marjorie und versuchte, heiter zu wirken.

Das Auto fuhr davon, wie üblich mit krachendem Getriebe. Marjorie hatte keine Zeit, ihm mit Bedauern nachzusehen.

»Kinder, ihr kommt besser mit zum Einkaufen«, fuhr sie fort. »Das wird euch beiden guttun, nachdem ihr so lang im Auto gesessen habt.«

»Ich will nicht«, heulte Derrick.

»Ihr kommt sofort mit«, schnauzte Marjorie. Sie nahm Derrick und Anne bei der Hand und eilte mit ihnen davon. Sie waren beide hungrig und quengelig, und Marjories hastiger Einkauf auf der Simon Street war eine ermüdende Tortur für sie. Als sie wieder nach Hause kamen, stand das Gepäck immer noch aufgestapelt an der Haustür – Ted war anscheinend ins Haus gegangen, ohne es hineinzutragen. Rasch schloss Marjorie die Tür auf und brachte die Kinder dazu, die Taschen und Bündel in den Flur zu schleppen, während sie in die Küche eilte, um das Mittagessen vorzubereiten. Im Wohnzimmer dröhnte Musik aus dem Lautsprecher – Ted hörte Radio Normandie, so wie immer am Samstag.

Die Küche war ein Schauplatz des Schreckens, und in der kleinen Waschküche sah es noch schlimmer aus. Es war ein einziges schmutziges Durcheinander, mit schmutzigem Geschirr und schmutzigen Kochtöpfen. Marjorie sah zum Küchenschrank hinüber, den sie vor drei Wochen so ordentlich aufgeräumt zurückgelassen hatte. Jetzt war er vollkommen leer – jedes einzelne Stück Geschirr im Haus war schmutzig und stapelte sich im Ausguss oder auf dem Küchentisch. Auf dem Fußboden lagen Zigarettenkippen herum, der Ausguss stank, und eine rasche Überprüfung zeigte, dass das Abflussrohr verstopft war.

Marjorie brach beinahe in Tränen aus. Doch dann riss sie sich entschlossen zusammen und stellte sich den Aufgaben, die vor ihr lagen. Sie dachte an das kühne Versprechen, das sie George gegeben hatte. Von dieser Rückkehr in ihr altes Leben würde sie sich nicht aus der Fassung bringen lassen.

Der kleine Wasserkessel war schmutzig – anscheinend war sogar darin etwas gekocht worden –, aber der große war sauber. Sie füllte ihn, zündete die Gasflamme darunter an – der Herd war klebrig schwarz verkrustet, doch das konnte warten –, und dann hastete sie durch die Küche und räumte das Durcheinander auf. Auf dem Tisch lag eine Tischdecke, die einst weiß gewesen war und jetzt lauter schwarze Ringe aufwies, wo Kochtöpfe und Bratpfannen daraufgestellt worden waren, und einen gelben See von verkleckertem Ei. Sie riss sie herunter, fand eine frische, wusch genug Geschirr fürs Mittagessen ab und deckte den Tisch. Es dauerte nur zwanzig Minuten, bis die Küche oberflächlich wieder anständig genug aussah und das Mittagessen fertig und serviert war.

»Eichen!«, rief Derrick zufrieden. Zurzeit war ihm ein gekochtes Ei lieber als alles andere, weil er es so essen konnte, dass er »Finger« von Butterbrot hineintauchte.

»Gekochte Eier?«, mäkelte Ted äußerst unzufrieden. »Und Herrgott, Madge, ich könnte schwören, dass diese Sülze hier von Marshall's ist. Hast du nicht einmal so viel Verstand, um dir zu denken, dass ich in den letzten drei Wochen von Marshall's Sülze und Eiern gelebt habe?«

»Ich hatte keine Zeit für etwas anderes«, sagte Marjorie. »Es ist inzwischen schon halb drei.«

»Ich muss schon sagen, ein schönes Mittagessen setzt du deinem Mann da vor an einem Samstag«, erwiderte Ted.

Marjorie blieb gefährlich ruhig. Sie blickte Ted an, der angewidert mit der Wölbung seines Teelöffels auf sein Ei einschlug, und empfand eine Woge reinster Genugtuung, als sie an Georges Küsse von gestern Abend dachte. Was für eine erfreuliche Rache. Nichts von dem, was Ted tat oder sagte, konnte sie mehr bekümmern, wenn sie solche Gedanken als Trost hatte.

In dem Moment, als das Mittagessen beendet war und Ted sich mit seiner letzten und stärksten Tasse Tee wieder ins Wohnzimmer gesetzt hatte, um weiter dem Radioprogramm zu lauschen, begann für Marjorie erneut die Arbeit. Sie musste die Küche sauber scheuern – sie konnte es keinen Augenblick länger mehr ertragen –, dann den Abwasch beenden und noch die Kochtöpfe schrubben (mindestens zwei waren so hinüber, dass nichts mehr zu retten war), bevor sie im restlichen Haus weitermachen konnte. Sie arbeitete wie eine Sklavin in der anstrengenden Hitze. Flur, Esszimmer, Schlafzimmer, alles war in verdrecktem und vernachlässigtem Zustand. Ins Wohnzimmer, wo Ted saß, schaute sie gar nicht erst hinein. Sie konnte sich vorstellen, dass es dort noch schlimmer aussah als überall sonst, und sie hatte weder die Zeit übrig noch den Wunsch, Ärger zu riskieren, indem sie Ted aus seinem Sessel aufscheuchte.

Um die Kinder zu beruhigen und aus dem Weg zu schaffen, musste sie das Zugeständnis machen, vor dem sie immer zögerte – ihnen die Erlaubnis geben, auf dem Trampelpfad zu spielen, der zwischen der Gärten hinter den Häusern und den Eisenbahnschienen verlief und von wo sie die Züge in dem flachen Tal vorbeifahren sehen konnten. Die Kinder machten zum Glück keinen Ärger; sie waren glücklich und vollauf damit beschäftigt, ihre alten Lieblingsplätze aufzusuchen und herauszufinden, was sich während ihrer Abwesenheit verändert hatte. Und Anne war ihr eine echte Hilfe, da sie den Tisch zum Tee deckte, als es an der Zeit war, und fast alles für die Mahlzeit vorbereitete.

Um halb sieben war Marjorie schon fast zufrieden. Die Schlafzimmer waren so weit hergerichtet, dass man wieder darin schlafen konnte, und die Betten frisch bezogen. Sie rief die Kinder wieder herein, um sie ins Bett zu bringen, und traf im Flur Ted an, der soeben seinen Hut vom Haken nahm.

»Oh, du willst doch nicht ausgehen, Ted, oder?«, wagte sie zu fragen.

»Natürlich. Es ist Samstagabend. Ich bin sogar schon spät dran.«

Die Samstagabende verbrachte er stets mit einigen seiner Freunde in einem Pub.

»Aber ich muss noch einmal aus dem Haus«, sagte Marjorie verdutzt. »Ich muss noch den ganzen Einkauf fürs Wochenende machen. Es ist nichts zu essen im Haus. Nicht ein bisschen.«

»Das kann ich auch nicht ändern«, erwiderte Ted. »Ich bleib doch an 'nem Samstagabend nicht zu Haus, für keinen. Da hättest du deine Einkäufe eben heute Nachmittag machen sollen.«

»Oh, Ted.«

»Wie kann man nur den ganzen Tag im Haus herumwerkeln und alles bis auf die letzte Minute aufschieben. Typisch Frau. Ich kann mich hier nicht den ganzen Abend herumstreiten.«

Damit ging er und überließ Marjorie sich selbst, die mit Bestürzung an die Aussicht dachte, dass sie sich nun mit zwei quengelnden Kindern, deren Schlafenszeit schon längst überschritten war, am Samstagabend durch die vollen Läden quälen musste. Ein sanftes Klopfen an der Tür verschonte sie jedoch.

»Mutter!«, rief sie mit ungeheuchelter Freude, als sie aufmachte.

»Ich wollte nur mal rasch vorbeischauen und sehen, ob es dir gut geht«, sagte Mutter.

Sie ging ins Wohnzimmer hinein und blieb abrupt stehen beim Anblick der Unordnung dort.

»Ich hatte noch keine Zeit, dort aufzuräumen«, sagte Marjorie hastig.

»Das kann ich mir denken. Was ist mit deinen Einkäufen?«

»Die habe ich auch noch nicht gemacht.«

Marjories Lippen zitterten.

»Nun, dann setz deinen Hut auf und sieh zu, dass du sie erledigst. Ich werde die Kinder zu Bett bringen.«

Das war eine große Hilfe. Als Marjorie bei Anbruch der Dunkelheit zurückkam, beladen mit den unzähligen Dingen, die nötig waren, um den Haushalt wieder mit allen nötigen Vorräten auszustatten, entdeckte sie, dass Mutter sogar noch mehr getan hatte. Sie hatte nicht nur die Kinder zu Bett gebracht, sondern sich auch ums Wohnzimmer gekümmert. Es war aufgeräumt und abgestaubt, der Teppich war hinausgetragen und ausgeklopft worden, und ein angenehmer Geruch von Möbelpolitur lag in der Luft.

»Ich dachte mir, ich mache es einfach«, sagte Mutter entschuldigend. »Und ich hatte auch nichts anderes zu tun, als die Kinder im Bett lagen.«

Marjorie versuchte, einen Dank hervorzustammeln, doch es war nicht leicht. Sie war einfach zu müde.

»Nun«, sagte Mutter. »Dann werde ich mich mal wieder auf den Weg nach Hause machen. Mr Ely sagte, er wisse nicht, ob er zum Abendessen da wäre oder nicht.«

Diese letzten Worte brachten Marjorie aus der Ruhe. Sie fragte sich, was George wohl tun mochte. Und dann ertappte sie sich dabei, wie sie mit einem Anflug von Eifersucht in Gedanken eine Liste all der Gaststätten durchging, in denen George möglicherweise zu Abend essen könnte. Das verstörte sie. Sie verabschiedete sich schroff von ihrer Mutter – und war sich dessen bewusst und bedauerte es gleichzeitig auch schon –, und als sie schließlich im Wohnzimmer in einen der Sessel sank, genoss sie nicht etwa die kostbare Ruhe, die sie so herbeigesehnt hatte, sondern saß einfach nur da, steif, aufgebracht und den Tränen nahe. Dann drang etwas halb in ihr Bewusstsein vor, wie ein Geräusch, das man beim Dösen wahrnimmt. Eine Weile saß sie angespannt da, bis sie es noch einmal hörte. Da pfiff irgendwer, daran bestand kein Zweifel, auf dem Trampelpfad hinten bei den Gärten. Es war ein Dreiklang, den sie George am Strand hatte pfeifen hören, wenn er Annes Aufmerksamkeit erregen wollte. Müdigkeit und Kummer waren jetzt vergessen. Sie schaltete das Licht im Wohnzimmer aus, öffnete die Verandatür und stahl sich durch den Garten bis zur Holzpforte. Es war George, tatsächlich. Ungeschickt tastend öffnete sie die Pforte und fiel ihm in die Arme.

Kurz darauf hatte sie einen Augenblick kluger Umsicht.

»Komm in den Garten«, flüsterte sie. »Es könnte jemand vorbeikommen.«

Im Garten küssten sie sich noch einmal, in der Dunkelheit beim Holunderbaum.

»Liebling«, flüsterte sie. »Ich hätte nie gedacht, dass du heute Abend kommst.«

Heute Abend war er fordernder, erfahrener als Liebhaber. Er tastete in der Dunkelheit nach ihrem Kinn, hob ihr Gesicht zu seinem und küsste sie erneut.

»Wo ist Grainger?«, wollte er wissen.

»Ted? Oh, er ist ausgegangen. Er geht immer aus am Samstagabend.«

Georges Arme waren sehr stark und sehr fest um sie geschlungen.

»Hat er sich anständig verhalten dir gegenüber?«

»Oh, George, er war schrecklich. Abscheulich.«

Sie spürte, wie Georges Arme sich verkrampften, und in seiner nächsten Frage schwang starke Sorge mit.

»Was hat er getan?«

»Oh, er hat das ganze Haus verdreckt, er hat nichts getan, um mir zu helfen, und dann hat er sich auch noch beschwert. Wenn Mutter nicht gekommen wäre, hätte ich nicht gewusst, wie ich meine Einkäufe erledigen soll.«

Marjorie spürte, wie Georges Arme sich wieder entspannten. Die Schwierigkeiten, die so hoch vor ihr aufragten, schienen ihm nicht allzu wichtig zu sein, so verständnisvoll er auch war.

»Sonst nichts?«, fragte er.

»Nein. Oh… nein, nichts in der Art. Natürlich nicht. Das würde ich nicht zulassen.«

»Bist du sicher?«

Alle möglichen Zweifel und Ängste waren herangewachsen und hatten Ely an diesem Nachmittag der Einsamkeit und Zurücksetzung geplagt.

»Ja, ganz sicher, Liebling.«

Ihre Lippen suchten die seinen in der Dunkelheit – sie wollte nicht, dass diese Fragerei weiterging.

»Lass uns hineingehen«, sagte er kurz darauf.

»Oh!«

Daran hatte sie noch gar nicht gedacht; und vielleicht wäre ihr dieser Gedanke auch nie gekommen, wenn er es nicht vorgeschlagen hätte. An der Küste, das war eine Sache. Aber hier in diesem Haus, in dem sie zusammen mit Ted wohnte, war es eine ganz andere. Einen Augenblick lang schien es ihr falsch zu sein, gefährlich gar. Doch nein, es würde sicher sein – Ted kam am Samstagabend immer erst nach der Sperrstunde nach Hause, und bis dahin blieben mindestens noch anderthalb Stunden.

»Bitte mich nicht darum, Liebling«, sagte sie schwach. »Tu's nicht. Tu's nicht.«

Ely bat sie nicht noch einmal darum, nicht mit Worten, und er war auch nicht raffiniert genug, um zu planen oder vorauszusehen, dass er gar nicht mehr zu bitten brauchte. Jetzt war er wieder trunken vor Begehren nach ihr, nach ihrer hingebungsvollen Süße, und sie presste sich an ihn, bot sich ihm an – Ted hatte ihr vor Jahren beigebracht, so zu küssen, und es war ihr mittlerweile zur zweiten Natur geworden. Ihre Brüste, an denen sie Derrick und Anne gestillt hatte, waren heute Abend seltsam empfindlich unter Georges Berührung. Und die Knie wurden ihr schwach, als seine Leidenschaft auch sie entflammte. Sie sank in seine Arme. George trug sie halb, als sie den Gartenweg entlangschlichen. Die Verandatür stand offen zu ihrem Empfang, als sie sich in die noch größere Dunkelheit des Wohnzimmers hineintasteten. In der Stille dort fing ein herumirrender Funke von Marjories Aufmerksamkeit das Ticken der Uhr auf dem Kaminsims auf; sie sagte sich, dass Mutter sie beim Aufräumen des Zimmers wohl wieder aufgezogen haben musste. Und dann schwand das Ticken mit einem Mal wieder aus Marjories Bewusstsein, zusammen mit dem Geruch der Möbelpolitur und der Angst vor einer frühen Rückkehr Teds, als Georges Hand sie in der Dunkelheit fand.

Das Schlagen der Uhr scheuchte sie wieder auf, viel später.

»Liebling«, flüsterte sie. »Du musst jetzt gehen. Ted kommt bald zurück.«

George war ein liebevoller Liebhaber, nicht so wie Ted, der keine Verwendung oder Aufmerksamkeit mehr für sie hatte, wenn er gesättigt war. George hatte immer noch einen Kuss für sie und ein liebendes Wort.

»Ich liebe dich so sehr, Liebste. Sag mir, dass du mich liebst.«

»Oh, ich liebe dich, Liebling. Aber du musst jetzt gehen. Wirklich, du musst.«

»Ich will dich nicht verlassen.«

»Und ich will nicht, dass du gehst. Aber es ist schon spät. Gib mir noch einen Gutenachtkuss, Liebling.«

Widerwillig führte sie ihn an die Verandatür und schob ihn beinahe hinaus, ängstlich jetzt, da alles vorbei war, dass sie jeden Augenblick Teds Schlüssel in der Haustür hören könnte. George konnte ihre Angst spüren, und Groll auf Grainger stieg in ihm empor. Gleich draußen vor der Verandatür blieb er stehen und drehte sich zu ihr um.

»Liebling«, flüsterte er heiser. »Versprich mir ...«

»Oh, geh, bitte geh, Liebster«, erwiderte sie flüsternd. »Es könnte dich jemand hören.«

Angst spornte ihre Vorsicht an. Sie flüsterte ihm noch zusätzliche Anweisungen zu.

»Schließ die Pforte leise hinter dir. Und pass auf, dass dich keiner aus dem Garten kommen sieht. Gute Nacht, Liebling.«

Ely schlich auf Zehenspitzen den Gartenweg entlang. In seinem Kopf drehte sich alles. Zweimal stolperte er, und es kostete ihn alle Mühe, kein Geräusch zu machen. Draußen auf dem Trampelpfad spürte er, wie eine leichte kühle Brise ihm um die Ohren strich, doch sie konnte seine dumpfe Wut auf Grainger nicht abkühlen, der bald nach Hause kommen und die ganze Nacht im Bett neben Marjorie verbringen würde.

14

Marjorie war so müde nach diesem Erlebnis, als George gegangen war, dass sie kaum wusste, was sie tat. Sie zwang sich, das Licht im Wohnzimmer anzuschalten, und gewöhnte ihre Augen allmählich an die Helligkeit. Sie richtete ihr Haar vor dem Spiegel an der Wand – den hatte Dot ihnen zur Hochzeit geschenkt – und rückte die Möbel zurecht. Sie ging erschöpft in die Küche hinüber und stellte Brot, Butter und Käse auf den Tisch für den Fall, dass Ted noch etwas essen wollte, wenn er nach Hause kam – manchmal wollte er das. Und dann setzte sie sich in Teds Sessel und wartete auf seine Rückkehr. Ihr fielen die Augen zu, und sie schlief ein.

Das Knallen der Haustür im Flur weckte sie schlagartig. Verwirrt und benommen begriff sie zuerst gar nicht, wo sie war oder was sie hier tat, denn in all den Jahren war sie noch nicht ein einziges Mal im Sessel eingeschlafen. Dann sah sie Ted dastehen und sie anstarren, und erschrocken rappelte sie sich auf. In ihrem benommenen Zustand hatte sie den Eindruck, als wäre irgendetwas geschehen, das ihre Untreue verraten hatte. Sie hatte Angst und fühlte sich aufgescheucht.

»Wie Dornröschen!«, sagte Ted jovial, und als er dann sah, wie die Farbe in ihrem Gesicht wechselte, fügte er aufrichtig besorgt hinzu: »Nanu, was ist denn los, altes Mädchen?«

»Dein Abendessen steht in der Küche«, sagte Marjorie, die schließlich doch noch etwas hervorbrachte.

»Will nichts, danke. Lang und ich haben im Crown Cracker mit Käse gegessen. Ich sag dir aber, was ich will.«

Er legte einen Arm um sie, ehe sie fähig war, sich ihm zu entziehen, und hielt sie fest, als er fortfuhr zu sprechen.

»Weißt du, dass du mir noch gar keinen Kuss gegeben hast? Du warst drei Wochen weg und hast noch nicht mal 'nen Kuss für deinen armen alten Ehemann übrig.«

Marjorie konnte das Bier in seinem Atem riechen. Ihre wiedererwachten Sinne nahmen seinen Gesichtsausdruck wahr. Sie konnte erkennen, dass er heute Abend in einer seiner ungewöhnlichen Gemütsverfassungen war; aber es war eine, die sie schon kannte. Er war rührselig, gefühlsduselig.

»Nun ja, du warst nicht gerade nett zu mir, als ich nach Hause kam«, erwiderte Marjorie leichthin und hielt Abstand zu ihm. »Du warst fürchterlich.«

»Ich hatte eben die Nase voll«, protestierte Ted. »Ich hab 'ne höllische Zeit hinter mir, mit den Buchprüfern und der Hausarbeit und dem Einkaufen und all dem anderen. Ich hatte gehofft, du bist schon hier, als ich aus dem Büro kam, das Mittagessen fertig und alles. Aber so war's nicht, und da hatte ich natürlich die Nase voll davon, auf dich zu warten. Und als du endlich aufgetaucht bist, hat's mich auf die Palme gebracht, wie dieser Grünschnabel Ely mit seinem Auto da vorfuhr und dich ›Marjorie‹ nannte. So war das. Gib mir 'nen Kuss, altes Mädchen.«

Er versuchte, sie an sich zu ziehen, doch sie entwand sich seinem Griff und bemühte sich verzweifelt, auf Zeit zu spielen.

»Ich finde nicht, dass du einen verdient hast«, sagte sie.

»Oh doch, hab ich, Süße. Wirklich. Ich war ein wahres Goldstück in all der Zeit, die du weg warst.«

Der Sessel hinter ihr versperrte ihr den Rückzug, und es

gelang ihm, sie wieder zu ergreifen. Als er die Arme um sie legte, dachte sie eine Sekunde lang an Georges Umarmung, und sie erschauderte leicht im Griff ihres Ehemanns. Und ein anderer Gedanke von entsetzlicher Klarheit kam ihr. Dies waren die Arme, die die bewusstlose Dot zum Gasherd gezerrt hatten, und diese behaarte Hand hier, die ihre Wange tätschelte, hatte den Gashahn aufgedreht und Dot ermordet. Das klärte ihren Geist wie ein kaltes Bad.

»Süße!«, sagte Ted. »Mein goldiger Schatz! Ich war so einsam ohne dich.«

Er küsste sie, noch ehe sie es verhindern konnte, doch auf die Wange, nicht auf die Lippen, die sie abgewendet hatte, weil sie George Ely geweiht waren. Wenn Ted in dieser Gemütsverfassung war, konnte sie zum Glück leichter mit ihm fertigwerden. Die haarigen Hände begannen, sie erst hier, dann dort zu betatschen. Sie riss sich zusammen und sah ihn gewinnend an.

»Ich bin so *müde*«, sagte sie jammernd. »Es war so viel zu tun heute.«

Sie musste nicht einmal schauspielern, um die erwünschte Wirkung zu erzielen; sie war tatsächlich hundemüde. Der abgespannte Ausdruck in ihrem Gesicht hätte ein Herz aus Stein erweicht.

»Müde, Schatz?«, wiederholte Ted.

»Unheimlich müde.«

Sie zwang sich, die Hand zu heben und sein Gesicht zu streicheln; ganz so, wie sie sich in den frühen Tagen ihrer Ehe hatte zwingen müssen, das rohe Rindfleisch widerwillig anzufassen, wenn sie es zum Schmoren in Stücke schneiden musste. Sie streichelte sein Gesicht, mit jeder Faser ihres Körpers an seine duldsame, rührselige Seite appellierend.

»Geh nur ins Bett, Schatz«, sagte sie. »Morgen werde ich mich wieder besser fühlen.«

Zu ihrer unaussprechlichen Erleichterung ließ Ted sie los.

»Schon recht, Schatz«, erwiderte er nachsichtig und großmütig. »Kommst du auch mit?«

»Ich bin in einer Minute oben. Ich muss erst noch ein, zwei Dinge erledigen.«

Ted war genau wie Derrick, er schlief ein, sobald er im Bett lag – vorausgesetzt, dass er nichts von ihr erwartete. Marjorie vertat unten noch ein wenig Zeit damit, den Tisch fürs Frühstück zu decken, und als sie hinaufgeschlichen war, sah sie, dass ihre Erwartung sie nicht getrogen hatte. Ted schlief tief und fest. Es gelang ihr, sich auszuziehen und sich neben ihn zu legen, ohne ihn aufzuwecken. Verstohlen drückte sie sich in ihr Kopfkissen, und auf einmal kam es ihr so vor, als wären all die Ereignisse des Vormittags – das Aufräumen im Guardhouse, die Fahrt nach London – schon Wochen her. Wie seltsam, dachte sie noch, bevor auch sie, äußerst erschöpft, einschlief.

Der Sonntagmorgen brachte Regen, den ersten schweren Wolkenbruch seit dreieinhalb Wochen. Er wurde willkommen geheißen in London nach den vorangegangenen stickigen Tagen. Der angenehme Geruch weggewaschenen Straßenstaubs wehte durchs Schlafzimmerfenster herein, als Marjorie sich anzog. Sie konnte Derrick und Anne in Annes Zimmer plaudern hören, als sie hinunterging, um die Gasflamme unter dem Wasserkessel zu entzünden. Marjorie schien dieser Morgen, vielleicht aufgrund eines unbekannten Wesenszugs oder eines seltsamen Zufalls – vielleicht aber auch nur, weil sie neun Stunden lang tief und traumlos geschlafen hatte –, voller Glücksverheißungen zu sein, und der graue Himmel und der ständig herabprasselnde Regen passten irgendwie dazu. Sie machte sich keine Sorgen um die Zukunft, während sie ihre morgendlichen Hausarbeiten erledigte. Die Dinge würden sich schon zurechtlaufen, da war sie sicher; und das musste sie sich nicht einmal ausdrücklich sagen – das Wissen darum war Teil ihres Wesens.

Sie trug ein schönes Tablett voll mit Frühstück zu Ted hinauf, und er blieb lange im Bett liegen, so wie er es am Sonntagmorgen gern tat. Der Regen war aber auch wirklich so schlimm, dass er den ganzen restlichen Vormittag zu Hause bleiben musste; und so beschäftigte er sich mit der Zeitung und dem Radioprogramm Luxembourg. Sonntagmorgens ging er häufig ins Crown hinunter und traf sich dort mit seinen Kumpanen vom Samstagabend; doch das war für Ted keine so ungemein wichtige Verabredung wie die am Samstagabend. Es machte ihm wirklich nichts aus, das zu versäumen; zumal er es sich, wenn er denn am Sonntagmorgen ins Crown ging, aus irgendeinem Grund angewöhnt hatte, Gin Bitter zu trinken – drei, vier Gin Bitter – statt seines üblichen Biers. Und Gin Bitter tat ihm nicht gut; das wusste er sogar schon, während er ihn trank. Er wurde immer so empfindlich und reizbar nach dem Mittagessen, wenn er zuvor Gin Bitter getrunken hatte. Sodass er also, als der Regen ihn zu Hause festhielt, die ganze Tugendhaftigkeit eines Mannes empfand, der tapfer der Versuchung widerstanden hatte.

Das Geld war knapp nach den vergangenen drei Wochen des Junggesellendaseins, und es tat doch gut zu wissen, dass er jetzt aufgrund kluger Selbstverleugnung gleich drei, vier Shilling reicher war. Die kleine Blondine, die Riddell letzte Woche dabeigehabt hatte, sah wirklich gut aus. Wenn er die das nächste Mal traf, würde er, sobald Riddell mal abgelenkt war, versuchen, mit ihr ins Gespräch zu kommen und sie ins Kino einzuladen. Junge Frauen mit so einem schrillen

Lachen waren gewöhnlich gut, wenn man sie allein zu fassen bekam.

Ted hatte eine Redensart, die für ihn das perfekte Dasein beschrieb. Er nannte es »das Leben eines Lords«. Und besonders dieser Sonntag heute schien dem äußerst nahezukommen. Der erste wesentliche Bestandteil war vollkommene Untätigkeit, es durfte keinerlei Arbeit geben, keine irgendwie anfallende Aufgabe. Es durfte nicht einmal der Wunsch nach irgendeiner Tätigkeit aufkommen, was ihm manchmal – wenn auch nur sehr selten – zusetzte und einen ansonsten vielversprechenden Tag verdarb. Untätigkeit, und das den ganzen Tag lang, bis in den Abend hinein. Frühstück im Bett und dann lange im Bett liegen bleiben, genau so, wie es an diesem Morgen gewesen war. Ein so vollkommener Müßiggang, dass er nicht einmal von der Verlockung, auf einen Drink auszugehen, aufgehoben werden konnte. Ein gutes Mittagessen – das war ein weiterer wesentlicher Bestandteil im Leben eines Lords. Dann wieder Müßiggang, der gerade eben so lange anhalten durfte, bis es schon fast langweilig zu werden drohte. Nicht so lange, dass es wirklich langweilig wurde, aber so lange, dass man das zusätzliche Vergnügen hatte, darum zu wissen, dass es langweilig werden könnte, und dem dann vorzubauen – mit dem Wunsch nach einem Drink, der haargenau in dem Augenblick kam, in dem das weitere Nichtstun eintönig zu werden drohte.

Dann war Bier gut. Es passte perfekt zu all den anderen Dingen, die eine Rolle spielten im Leben eines Lords, so als würde ein Musiker einen meisterhaften Akkord schaffen, indem er Note um Note hinzufügte, die jede für sich noch mehr Fülle und Harmonie darboten, nicht merkwürdig oder fremd, sondern jede auf ihre Weise herbeigesehnt, erwartet und erfüllend. Riddell war nicht da mit seiner Blondine, aber

Ted hatte auch nicht erwartet, die beiden zu treffen – Riddell kam nur an dem Wochentag, an dem die Läden schon am frühen Nachmittag schlossen. Das machte nichts. Die Blondine konnte sicher auch noch eine Weile warten. Zu Hause wartete ja Madge auf ihn.

Nur gelegentlich war eine neue Frau nötig im Leben eines Lords. Nach Teds Erfahrung stieg eine Frau, wenn er sie ein paar Wochen lang nicht gesehen hatte oder entbehren musste, in seiner Wertschätzung wieder. Dadurch gewann sie in hohem Maße den Reiz des Neuen zurück und bedurfte dennoch nicht des mühsamen Anlernens. Er sah schon mit heftigem Verlangen dem heutigen Abend entgegen. Über das Fiasko des letzten Abends grübelte er gar nicht erst lange. Das war vorbei und vergessen. Gestern hatte er eine zermürbende Angstattacke erlebt, die erste seit Langem, was ihn äußerst übellaunig gemacht hatte. Es war eine ziemlich unbegründete Angst, das wusste er, und Angst war unvereinbar mit dem Leben eines Lords. Nur deshalb hatte er die Rückkehr seiner Familie so ungeduldig erwartet und sich wie ein Bär aufgeführt, als sie etwas später als erwartet eintraf.

Heute hatte er alle Erinnerungen an gestern weggedrängt. Der nunmehr dritte Krug Bier dämpfte seinen Durst und sein Gefühl, dass in seinem Inneren irgendetwas fehlte. Einen vierten trank er einerseits, weil der neben ihm sitzende Lang ihm den so aufnötigte, und andererseits, weil er ein überflüssiger Luxus war, der bestens zu seiner Stimmung passte; und dann ging er nach Hause durch die zunehmende Abenddämmerung und die Nachtschwärmer des Sonntagabends – die heute viel zahlreicher waren als üblich, denn auf den verregneten Tag war ein schöner Abend gefolgt.

Marjorie saß im Wohnzimmer und nähte. Weil fast alle Kleidungsstücke der Familie gewaschen werden mussten (eine Aufgabe, die sie morgen in Angriff nehmen würde), besserte sie rasch noch die Reservekleidung aus, damit sie etwas zum Anziehen hatten, bis all das wieder getrocknet und gebügelt war, was sich heute in der Waschküche angehäuft hatte. Ted strich ihr über den Nacken, als er hinter ihr durchs Zimmer ging, und sank dann mit einem Anflug von Zufriedenheit in den anderen Sessel.

»Nun«, begann er auf freundliche Art. »Ich hab ja bislang noch gar nichts gehört von euerm Urlaub. War's denn schön?«

»Herrlich«, sagte Marjorie und betrachtete die Stelle in einem Paar Kniehosen von Derrick, die sie soeben geflickt hatte.

»Gutes Wetter hattet ihr ja jedenfalls. Herrgott, hier in London war's vielleicht heiß! Und diese verdammten Buchprüfer haben ein Höllenspektakel gemacht, kann ich dir sagen.«

»Wirklich?«

»Wie ist der junge Ely denn mit dir und Mutter ausgekommen? Gut?«

»Ja.«

»Ein-, zweimal hätte ich ihn gern hier zu Haus gehabt. Die Buchprüfer haben Fragen zu seinen Geschäftsbüchern gestellt. Ich konnte ihnen alle Auskünfte geben, aber das war höllisch anstrengend. Doch ich dachte, wenn ich ihn zurückzitiere, braucht ihr bloß Zugfahrscheine für die Rückfahrt, deshalb hab ich mich damit abgefunden.«

Danach wartete Ted auf ein Wort des Dankes, doch es kam nichts. Marjorie nähte fieberhaft. Ted versuchte es mit einer direkten Frage.

»Lief mit dem Auto alles glatt?«

»Ja. Nein. Einmal hatten wir eine Reifenpanne.«

Ted sah, dass Marjorie so mit ihrer Näharbeit beschäftigt war, dass sie ihm kaum Aufmerksamkeit schenken konnte.

»Eine nur? Gar nicht mal so übel, find ich.«

»Moment mal«, sagte Marjorie und legte ihre Näharbeit zur Seite. »Ich habe etwas auf dem Herd stehen. Ich bin gleich wieder da.«

Ted hörte sie durch den Flur in die Küche eilen, nachdem sie die Wohnzimmertür geschlossen hatte. Ihre Vertiefung in das Nähen brachte ihn ziemlich ins Sinnieren. Er konnte sich noch gut an die erste Zeit ihrer Ehe erinnern, als sie ihre Handarbeit in dem Augenblick zur Seite legte, wenn er hereinkam, und sie dem, was er über die Buchprüfer zu sagen hatte, mitfühlend und aufmerksam zugehört hätte. Doch jetzt waren sie schon so lange verheiratet. Und sie hatte viel zu tun mit dem Haus und mit den Kindern. Er sah auf die Uhr. Eine halbe Stunde würde er ihr noch geben für ihre Näharbeit und ihre anderen Aufgaben. Dann aber würde sie das beiseitelegen und sich um ihn kümmern müssen.

Unterdessen hatte Marjorie die Tür von der Küche in den Garten, gleich neben dem Mülleimer, angelehnt gelassen und schlich so leise, wie sie konnte, den Weg zur Hinterpforte entlang. Auf halbem Wege erklang erneut der Pfiff, den sie schon fünf-, sechsmal gehört hatte, seit Ted wieder da war, noch lauter und gebieterischer als je zuvor. Sie bemühte sich ängstlich, ihren Schritt zu beschleunigen und dennoch leise zu gehen. Gleich diesseits der Pforte, im Schatten des Holunderbaums, fand sie sich in Georges Armen wieder.

»Liebling«, flüsterte sie. »Du darfst nicht so laut pfeifen. Ich habe dich schon beim ersten Mal gehört.«

»Warum bist du dann nicht gekommen?«

Es fiel George schwer, seine Stimme zu einem Flüstern zu senken. Er war außer sich vor Verlangen und Ungeduld.

»Ich konnte nicht. Ted ist eben erst nach Hause gekommen. Es hätte komisch ausgesehen, wenn ich gleich in dem Moment hinausgegangen wäre, als er kam.«

»Ted? Er ist zu Hause?«

»Ja. Ich sag doch, er ist eben nach Hause gekommen.«

»Was wollte er?«

»Nichts. Wir haben nur über den Urlaub gesprochen. Küss mich, Liebling.«

Sie wollte von George geküsst werden. Und außerdem wusste sie, dass er durch die Küsse etwas von der qualvollen Angst verlieren würde, die er erkennen ließ. Sie spürte, wie seine Anspannung wich, als sie ihn liebkoste. Aber etwas anderes musste noch gesagt werden, und das unverzüglich. Ein Zug ratterte durchs Tal und erinnerte sie daran, wie die Zeit verging.

»Ich kann nicht länger bleiben«, flüsterte sie, Mund an Mund mit ihm. »Ted wird es komisch finden, wenn ich zu lange wegbleibe.«

»Ted dies, Ted das«, schimpfte George aufbrausend in der Dunkelheit. »Was soll all dies Gerede von Ted?«

»Nichts, Liebling, er soll nur nichts ahnen.«

»Er ahnt nichts? Bist du da sicher?«

»Natürlich, Liebling.«

»Du hast letzte Nacht mit ihm geschlafen!«

»Ja, Liebster. Aber ich habe *nur* zusammen mit ihm geschlafen. Sonst nichts, Liebster. Du wusstest doch, dass ich neben ihm im Bett liegen würde.«

»Ja.«

Das war Teil von Georges Qualen, der Gedanke an dieses Bett, und Marjorie in ihrem Nachthemd und Graingers Gier nach ihr.

»Hat er versucht, sich an dich heranzumachen, seit du zurück bist?«, fragte er. Er wollte das Allerschlimmste erfahren.

»Nur ein bisschen, Liebster. Gestern Abend, als er nach Hause kam. Aber er hat aufgehört, als ich ihn darum bat. Das ist die reine Wahrheit, Liebling.«

»Und heute?«

»Nein. Überhaupt nicht. Nichts.«

Erst nachdem sie das in aller Aufrichtigkeit gesagt hatte, erinnerte Marjorie sich verzagt wieder an die Berührung ihres Nackens, mit der Ted sie beim Hereinkommen bedacht hatte. Sie kannte Ted gut genug, um zu wissen, was das zu bedeuten hatte.

»Du wirst es nicht zulassen?«

»Nein. Natürlich lasse ich es nicht zu. Das könnte ich gar nicht, Liebling.«

Um ihn zu beschwichtigen, hätte sie ihm jetzt gerne von Dot erzählt. Doch da Ted ungeduldig im Wohnzimmer wartete, war dafür keine Zeit.

»Küss mich!«, sagte er mit Heftigkeit.

Sie küsste ihn, und sie wandte sich ihm mit der ganzen Zärtlichkeit ihres Herzens zu, so wie sie es immer tat. Es war berauschend, so sehr geliebt zu werden, aber auch beängstigend.

»Oh, ich muss jetzt wieder ins Haus hinein, Liebling«, sagte sie. Und mit derselben Willensanstrengung, mit der sie die Leidenschaft in sich bezähmte, riss sie sich aus seiner Umarmung.

»Versprich es mir!«, sagte er. »Schwöre es!«

»Oh, ich verspreche es dir, Liebling. Wirklich. Auf Wiedersehen, Liebling.«

Auf Zehenspitzen lief sie den Weg wieder zurück. Sie schlich in die Küche hinein, und mit unendlicher Vorsicht schloss sie geräuschlos die Küchentür. Einen Moment lang musste sie, die Hand auf der Brust, innehalten und warten, dass ihre Atmung sich beruhigte und das stürmische Pochen ihres Herzens sich verlangsamte. In der Waschküche war ein Spiegel, vor dem sie sich das Haar richten konnte. Dann zwang sie sich, mit ihrem gewohnten festen Schritt ins Wohnzimmer zurückzugehen. Sie versuchte, unauffällig in ihren Sessel zu gleiten und ihre Näharbeit wieder zur Hand zu nehmen. Doch es war schwierig, unauffällig zu sein, wenn Ted dort saß und nichts weiter zu tun hatte, als sie zu betrachten. Sie wusste, was es zu bedeuten hatte, wenn Ted sie unentwegt so ansah.

»Du hast ja viel zu tun heut Abend«, sagte Ted.

»Es ist eben viel zu tun, wenn alles wieder in Ordnung gebracht werden soll«, erwiderte sie.

Sie versuchte, sanft und gleichgültig zu sprechen. In ihrer Stimme sollte kein Vorwurf mitschwingen, denn das würde Ted nur wütend machen, und sie hatte Angst vor ihm, wenn er wütend war. Zugleich wusste sie, dass sie länger im Garten gewesen war, als sie sollte. Was, wenn Ted in die Küche gekommen wäre, sie dort nicht angetroffen und auch auf dem Herd nichts hätte stehen sehen? Dann hätte er das mit George vielleicht geahnt. Diese grundlose Angst ließ sie erzittern. Sie stach sich durch den Stoff hindurch heftig mit der Nadel in den linken Zeigefinger, unter den Nagel, und ertrug den Schmerz reglos, aus Angst, dass ihre Ungeschicklichkeit auffallen könnte. Sie hatte schreckliche Angst. Während sie den Blick auf ihre Arbeit gesenkt hielt, hatte sie das Gefühl, dass Ted, der nur zwei Meter entfernt saß, anschwoll und immer größer wurde, bis er beinahe das ganze Zimmer ausfüllte und sie erstickte. Es war dasselbe Gefühl wie in einem grauenhaften Albtraum. Sie empfand Ekel und ein plötzliches Gefühl der Übelkeit. Hass und Angst und Abscheu überwältigten sie. Wäre sie allein gewesen, so wäre sie unter

Schluchzen zusammengebrochen, doch solange Ted sie beobachtete, musste sie ruhig und gleichgültig bleiben, über ihre Näharbeit gebeugt, und mit aller Macht darum kämpfen, ihre Kraft und ihren Verstand wiederzugewinnen.

»Nun«, sagte Ted, »du siehst besser zu, dass du fertig wirst mit dem, was du da tust, denn in 'ner halben Minute will ich deine ganze Aufmerksamkeit für mich allein.«

Es gab nur eine Ausrede, die sie anbringen konnte. Sie hatte sich schon im Laufe des Tages Gedanken gemacht um das Für und Wider dieser Ausrede. Und eigentlich hatte sie sie gar nicht benutzen wollen; sie hätte die Angelegenheit viel lieber endgültig und zufriedenstellend gelöst, den edlen Vorsätzen entsprechend, die sie vor drei Tagen in Georges Armen gefasst hatte – die Ausrede würde alles nur noch ein weiteres Mal aufschieben, ohne eine dauerhafte Lösung zu bieten, und sie war vernünftig genug, um zu wissen, dass Ausreden und Aufschübe immer eine Gefahr bargen; und eine umso größere Gefahr sogar – eine sehr viel größere –, wenn die Ausrede nicht nur eine Lüge war, sondern diese Lüge im Laufe der Zeit auch noch offen zutage treten würde.

Doch ihre erschütterten Nerven zwangen sie dazu, sie zu benutzen. Sie konnte es nicht ertragen, noch länger über irgendwelche heldenhaften Pfade, die es einzuschlagen galt, zu grübeln. Sie brachte ihre Lüge so tapfer vor, wie sie es konnte.

»Es ist ein Fluch, nicht wahr?«, sagte sie.

»Ja«, schnauzte Ted, verärgert und enttäuscht. Geschah ihm ganz recht, dachte er. Wieso hatte er gestern auch eine so rührselige Nachsicht gezeigt?

15

Mrs Clair schien dieser Tage gar nicht mehr zu schlafen. Zweifellos war es so, dass sie dennoch schlief, aber immer nur für kurze Zeit, woran sie später keine Erinnerung mehr hatte, und im steten Wechsel mit langen schlaflosen Phasen während der Nacht, in denen sie im Bett lag und zusah, wie die schwach leuchtenden Quadrate der Fenster zuerst immer dunkler wurden und dann, in der Morgendämmerung, ständig heller und heller. Diese schlaflosen Phasen kamen ihr nie zu lang vor. Sie haderte nicht mit ihrer Schlaflosigkeit, sondern hieß sie eher willkommen. Sie fand, sie nutze ihre Zeit gewinnbringend, indem sie Pläne ersann und Ted hasste – sie hegte die anhaltende Hoffnung, dass sie ihm schon allein dadurch schaden könnte, dass sie nur im Bett lag und ihren Hass in Gedanken ausschüttete; natürlich nicht annähernd so stark, wie er es verdient hätte, aber als Anzahlung bis zur endgültigen Tilgung doch ausreichend.

Am Montagmorgen begnügte sie sich nicht damit, bis zu ihrer üblichen Aufstehenszeit im Bett liegen zu bleiben; sie hatte viel zu tun heute. Sie stand früh auf und schlich sich leise hinunter, um Mr Ely nicht zu stören – als sie aufmerksam an seiner Tür lauschte, konnte sie seinen regelmäßigen Atem hören. Er schlief endlich; sie wusste, dass auch er die Nacht größtenteils schlaflos verbracht hatte, denn sie hatte gehört, wie er immer wieder das Licht ein- und ausgeschaltet und sich ruhelos im Bett hin und her geworfen hatte. Sie wusste, was ihn umtrieb, sie hatte sein Gesicht gesehen, als er gestern Abend nach Hause kam. Es war beruhigend zu wissen, dass sehr bald schon alles gut werden und er so glücklich wie nur möglich sein würde mit der lieben kleinen Marjorie, und mit Derrick und Anne, die dann für immer aus den Klauen dieses Schurken Ted, dieses Teufels Ted, befreit waren.

Ihr frühes Aufstehen erlaubte ihr, sich zwei Stunden lang ganz der angehäuften Wäsche zu widmen, die gemacht werden musste. Sie war froh, das aus dem Weg zu haben und damit Zeit für die Tätigkeiten, die sie vor sich liegen sah. Sie schrubbte und spülte. Sie ging in den kleinen Garten hinaus und zog ihre Wäscheleine auf. Inzwischen war es Mitte August, und diese frühe Morgenstunde barg bereits den ersten Anflug von Herbst, noch kaum greifbar, aber doch schon allgemein spürbar und wie in einem einzigen Atemzug die Erinnerung an den Herbst im Allgemeinen wachrufend – morgendliche Nebel und wechselnde Farben und fallende Blätter und die Laubfeuer der Wochenendgärtner; die ersten aufgeschichteten Lagerfeuer für den ersten kühlen Abend, Strudel statt Griespudding zum Mittagessen. Und sie würde einen Blick auf ihren Wintermantel werfen und nachsehen müssen, ob er wirklich noch einen weiteren Winter hielte.

Dieser Winter, dachte Mrs Clair und klammerte emsig die Wäsche an die Leine, würde ein sehr glücklicher werden. Die liebe kleine Dot war zwar tot, doch Marjorie und die Kinder würden frei und glücklich sein. Mrs Clair schien der bleiche Morgenhimmel in die Augen, als sie sich zur Wäscheleine hochreckte, und sie dachte, wenn all das erst erledigt war, wenn den Schurken Ted das Schicksal ereilt hatte, das er verdiente, könnte sie sich den Rückzug ins Alter erlauben und mit Gelassenheit über ihr Ende sinnieren. Jetzt war es aber an der Zeit, von der Wäsche erst einmal abzulassen und hineinzugehen, um Mr Ely zu wecken und dafür zu sorgen, dass er rechtzeitig ins Büro kam. Es war der erste Morgen nach drei Wochen; sie sollte besser dafür sorgen, dass alles bereit war.

Beim Frühstück wirkte Mr Elys Gesicht abgespannt und blass trotz der Sonnenbräune, die er in seinem Urlaub erworben hatte. Sie wusste, worunter der arme junge Mann litt. Keine Sorge, nun würde es nicht mehr lange dauern. Sie überredete ihn, sein Rührei zu essen – sie kannte sogar schon seine Lieblingsspeisen –, und achtete darauf, dass er um zwanzig vor neun das Haus verließ, sodass ihm reichlich Zeit für den Weg ins Büro blieb. Dann machte sie sich mit Eifer an die Routinearbeiten des Tages, fegte und putzte, wusch das Frühstücksgeschirr ab und schälte Kartoffeln fürs Mittagessen. Jetzt wurde es Zeit, die Wäsche auf der Leine zu inspizieren. Die Wollsachen konnten noch hängen bleiben, aber die weißen und bunten Stoffsachen konnten gebügelt und die Bettlaken gemangelt werden.

Um elf hatte sie eine Weile nichts zu tun; sie sah auf die Uhr, wie sie es schon Dutzende Male getan hatte, und überlegte erneut. Elys Mittagspause war um halb zwei – er ging zum Essen, wenn Ted zurückkam –, und so hatte sie eine Stunde zur Verfügung. Sie setzte ihren Hut auf, zog sich die Handschuhe an und machte sich mit ihrer Handtasche und ihrer ledernen Tragetasche auf den Weg in die Läden auf der High Street. Sie war fest entschlossen, keinerlei Zeit zu verschwenden, bis alles vorbereitet war für ihre Pläne.

Das Glück war ihr sogleich hold – ein schönes Beispiel dafür, welch ein Lohn jene erwartet, die sich dem Glück überlassen.

Mrs Taylor näherte sich eben dem Mountain's Café, als Mrs Clair auf sie traf.

»Guten Morgen«, sagte Mrs Clair.

»Guten Morgen«, sagte Mrs Taylor. »Sie sind ja *wirklich* braun geworden. Hatten Sie einen schönen Urlaub?«

»Ja, danke. Wir haben ihn alle genossen, auch wenn wir natürlich meinen Schwiegersohn sehr vermisst haben.«

»Natürlich«, sagte Mrs Taylor.

Einen Moment lang geriet das Gespräch ins Stocken, so als würden die beiden Frauen sich fragen, was sie als Nächstes sagen sollten.

»Wo ist denn Mrs Posket?«, fragte Mrs Clair. Mrs Taylor und Mrs Posket waren derart unzertrennlich, dass es in dem höchst unwahrscheinlichen Fall, dass man Mrs Taylor einmal allein antraf, unvermeidlich war, diese Frage zu stellen.

»Sie ist weg«, sagte Mrs Taylor. »Sie ist gestern in den Urlaub gefahren, einen Tag, nachdem Sie wiedergekommen sind.«

»Da vermissen Sie sie wohl«, sagte Mrs Clair.

»Ein wenig«, erwiderte Mrs Taylor etwas kläglich.

»Haben Sie Marjorie heute schon gesehen?«

»Sie hat gerade ihre Wäsche aufgehängt, als ich nach Hause kam«, antwortete Mrs Taylor. »Es sah nach viel aus.«

»Das ist anzunehmen, nach drei Wochen Urlaub. Ich werde mal sehen, dass ich heute noch irgendwann dort vorbeigehen kann, um zu helfen. Nun, wir haben vermutlich beide noch unsere Einkäufe zu erledigen. Auf Wiedersehen, Mrs Taylor.«

Mrs Clair, die absichtlich die High Street entlangging, freute sich über die Information, die sie erhalten hatte. Mrs Posket hatte ihr ein wenig Sorge bereitet – man konnte nie wissen, welchen Schaden eine neugierige und sich in alles einmischende Frau dieser Art anrichten würde. Zumal, wenn es diesen Trampelpfad entlang der Eisenbahnschienen hinter dem Haus gab und George Ely jeden Abend ausging und in beunruhigende Gedanken versunken zurückkehrte. Es tat gut zu hören, dass Mrs Posket sich zehn Tage lang oder so in sicherer Entfernung befand. Und es war nur natürlich, dass Marjorie heute viel Wäsche hatte. Mrs Clair wäre gern dort vorbeigegangen und hätte ihr bei der Bügelwäsche geholfen; aber vielleicht würde sie dazu ja später noch Gelegenheit haben, wenn alles erledigt war. Ansonsten musste Marjorie eben allein zurechtkommen, so gut sie konnte – Mrs Clair würde sich von einer so unbedeutenden Frage wie der nach Marjories Wohlergehen während eines einzigen Tages nicht von ihrem Vorhaben abbringen lassen. Bald schon würde Marjorie frei und glücklich sein.

In der Bank in der High Street tummelten sich, wie stets am Montagmorgen, die ansässigen Ladenbesitzer, die ihre Einnahmen vom Wochenende einzahlten. Normalerweise war Mrs Clair rücksichtsvoll genug, um nicht einmal im Traum daran zu denken, die stark beanspruchten Kassierer zu solch einer Zeit zu behelligen. Aber heute war es anders. Sie wollte alles bereit haben.

Geduldig wartete sie in der Schlange, bis ein Kassierer frei war.

»Guten Morgen, Mrs Clair.«

»Guten Morgen. Würden Sie mir bitte sagen, wie hoch mein Kontostand ist?«

Sie kannte den Betrag natürlich bis auf ein, zwei Pfund genau, doch sie wollte ganz sichergehen. Der Kassierer verschwand nach hinten in die Büroräume der Bank und kehrte dann mit einem gefalteten Blatt Papier zurück, das er über den Schalter reichte. Mrs Clair las die Summe – £ 52,10,11. Sorgfältig schrieb sie einen Scheck über fünfzig Pfund zur Barauszahlung aus, indem sie den Vermerk »Zur Verrechnung« strich, und reichte ihn dem Kassierer.

»In Ein-Pfund-Noten bitte«, sagte sie leise.

Der Kassierer hob ein wenig die Augenbrauen, als er den Scheck las. Mit einem leichten Zögern händigte er ihr einen Umschlag voller Geld aus.

»Das ist eine Menge Geld, Mrs Clair«, bemerkte er. »Ich würde vorsichtig sein damit, wenn ich an Ihrer Stelle wäre.«

»Oh, ich werde vorsichtig sein. Sehr vorsichtig«, sagte Mrs Clair völlig gelassen.

Sie verstaute das Geld sicher in der Handtasche und trat aus der Bank hinaus. Der erste Schritt war getan. Was auch immer jetzt geschehen würde, sie hatte fünfzig Pfund in Banknoten, die nicht zurückverfolgt werden konnten. Es war jedoch nur eine Vorsichtsmaßnahme. Sie hielt es für höchst unwahrscheinlich, dass sie das Geld je brauchen würde; viel wahrscheinlicher war, dass sie es in ein oder zwei Wochen, wenn alles erledigt war, wieder auf ihr Bankkonto einzahlen würde, sich kleinlaut dem amüsierten Lächeln des Kassierers beugend, da sie so offensichtlich eine Frau war, die nicht wusste, wie sie ihre Geldgeschäfte handhaben musste. Das zu erdulden wäre allemal lohnenswert, wenn sie dafür auf der sicheren Seite war.

Auf ihrem Weg die High Street entlang hatte sie jetzt Carters Eisenwarenhandlung erreicht, und sie ging hinein. Mr Carter selbst kam nach vorn, um sie zu bedienen.

»Guten Morgen«, sagte Mrs Clair. »Ich hätte gern ein Beil. Zum Holzhacken und für solche Dinge.«

»Ein Beil, Madam? Gewiss doch. Hier haben wir dies kleine für sechs Pfund, neun Shilling. Und ein größeres Modell für acht Pfund, neun Shilling. Und hier ist noch ein anderes Fabrikat, das ich sehr empfehlen kann. Die Kante ist aus verchromtem Stahl und garantiert rostfrei. Ein fabelhaftes Preis-Leistungs-Verhältnis für acht Pfund, sechs Shilling, Madam.«

Mrs Clair betrachtete die todbringenden Gerätschaften auf dem Verkaufstresen, wohin Mr Carter sie gelegt hatte, ihre glänzenden Kanten und ihre so griffig geformten Stiele. Merkwürdig, wie einfach man sie kaufen konnte. Sie stießen sie so sehr ab, dass sie sie gar nicht anfassen wollte; doch sie zwang sich, die Hand zu heben und eins davon vom Verkaufstresen zu nehmen. Sie wog es sorgfältig in ihrer Hand – und in späteren Jahren war es eine von Mr Carters lebhaftesten Erinnerungen, wie diese nette alte Dame dort in seinem Laden stand und nachdenklich das Gewicht des Beils wog.

»Danke«, sagte sie. »Ich werde dieses nehmen.«

»Das zu acht Pfund, sechs Shilling, Madam? Aber gewiss doch, Madam. Soll ich es Ihnen liefern lassen, Madam?«

»Nein, danke. Ich kann es mitnehmen.«

Das Beil, das Mr Carter mit all der altmodischen Sorgfalt, die er stets darauf verwendete, in braunes Papier eingewickelt hatte, wog schwer in der Tragetasche an ihrem Handgelenk, als sie wieder auf die High Street hinaustrat. Tomlin's Uhr zeigte ihr, dass sie noch zwanzig Minuten Zeit hatte, bis sie zurückkehren und Mr Ely das Mittagessen zubereiten musste. Diese zwanzig Minuten verbrachte sie damit, rasch durch die Vorstadtstraßen zu laufen und ihre Einkäufe zu vervollständigen. Sie bog in die Marvel Lane ein, um an der Polizeiwache vorbeizukommen. Sie ging die Simon Street hinauf und blickte mit flinken freundlichen Augen von der einen Straßenseite zur anderen, während sie nach Sergeant Hale Ausschau hielt. Doch sie sah ihn nirgends.

Es war natürlich, wie sie sehr gut wusste, eine viel zu optimistische Hoffnung, ihn auf einem nur zwanzig Minuten dauernden Spaziergang antreffen zu wollen. Es könnte noch Tage dauern, bis sie ihn scheinbar zufällig auf der Straße treffen würde. Macht nichts, sie würde es weiter versuchen. Sie hatte vermutlich noch einige Tage Zeit, sagte sie sich, und wenn nicht, wenn die Sache sich entscheidend zuspitzte, bevor sie ihn traf, wäre es auch nicht so schlimm. Ihr Plan war auch ohne eine Begegnung mit Sergeant Hale vollständig. Die Begegnung war nur eine weitere Vorsichtsmaßnahme, eine zusätzliche Verzierung, wie das Abheben des Geldes von der Bank – nicht wie der Kauf des Beils, das ein wesentlicher und unabdingbarer Bestandteil ihres Plans war.

Als George Ely nach Hause kam, wartete auf ihn schon ein gutes Mittagessen aus kaltem Fleisch, Kartoffeln, Salat, einem Milchpudding und einem schönen Stück Käse. Auf dem Beistelltisch des Esszimmers lagen Mrs Clairs lederne Tragetasche und zwei, drei Päckchen.

»Du meine Güte!«, rief Mrs Clair, als sein Blick daran hängen blieb. »Diese Sachen hätte ich nicht hier liegen lassen dürfen. Ich habe sie wohl dort abgelegt und dann vergessen, sie in die Küche zu bringen. Aber heute war natürlich auch viel zu tun, so kurz nach dem Urlaub.«

»Natürlich«, sagte Ely.

Mrs Clair begann die Päckchen zusammenzuklauben. Und das Beil nahm sie ohne seine Verpackung aus der Tragetasche – das Papier, in das Mr Carter es so sorgfältig eingewickelt hatte, hatte sie entfernt.

»Das ist ja ein gefährlich aussehendes Ding«, sagte Ely.

»Nicht wahr?«, pflichtete Mrs Clair bei. »Ich wollte schon lange eins haben für all das Holz, das draußen zu hacken ist. Es ist ein gutes Exemplar, oder?«

Sie reichte ihm das Ding, und Ely stand auf und wog es in der Hand, genau wie Mrs Clair es in der Eisenwarenhandlung getan hatte.

»Scheint in Ordnung zu sein«, sagte Ely achtlos und gab es zurück.

Nun würde er nicht mehr bewusst daran denken; Mrs Clair hatte ihr Ziel erreicht. In Zukunft würde Ely zwar immer von der Existenz dieses Beils wissen, sein plötzliches Auftauchen aber würde ihn nicht überraschen oder einen Augenblick innehalten und darüber nachdenken lassen. Mrs Clair war, in ihrem geistigen Hochgefühl, das aus dem sie verzehrenden Hass auf Ted erwuchs, eine schlaue und weit vorausschauende Psychologin.

Als sie das Mittagsgeschirr abgewaschen und Ely wieder ins Büro geschickt hatte und auch endlich mit der Wäsche fertig war, zog sie wieder Hut und Jackett an. Sie wäre gern zu Marjorie gegangen und hätte ihr geholfen, doch im Augenblick musste etwas Dringenderes getan werden, um ihre Pläne voranzutreiben – nur eine Vorsichtsmaßnahme, so wie das Abheben des Geldes von der Bank, aber eine, die zu ergreifen sie wünschenswerter fand, als Marjorie heute den Weg zu ebnen. Nur wenige Tage noch, und Marjories Weg würde vollkommen eben sein; und bis dahin könnte sie gewiss noch durchhalten.

Mit adretten Handschuhen und Schuhen ausstaffiert, ihren unauffälligen kleinen Hut auf dem Kopf und bekleidet mit einem Kostüm, machte Mrs Clair sich daran, erneut die Vorstadtstraßen entlangzuspazieren. Die eine Straße hinauf und die andere wieder hinunter; die High Street entlang; die Marvel Lane hinunter und an der Polizeiwache vorbei; wieder zurück zur High Street; die Simon Street fast bis zur Ecke Harrison Way hinauf. Sie brachte den ganzen Nachmittag damit zu, fortwährend in weiten Kreisen sittsam durch die Vorstadt zu spazieren. In den Augen eines zufälligen Passanten hätte sie mit irgendeiner unschuldigen Besorgung beschäftigt sein können – Einkäufe, ein Besuch bei Freunden, die Bestätigung der Referenzen eines Dienstmädchens. Um fünf

Uhr war sie bedauerlicherweise müde, und so gestattete sie sich die Extravaganz, ins Mountain's Café einzukehren und eine Tasse Tee zu trinken. Doch um Viertel nach fünf war sie bereits wieder draußen auf der Straße und eilte flotten Schrittes voran, mit wachen Augen in jede Seitenstraße hineinsehend, an der sie vorbeikam.

Schließlich sah sie ihn, als ihr nur noch zehn Minuten blieben, bevor sie nach Hause gehen musste, um alles für Elys Rückkehr aus dem Büro herzurichten. Es war Sergeant Hale, der dort mit seinem ganzen imposanten Leibesumfang die Cameron Road herunterkam. Sie sah ihn gerade noch rechtzeitig genug, um wie selbstverständlich in seine Richtung abzubiegen, so als wäre das schon ihre Absicht gewesen, bevor sie ihn sah. Sie überquerte die Straße diagonal, sodass sie ihm genau über den Weg lief.

Sergeant Hale sah sie auf sich zukommen – es war einen Monat her oder noch länger, seit er sie zuletzt gesehen hatte, aber dank seines Polizistengedächtnisses erkannte er sie wieder. Und als er sie so über die Straße herankommen sah, konnte er auch erkennen, dass sie es darauf abgesehen hatte, mit ihm zu sprechen – irgendein unterschwelliges Merkmal ihrer Haltung verriet ihm das. Schon bei ihrer letzten Begegnung hatte sie es darauf abgesehen gehabt, mit ihm zu sprechen. Sergeant Hale schob Mrs Clair in Gedanken von einer Schublade in eine andere. Jetzt war sie unter die Langweiler und nutzlosen Zeitverschwender einsortiert – ja, es stimmte, weit unten in der Rangfolge, aber dort gehörte sie nun einmal hin. Nicht so weit hinauf, dass man ihr unbedingt aus dem Weg gehen musste. Nur eine der vielen, mit denen er immer ein paar Worte wechseln müsste, ohne irgendeinen Nutzen davon zu haben, die reinste Zeitverschwendung, die sich alles in allem auf eine so beträchtliche

Gesamtsumme belief, dass man diese Zeit sehr viel sinnvoller nutzen könnte.

»Guten Tag, Madam«, sagte er mit resignierter Höflichkeit.

»Guten Tag, Sergeant. Ich hoffe, es geht Ihnen gut?«

»Ja, danke, Madam. Und Ihnen?«

»Sehr gut, danke. Ich habe gerade einen herrlichen Urlaub an der Küste verbracht.«

»Das ist schön«, sagte Sergeant Hale.

Damit hätte er sich wieder auf den Weg gemacht. Doch Mrs Clair stand so da, dass es äußerst unhöflich gewirkt hätte, wenn er einfach an ihr vorbeigegangen wäre.

»Meine Tochter hat mich begleitet«, sagte Mrs Clair auf geschwätzige Weise. »Die, die vor dem Untersuchungsrichter aussagen musste.«

»Ich erinnere mich, Madam.«

»Ich bin so froh, dass sie in den Urlaub fahren konnte«, fuhr Mrs Clair fort. »Diese schreckliche Sache hat sie doch sehr mitgenommen.«

»Das überrascht mich nicht, Madam.«

»Aber ich hätte mir so gewünscht«, sagte Mrs Clair mit Entschiedenheit, »dass mein Schwiegersohn auch mitgefahren wäre. Er konnte nicht weg, weil er furchtbar viel im Büro zu tun hat. Ich mache mir große Sorgen um ihn.«

»Wirklich, Madam?«

»Ja, sein Verhalten ist manchmal doch recht merkwürdig. Ich fürchte, all diese Arbeit geht ihm an die Nerven, vor allem so kurz nach dieser gerichtlichen Untersuchung. Aber ich weiß gar nicht, warum ich Ihnen das alles erzähle. Das sollte ich, wenn überhaupt jemandem, wohl besser einem Arzt erzählen. Auf Wiedersehen, Sergeant.«

»Guten Tag, Madam.«

Sergeant Hale schritt in all seiner massigen Würde von dannen. In Gedanken schob er Mrs Clair noch einige Stufen tiefer in seiner Liste der Langweiler und Zeitverschwender. Sie konnte allerdings von selbst aufhören mit dem Gerede, was sie an und für sich fast schon wieder für diese Kategorie disqualifizierte. Und was sie erzählt hatte, war zumindest in gewissem Maße interessant für einen Polizisten. Es war immer gut, von Leuten zu wissen, die ein »merkwürdiges Verhalten« zeigten und denen ihre Arbeit »an die Nerven« ging, auch wenn er sich gleichzeitig unwichtige Geschichten über Urlaube anhören musste; und selbst wenn dabei (wie jahrelange Erfahrung gezeigt hatte) nicht ein einziges Mal in tausend Fällen irgendeine für die Polizei interessante Einzelheit herauskam, der man nachgehen konnte. Aber das tausendste Fitzelchen Klatsch dieser Art könnte ja doch nützlich sein.

16

Am Montagabend saß Mrs Clair im Wohnzimmer ihrer Tochter. Marjories Gesicht war ganz abgehärmt vor Müdigkeit und Sorge, und Mrs Clair blutete das Herz ihretwegen.

»Ted ist ausgegangen, vermute ich«, sagte sie.

»Ja«, erwiderte Marjorie lustlos.

»Bist du mit deiner Wäsche gut fertig geworden?«

»Das Bügeln musste ich auf morgen verschieben«, sagte Marjorie.

Das war ein Aufschub, der in den Augen einer guten Hausfrau nur dann zu entschuldigen war, wenn die Wäsche sehr groß oder die Umstände ungünstig waren. Heute war jedoch gutes Waschwetter gewesen. Marjorie musste wirklich viel zu tun gehabt haben.

»Waren die Kinder brav?«

»Oh ja.«

»Es wird einen großen Unterschied machen, wenn der kleine Derrick auch erst einmal alt genug ist, um zur Schule zu gehen«, sagte Mrs Clair tröstend.

»Hoffentlich«, erwiderte Marjorie.

»Ich weiß noch, wie es bei mir war, als die kleine Dot alt genug für die Schule war«, fuhr Mrs Clair fort. »Das war kurz bevor der Krieg ausbrach und dein lieber Vater seinem Regiment beitrat.«

Einen Augenblick lang antwortete Marjorie nicht. Sie hatte den Kopf gehoben, als würde sie auf irgendetwas lauschen.

»Ja, natürlich«, sagte sie nach einer Weile hastig.

Irgendjemand pfiff auf dem Trampelpfad hinten bei den Eisenbahnschienen. Mrs Clair hörte es, und dennoch, obwohl sie so scharfsinnig war, dachte sie sich nichts dabei.

»Meinst du, du hast eins der Kinder gehört, Liebes?«, fragte sie mitfühlend.

»Nein. Ja. Nein«, sagte Marjorie.

»Ich habe nichts gehört«, meinte Mrs Clair.

Wieder ertönte der Pfiff, und Marjorie rückte ruhelos in ihrem Sessel hin und her. Sie wusste nicht, wie sie mit dieser neuen Situation umgehen sollte. Erst da erkannte ihre Mutter den Zusammenhang zwischen der momentanen Geistesabwesenheit ihrer Tochter und den Pfiffen vom Trampelpfad her. Sie machte Anstalten, es sich noch etwas bequemer in ihrem Sessel zu machen, als kleinen Hinweis für Marjorie, dass sie nicht die geringste Absicht hatte, für eine Weile zu verschwinden. Marjorie sah sie unbehaglich an.

»Die Abende werden mittlerweile schon kürzer«, sagte Mrs Clair im Konversationston. »Es wird recht früh dunkel diese Woche.«

»Ja«, erwiderte Marjorie.

»Im Büro werden sie jetzt vermutlich den Herbstansturm zu spüren kriegen«, fuhr Mrs Clair fort. »Hat Ted es schon bemerkt? Mr Ely hat mir noch nichts darüber erzählt.«

»Ich … ich glaube schon«, sagte Marjorie verzweifelt.

»Die vernünftigen Leute«, meinte Mrs Clair, »bestellen ihr Gas früh im Jahr. Ich habe kein Verständnis für die, die alles bis auf die letzte Minute aufschieben, du?«

»Nein«, erwiderte Marjorie.

Die Pfiffe auf dem Trampelpfad wurden gebieterischer und ungeduldiger. Sie wand sich geradezu in ihrem Sessel.

Das Gespräch dümpelte angesichts ihres offensichtlichen Widerwillens vor sich hin.

»Ich bin furchtbar müde«, sagte Marjorie schließlich aus schierer Verzweiflung. »Ich glaube, ich gehe ins Bett.«

»Ja, das würde ich an deiner Stelle gewiss auch machen, Liebes«, erwiderte Mrs Clair mitfühlend. »Willst du zuerst noch ein Bad nehmen? Soll ich mit hinaufkommen und dich ins Bett bringen?«

»Oh nein, ich komme schon zurecht«, sagte Marjorie. Sie stand aus ihrem Sessel auf, um ihre Mutter ebenfalls zum Aufstehen zu bewegen. Die Pfiffe draußen schienen allmählich ungehalten zu werden.

»Du siehst wirklich müde aus, Liebes«, sagte Mrs Clair, die sich mit unerträglicher Langsamkeit zum Gehen bereit machte. »Du musst auf dich achten.«

»Ja, das werde ich tun, Mutter«, sagte Marjorie zur Tür hastend.

»Armes Lämmchen!«, sagte Mrs Clair und drückte ihr einen Kuss auf die Wange.

Draußen auf der Straße murmelte sie noch einmal »Armes Lämmchen!« vor sich hin, als sie sich auf den Weg in die Dewsbury Road machte. Ihr Herz quoll über vor Bedauern für ihre Tochter. Es hatte sie geschmerzt, sich so unerträglich lange aufzuhalten, obwohl Marjories Nerven zum Zerreißen angespannt waren; aber sie hatte es absichtlich getan und letztlich zum Besten ihrer Tochter. Ihr war überdeutlich bewusst, dass sie die beiden Liebenden in die Verzweiflung treiben, sie bis zum Siedepunkt anheizen musste, koste es, was es wolle. Es war eine Schande, ihre Tochter so zu behandeln, und auch den armen Mr Ely, aber es war alles nur zu ihrem Besten.

In der Dunkelheit des Gartens wurden unterdessen beim

Holunderbaum Erklärungen, fast gegenseitige Beschuldigungen getauscht.

»Liebste, wie lang du gebraucht hast! Warum bist du nicht gekommen, Liebste? Du hast mich doch pfeifen gehört.«

»Ich konnte nicht, Liebling. Mutter war da.«

»Du hättest sagen können, dass du etwas in der Küche zu tun hast.«

»Sie wäre mit mir mitgegangen, wenn ich das gesagt hätte. Außerdem hätte sie gewusst, dass ich so spät am Abend in der Küche nichts mehr zu tun habe. Ich konnte nicht kommen, Liebster. Zum Schluss musste ich sagen, dass ich ins Bett gehen will, damit sie geht. Es tut mir furchtbar leid, Liebster.«

»Wo ist Grainger?«

»Ausgegangen. Aber ich weiß nicht, wann er zurückkommt. Ich kann keine Minute länger bleiben, Liebster. Oh mein Liebster ...«

Es war alles gut und schön, sich dort in der Dunkelheit aneinanderzuklammern und sich zu küssen. Doch das Gefühl der Frustration und Verzweiflung blieb bestehen, ja wurde sogar verstärkt. Marjorie konnte spüren, wie gereizt ihr Liebhaber war, und Angst trat zu ihrer Bitterkeit.

»Sag mir, dass du mich liebst«, flüsterte sie. »Sag mir, dass du mich immer liebst.«

»Oh – ich liebe dich, Liebste«, sagte er vielleicht zum hundertsten Mal, seit er sie gerettet hatte. Doch diesmal lag etwas in seiner Stimme – fast so, als hätte er ein »Aber« angefügt nach seinem Liebesschwur.

»Es ist abscheulich«, sagte er ein, zwei Momente später, wie in Erweiterung jenes unausgesprochenen »Aber«. Und dann stellte er die Frage, die Marjorie zuerst ausgesprochen hatte.

»Was sollen wir nur *tun?*«

Marjorie tat ihr Bestes, um ihn zu beruhigen.

»Mach dir keine Sorgen, Liebster«, flüsterte sie eindringlich. »Es wird alles gut werden. Ich schwöre dir, es wird alles gut werden.«

Unbewusst wiederholte sie die Worte, die ihr Liebhaber zu ihr gesagt hatte. Genauso, wie er die Frage wiederholte, die sie ihm gestellt hatte. Wenn sie ihn verlieren würde, wäre sie ohne einen einzigen Freund in der Welt, dachte sie. Dann gäbe es nur noch Kummer und Zweifel, Gefahr und Schwierigkeiten und eine ungeheure Leere in ihrem Leben; ein Gedanke, der sie vollkommen entsetzte. Sie konnte sich die Zukunft in keiner Weise vorstellen, nicht einmal mit George als ihrem Liebhaber, doch wenn George sie verließe, wenn Georges Geduld zu Ende ginge, wäre das das Ende von allem. Sie hatte das Gefühl, dass sie dann sterben würde.

Sie zog ihn an ihre Brust, und seine Passivität, ja fast Abwehr, warnte sie aufs Neue vor seiner Unzufriedenheit.

»Ich liebe dich, Liebster«, flüsterte sie.

Sie wollte ihn trösten, ihn stärker mit den Umständen versöhnen. Alles, was sie über Männer wusste, ja nahezu alles, was sie darüber wusste, wie sie sie erfreuen und zufriedenstellen konnte, hatte Ted ihr beigebracht – Ted, der Besitzergreifende, Ted, der nach Befriedigung Gierende, Ted, der Selbstsüchtige, der Lüsterne, der Obszöne.

»Ich liebe dich, Liebster«, sagte sie noch einmal. »Ganz und gar. Und ich gehöre dir auch ganz, Liebling. Du kannst mit mir machen, was du willst. Schlag mich, wenn du willst. Töte mich, wenn du willst. Ich gehöre dir, Liebling, ganz und gar, jedes Teil von mir.«

Ihr Geflüster war berauschend wie Alkohol für einen Jungen (denn charakterlich war er noch nicht sehr viel mehr) inmitten der ersten Liebe. Und es stachelte auch seine besitzergreifende Ader an, genau so wie gedacht.

»Ich hasse Grainger!«, flüsterte er grimmig.

»Er bedeutet mir nichts. Er hat mir nie etwas bedeutet und wird mir nie etwas bedeuten, Liebling, ich schwöre es«, erwiderte sie flüsternd; und sie war nicht absichtlich unaufrichtig. »Ich weiß nicht, warum ich ihn geheiratet habe. Er ist abscheulich. Vielleicht wollte ich Kinder haben oder so etwas. Oder vielleicht habe ich nie geglaubt, dass ich jemanden wie dich kennenlerne, Liebling. Du bist es, den ich liebe. Er wird mich nie mehr anrühren, nie wieder, Liebling. Nie wieder.«

Ihr blieben immerhin noch drei Tage, bevor das Problem mit Ted wieder auftreten würde. Sie konnte ungehindert Versprechungen machen, wenn die kritische Situation noch so weit weg war; und sie hatte auch jede Absicht, sie zu erfüllen. Diese Versprechungen machte sie nicht nur, um George zu beruhigen. Sie machte sie auch sich selbst, um sich zu stärken für die Schwierigkeiten, die auf sie zukamen. Sie würde nie wieder schwach sein – ihr wurde übel, wenn sie nur daran dachte, wie sie sich in der Vergangenheit aus reiner Angst vor Streit Ted gegenüber prostituiert hatte. Niemals wieder würde sie das tun. Sie versprach es wie in einem berauschten Wahn fieberhaft flüsternd.

Und während sie es noch tat, veränderte sich plötzlich das Licht im Garten – die Wohnzimmerlampe war eingeschaltet worden und leuchtete durch die Verandatür.

»Ted ist zurück!«, sagte Marjorie panisch.

Sie riss sich aus Georges Armen, überwältigt von einer ungeheuren Angst vor Entdeckung.

»Auf Wiedersehen, Liebster«, flüsterte sie – nur dafür gestand sie sich noch Zeit zu –, und dann rannte sie auf Zehenspitzen den Gartenweg entlang zurück. Vorsichtig öffnete sie die Küchentür, und noch während sie es tat, hörte sie, wie der Schalter des elektrischen Lichts betätigt wurde. Und da sah sie Ted, am anderen Ende der Küche; er war zur einen Tür hereingekommen, als sie durch die andere trat.

»Wo zum Teufel bist du gewesen?«, fragte Ted verärgert. »Ich dachte schon, das Haus ist leer.«

In Marjories flatternden Gedanken tauchte eine ältere Erinnerung an den einzigen Anlass auf, aus dem sie einmal abends in den Garten hinausgehen musste.

»Katzen«, sagte sie, und als sie erst zu lügen begonnen hatte, kam ihr auch dieses Mal der Rest sehr viel leichter über die Lippen. »Sie haben grauenhaft gejault – ich hatte Angst, sie könnten Derrick aufwecken. Deshalb bin ich hinausgegangen und habe sie verscheucht.«

»Oh«, sagte Ted, und dann widerwillig: »Schon gut.«

Marjories Herz pochte furchtbar, als sie sich bemühte, ganz gelassen ins Wohnzimmer zurückzugehen. Sie wollte sich nur noch in ihren Sessel fallen lassen, doch mit einem Akt der Selbstbeherrschung zwang sie sich dazu, sich ruhig und normal hinzusetzen. Sie hatte schreckliche Angst, dass ihr pochendes Herz sich durch die Blässe ihrer Wangen verraten könnte. Am liebsten hätte sie den Blick abgewandt von Ted, um es zu verschleiern, doch das wagte sie nicht. Sie musste ihm in die Augen sehen.

»War deine Mutter heute Abend hier?«, fragte Ted.

»Ja«, erwiderte Marjorie. Das war immerhin die Wahrheit.

»Dacht ich mir. Sie macht vorn immer die Pforte hinter sich zu.«

Das war ein Beweis dafür, wie scharfsinnig Ted war, wie knapp sie entkommen war. Marjorie wusste, dass sie heute Abend ihren ganzen Sicherheitsspielraum aufgebraucht hatte. Ein Mal würde Ted solch verdächtige Umstände hinnehmen, aber ein zweites Mal nicht, niemals. Und sie schreckte davor zurück, kaltblütig die Möglichkeiten zu analysieren, was geschehen könnte, wenn Ted ihr Intrigenspiel aufdecken würde. Ted würde rasend werden vor Wut, das wusste sie – und »rasend« nicht im üblichen Sinne von »unkontrollierbar wütend«. Er würde grausam, herzlos, brutal werden. Von allen Beleidigungen, die man ihm antun könnte, wäre die Untreue seiner Ehefrau die unerträglichste, die eine, für die er sich am schonungslosesten rächen würde. An ihr mit Scheidung und Trennung von den Kindern; an George mit Entlassung und Bettelstab – und das wären noch die geringsten Strafen, die er verhängen würde. Er würde sie vielleicht sogar schlagen. Sofort hatte sie das Bild vor Augen, wie sie vor Schmerzen unter seinen Händen schrie – zweimal in ihrem Eheleben hatte er sie mit der Absicht geschlagen, ihr wehzutun, doch dies würde noch hundertmal schlimmer werden.

Dann kam ihr ein anderer Gedanke in den Sinn, und sie richtete sich kerzengerade auf. Er könnte sie töten! Er hatte schon getötet und weder Mitleid noch Gnade gezeigt. Er war clever genug und verzweifelt genug und brutal genug. Wenn sie je versuchen sollte, sich gegen ihn zu wehren, indem sie ihm verriet, dass sie von seinem Mord wusste, und ihm drohte, ihn vor Gericht zu bringen, würde er sich gefährdet sehen und sie zweifellos töten. Sie schwebte in tödlicher Gefahr, in einer Gefahr, die jeden Augenblick ausbrechen konnte.

»Was zum Teufel ist bloß los mit dir?«, fragte Ted da plötzlich.

Marjorie befreite sich aus ihren bösen Träumen, die sie umfingen, und sah zu ihm hinüber, so sanft und fragend wie möglich.

»Was sitzt du da so schnaufend und schnaubend«, fuhr

Ted fort. »Und außerdem bist du bleich wie ein Laken geworden.«

Es gab immer noch dieselbe gute alte Frauenlüge, auf die sie sich zurückziehen konnte, Gott sei Dank.

»Ich habe ein wenig Schmerzen«, behauptete sie. »Du weißt schon, diese Frauensache – ich habe heute einfach zu viel Wäsche gehabt.«

»Na, das ist wohl auch noch mein Fehler«, schnauzte Ted. »Niemand würde glauben, dass du in den letzten drei Wochen Urlaub gemacht hast. Hätt ich dich bloß nie fahren lassen, wenn das der Zustand ist, in dem du zurückkommst. Du wirst dich jetzt wohl noch monatelang hier im Haus so aufführen. Um mich geht's dabei natürlich überhaupt nie.«

Ted war gekränkt, vielleicht sogar zu Recht, auch wenn er selbst nicht wusste, warum. Im Laufe der Jahre hatte sich ihre Haltung zueinander so langsam gewandelt, dass es kaum wahrnehmbar war. Doch wenn Marjorie vor sieben Jahren drei Wochen ohne ihn hätte verbringen müssen, wäre sie bei ihrer Rückkehr übergeflossen von Zuneigung und Zärtlichkeit für ihn. Sie hätte mit ihm geplaudert, seine Aufmerksamkeit gesucht, ihn nicht aus den Augen gelassen. Ohne diesen Vergleich wirklich zu ziehen, nahm Ted den langsamen Wandel an ihr heute äußerst deutlich wahr. Er wollte umschmeichelt werden von ihrem Blick, von ihrer moralischen Abhängigkeit von ihm. Es ärgerte ihn unbewusst, dass sie auch ohne ihn zurechtzukommen schien.

Er war nicht scharfsinnig genug gewesen oder Marjorie zu vorsichtig oder die Gelegenheit nicht günstig genug, als dass er irgendeinen entscheidenden Wandel seit Dots Tod oder seit Marjories Urlaub bemerkt hätte. Im Moment blickte er erwartungsvoll auf den noch etwas unbestimmten, aber kurz bevorstehenden Zeitpunkt, wenn er sie sich wieder gefügig machen würde – er wusste aus Erfahrung, dass das ein gutes Mittel war, um sie erneut ihre Abhängigkeit von ihm spüren zu lassen –, und andernfalls würde er ihr, so beschloss er unbewusst und dunkel, wenn nötig eine Lektion erteilen und sie schon lehren, welche Pflichten eine Ehefrau ihrem Ehemann schuldete, der das Brot für sie verdiente. Sie schien so langsam mal eine zu brauchen, dachte er. Dafür würde er am nächsten Donnerstag sorgen. Und damit war seine endgültige Entscheidung gefallen; er hatte die Tage an den Fingern abgezählt.

17

»Geht's heute Abend wieder zum Tennisspielen?«, fragte Mrs Clair im Plauderton, als George Ely nach seiner Rückkehr aus dem Büro am Dienstag seine Teemahlzeit einnahm.

»Nein«, erwiderte George. Er sah aus dem Fenster, als er sprach. Die Frage hatte in seinen Gedanken sofort zu der Überlegung geführt, wann es dunkel genug sein würde, um zum Trampelpfad bei den Eisenbahnschienen zu gehen.

Es war ihm bereits zur Gewohnheit geworden, jeden Abend dorthin zu gehen, auch wenn es eine Gewohnheit war, die ihm gegen den Strich ging. Andere Männer konnten ihre Freundin bei Tageslicht treffen, konnten die Freundschaft, auf die sie so stolz waren, offen zeigen, doch er konnte das nicht. Er konnte nicht einmal Telefonanrufe im Büro erhalten, aus Angst, dass Grainger abheben könnte. Immer wenn der Abend kam, war er voller Verlangen, Marjorie zu sehen, und voller Sorge, ob ihr auch kein Unglück widerfahren war. Und in der Stunde vor Einbruch der Dunkelheit sehnte er stets begierig den Augenblick herbei, in dem sie zu ihm herauskam.

Und dennoch war er mittlerweile erfahren genug, um mit Bitterkeit die Enttäuschungen vorauszusehen, die der Abend bringen würde. Da waren die Minuten des bangen Wartens, verzehrt von der Sorge, dass Ted sie zurückhalten könnte. Dann vielleicht fünf Minuten im Schatten des Holunderbaums – fünf Minuten des Flüsterns, damit Mrs Taylor sie nicht hörte, fünf Minuten der Angst, ob Grainger sich auch nicht heimlich an sie heranschlich, fünf Minuten in tropfender Nässe, wenn es zufällig regnete. Und dann musste Marjorie zurückkehren zu Ted, und er musste zurückkehren in seine Unterkunft, aufgewühlt und gereizt und unglücklich, mit einer weiteren Nacht und einem weiteren Tag vor sich, die er überstehen musste, und dann begann die ganze Tortur von Neuem. Er zeigte bereits erste Anzeichen der Überlastung, wie Mrs Clair rasch feststellte, als sie seine Miene musterte.

Diese zeigte er auch, als Marjorie zu ihm hinaus in den hinteren Teil des Gartens kam.

»Wo ist Grainger?«, fragte er.

»Er hört Radio. Im Augenblick geht es – sie senden ein Buntes Programm, und so etwas gefällt ihm.«

»Ich kann also nicht hineinkommen?«

»Nein, Liebster, und ... und ... ich kann auch nicht lange bleiben.«

»Wann wird das mal wieder anders sein?«

»Ich weiß nicht, Liebster. Ich kann nie im Voraus sagen, was Ted tun wird.«

Sie küsste ihn und tat ihr Bestes, um Erfüllung in diese flüchtigen Sekunden zu legen. In diesem Augenblick kam ihm eine andere Idee.

»Könnten wir nicht einmal abends miteinander ausgehen?«, fragte er. »Irgendwo im Westend? Ins Kino oder so etwas?«

»Ooh, das wäre schön«, sagte Marjorie. Es war Jahre her, seit sie »irgendwo im Westend« mit einem Mann aus gewesen war. Die Vorstellung, das wieder einmal zu tun, war verlockend.

»Also, wäre es möglich?«, hakte George nach.

»Ja, vermutlich«, sagte Marjorie zweifelnd. Sie hatte auch

schon mal daran gedacht. »Ich könnte Mutter bitten, abends zu kommen. Dann wäre es egal, was Ted vorhat.«

Dann hielt sie plötzlich inne. Das letzte Mal, als sie in die Stadt gefahren war, hatte sie Millicent Dunne besucht. Damals war Dot gekommen, um die Kinder zu hüten, und Dot war tot gewesen, als sie wieder nach Hause kam.

»Also, dann los. Lass uns ausgehen – lass uns morgen gleich ausgehen«, sagte George.

Und so kam es, dass Marjorie am Mittwochabend mit dem Zug um 19.50 Uhr in die Stadt hineinfuhr. Sie bekam ihn gerade noch, indem sie wie eine Wilde die Treppe hinunterrannte, als der Zug schon auf den Bahnsteig einfuhr, wo George wütend wartete. Sie war so atemlos, dass sie weder Worte noch Küsse hatte für George, bis sie schon zwei Stationen weiter waren auf ihrem Weg – sie konnte ihn nur schwach anlächeln, während sie versuchte, wieder zu Atem zu kommen. Ted hatte sie erzählen müssen, dass sie Millicent Dunne besuchen wollte, damit er, wenn auch widerwillig, seine Zustimmung gab, und dieselbe Geschichte hatte sie auch ihrer Mutter erzählen müssen. Am Morgen hatte sie Millicent Dunne in der Fabrik angerufen, wo sie als Sozialfürsorgerin arbeitete.

»Hallo, Mill«, sagte sie. »Hier spricht Marjorie. Marjorie Grainger.«

»Hallo, Marjorie. Hattest du einen schönen Urlaub?«

»Ja, danke.« Marjorie hatte so viel anderes im Kopf, dass sie tatsächlich einen Augenblick lang nachdenken musste, welchen Urlaub Millicent meinte. »Was ich sagen wollte, ich gehe heute Abend aus und wollte Mutter und Ted erzählen, dass ich dich besuchen fahre. Ist das in Ordnung, Mill?«

»Mhm, glaube schon«, sagte Millicent nach einem kurzen Schweigen. »Was hast du denn vor, junge Frau?«

»Nichts, Mill. Nichts Besonderes. Ich will nur dieses eine Mal ausgehen. Das ist alles.«

»Na, dann nimm dir den Rat einer ledigen Frau zu Herzen und mach so was nicht zu oft.«

An diesem Abend musste Marjorie zunächst Ted noch seinen Tee machen und die Kinder zu Bett bringen; und Ted war so mürrisch und widerspenstig gewesen, wie er es immer war bei den seltenen Gelegenheiten, wenn Marjorie zu ihrem eigenen Vergnügen ausging; und Derrick war so ungezogen gewesen, wie er es immer war bei derselben Gelegenheit. Mutter war gekommen, als Marjorie sich hektisch ihr blaues Kostüm und ihr einziges Paar Seidenstrümpfe für besondere Anlässe anzog – und Mutters Eintreffen bedeutete, dass sie George seinen Tee gemacht hatte und dass George bereits am Bahnhof auf sie wartete.

»Ich habe keine Minute mehr Zeit, wenn ich den Zug noch erwischen will«, sagte Marjorie, als sie mit ihren Strumpfbändern kämpfte. Sie hatte sich nicht mehr damit aufgehalten, sich Handschuhe anzuziehen, und war den ganzen Harrison Way bis zum Bahnhof gerannt. Kein Wunder, dass sie atemlos war, als sie in das leere Abteil sank, dessen Tür George schon für sie aufhielt, als sie die Treppe heruntergestürmt kam.

Doch trotz dieses nicht gerade vielversprechenden Beginns wurde der mittlere Teil des Abends zu einem entschiedenen Erfolg. Marjorie schlug vor, in das kleine italienische Restaurant essen zu gehen, wo Millicent mit ihr gewesen war, und George (der kaum ein Restaurant vom andern unterscheiden konnte) willigte ein. Entzückt lächelte sie ihn über den Tisch hinweg an, als der Kellner ihnen, in romantisch gebrochenem Englisch, gewisse Speisen empfahl. Es war sehr viel aufregender, mit einem gut aussehenden jungen Mann im

Westend essen zu gehen als mit Millicent Dunne, die mit ihr zur Schule gegangen war. Auf Marjories Vorschlag hin tranken sie Chianti. Marjorie hätte keinen anderen Wein nennen können als Chianti, Portwein und Champagner, und sie wusste, dass Letzterer sehr teuer war, während Portwein bloß etwas war, das Abstinenzler in Pubs tranken. Sowohl Verstand als auch Erfahrung sagten ihr, dass es Chianti war, den man im Westend zum Abendessen trinken sollte und den alle tranken.

Es war wunderbar romantisch, Rotwein zu trinken und Horsd'œuvres zu essen – eine Auswahl von einem Dutzend verschiedener Gerichte auf einmal auf dem Teller zu haben. Den ganz eigenen Reiz dessen zu analysieren wäre schwierig gewesen, selbst wenn Marjorie es versucht hätte, was sie natürlich nicht tat. Dann Schollenfilet und etwas Huhn und ein Eis; schließlich eine Tasse Kaffee und eine von Georges Zigaretten – zum ersten Mal in ihrem Leben genoss Marjorie eine Zigarette wirklich –, sie hatte bisher nicht mehr als zwei Dutzend in ihrem Leben geraucht. Begeistert hakte sie sich bei George unter, als sie auf den belebten Gehweg hinaustraten. Das war Romantik pur, das Leben, so wie es gelebt werden sollte, und George war ein wunderbar kluger Mann, dass er die Idee gehabt hatte auszugehen. Sie hatten Sitzplätze für drei Shilling, sechs Pence in einem Kino und sahen einen Film, den Marjorie sehen wollte; und es war ihr eine besondere Freude, dass die unbedarften Leute in den Vorstädten noch zwei, drei Monate warten mussten, bevor er dort in den Kinos gezeigt werden würde.

Alles schien genau richtig zu laufen. Sogar im Zug nach Hause waren sie nach der Hälfte des Weges allein im Abteil, und Marjorie konnte sich George in die Arme werfen und ihm noch einmal sagen, wie sehr sie sich vergnügt hatte und wie sehr sie ihn liebte, und sie konnten sich küssen, wild und leidenschaftlich. Und während sie sich so aneinanderklammerten, Lippe an Lippe, schwand die Freude des Abends allmählich dahin. Es waren diese rasenden, trunkenen Küsse, mit denen die Probleme erneut begannen. Zweimal mussten sie sich voneinander lösen, als der Zug an Bahnhöfen anhielt, und jedes Mal kehrte Marjorie in seine Arme zurück, ihr schlanker Körper weich vor Hingabe und ihre Knie an den seinen.

Sie waren ganz benommen von Leidenschaft, als sie aus dem Zug stiegen und die Stufen zur Simon Street hinaufstiegen. George zog sie in die Dunkelheit des Trampelpfads an den Eisenbahnschienen.

»Es könnte uns jemand sehen!«, protestierte Marjorie schwach, doch im nächsten Augenblick lag sie schon wieder in seinen Armen.

»Oh, ich will dich nicht verlassen, Liebling«, flüsterte sie. »Ich will nicht nach Hause gehen müssen.«

Sie goss Öl in sein Feuer mit dem, was sie ihm da sagte. Ted hatte ihr vor Jahren in den Flitterwochen beigebracht, wie man die Leidenschaft eines Mannes entfachte. Jetzt tat sie es instinktiv, und die Beredsamkeit ihrer Lippen wurde noch unterstützt von ihrem nachgiebigen Körper, der versprach, was nicht in Worten ausgedrückt werden konnte.

»Wäre es nicht schön, Liebster«, sagte sie, »wenn ich dich nicht verlassen müsste? Wenn wir die Nacht zusammen verbringen könnten? Würde dir das gefallen, Liebster? Möchtest du mit mir schlafen?«

»Ja – oh ja«, erwiderte George.

»Wir haben noch nie eine ganze Nacht miteinander verbracht«, fuhr Marjorie fort. »Oh, ich würde so gern am Morgen aufwachen und dein Gesicht auf dem Kopfkissen neben mir sehen. Du siehst so reizend aus mit zerzaustem Haar, Liebling.«

»Oh, ich wünschte, das wäre möglich«, sagte George. »Gott, ich wünschte …«

Er wünschte sich so viele Dinge, dass er nicht wusste, womit er die Aufzählung beginnen sollte. Und auch der Zug hinauf, der zehn Minuten nach dem Zug hinunter durch das Tal unter ihnen ratterte, war ihm keine Hilfe.

»Ich muss hineingehen, wenn der nächste Zug kommt«, sagte Marjorie. »Ted ist so scharfsinnig. Nur noch zehn Minuten, Liebling. Oh Liebling …«

»Ich *muss* dich bald wiedersehen«, drängte George einen Moment später, sich ihren Küssen entziehend. In seinem Kopf drehte sich alles. »Ich *muss*. Was macht Grainger morgen?«

»Morgen? Was für ein Tag ist das? Oh, Donnerstag.« Ein plötzlicher Gedanke veränderte ihren Tonfall, als sie noch einmal wiederholte: »Donnerstag.«

Auch sie hatte Berechnungen angestellt, genau wie Ted. Sie wusste, dass sich am Donnerstag die Situation zuspitzen würde.

»Was stimmt denn nicht mit Donnerstag?«, fragte George. Seine ängstliche Eifersucht hatte den Wechsel im Tonfall bemerkt.

»Nichts«, sagte Marjorie. »Nichts, wirklich, Liebling. Aber ich glaube nicht, dass Ted morgen ausgehen wird. Er hat nie etwas Besonderes vor am Donnerstagabend.«

Ihr Tonfall war nicht vollkommen überzeugend, als sie Ausflüchte machte. Aber sie konnte ihrem Liebhaber nicht erzählen, dass der Bruch zwischen ihr und ihrem Ehemann erst noch bevorstand, wenn sie ihm bislang zu verstehen gegeben hatte, dass er längst vollzogen sei.

»Was hast du denn, Liebste?«, fragte George. »Irgendetwas bedrückt dich doch.«

»Nein, gar nichts. Wirklich nicht. Es ist nur, dass ich dich nicht verlassen will, Liebling. Ich will nicht ins Haus hineingehen, und doch muss ich es tun. Hör nur! Da ist der Zug.«

Der nächste Zug hinunter hielt mit kreischenden Bremsen am zweihundert Meter entfernten Bahnhof an. Widerwillig entließ er sie aus seiner Umarmung; jetzt bedauerte sie es nicht mehr, ihn verlassen zu müssen. Sie hatte vielmehr Angst, dass er sie mit weiteren Fragen darüber bedrängen könnte, was am kommenden Donnerstagabend so erschreckend war.

»Lass uns auf die Simon Street zurückgehen, Liebling«, sagte sie. »Wenn ich abends vom Bahnhof komme, gehe ich immer die Straße entlang, wenn ich allein bin, nie den Trampelpfad.«

An der Ecke zur Straße sah sie ihm noch einmal ins Gesicht.

»Komm lieber nicht weiter mit, Liebster«, sagte sie. »Gute Nacht, Liebling. Schlaf gut.«

Und dann drehte sie sich um und rannte die abschüssige Simon Street hinunter und um die Ecke in den Harrison Way. Das Licht im ersten Stock von Nr. 77 zeigte, dass Ted noch nicht schlief. Er war noch nicht einmal im Bett, aber schon halb ausgezogen, als Marjorie ins Schlafzimmer kam.

»Du bist ziemlich spät dran«, bemerkte er. Das war ein Trost. Denn es bedeutete, dass er nicht durch irgendeinen Zufall herausgefunden hatte, wie sie den Abend verbracht hatte.

»Ich bin immer spät dran, wenn ich Mill besucht habe«, erwiderte Marjorie.

»Eine komische alte Pute«, sagte Ted. »Ich kann mir nicht

vorstellen, was ihr beide euch zu erzählen habt. Scheint ja immer ’ne ganze Menge zu sein.«

Er zog seine Pyjamajacke über seine haarige Brust und ging ins Bett, während Marjorie ihr bestes marineblaues Kostüm auf den Bügel hängte.

»Beeil dich und mach das Licht aus«, sagte er. »Ich bin müde.«

George war ihr in einiger Entfernung den Harrison Way entlang gefolgt. Auch er hatte das Licht im Fenster des ersten Stocks gesehen und vermutet, dass Grainger auf seine Ehefrau wartete. Ihm war der Gedanke gekommen, dass es besser sein könnte, an Ort und Stelle zu sein für den Fall, dass Grainger irgendetwas herausgefunden hatte und Marjorie seine Hilfe brauchte. Aber der Anblick dieses Lichts dort oben hatte die Vermutung schwinden lassen. Er sah zu, wie das Licht im Hausflur erlosch, als Marjorie hinaufging, und er wusste, jetzt war sie dort oben mit Grainger im Schlafzimmer. Die Vorstellung, die sie vorhin in ihm heraufbeschworen hatte, quälte ihn mit lebhaften Bildern, während er dort stand und zu dem erleuchteten Fenster hinaufstarrte. Jetzt betrachtete Grainger den schönen schlanken Körper, der ihm versagt blieb. Ely war verrückt vor Eifersucht, als er dort stand in der stillen nächtlichen Straße. Das Licht ging aus, und jetzt lag sie neben Grainger im Bett. Vielleicht legte er gar seine grobe Hand auf sie.

Ely stöhnte beinahe laut auf, als ihm dieser Gedanke kam. Schließlich drehte er sich um und lief aufgewühlt durch die verlassenen Straßen auf seinem Weg zurück in die Dewsbury Road. Doch an der Ecke zur Cameron Road ließ ihn ein neuer Gedanke, der seine verrückte Selbstquälerei durchbrach, in seinem rhythmischen Schritt einhalten. Es hatte irgendetwas Seltsames in Marjories Tonfall gelegen, als sie vom Donnerstagabend sprach. Was am kommenden Donnerstagabend beunruhigte sie so? Auch im Bett konnte George Ely keinen Frieden finden. Er war kaum Herr seiner Eifersuchtsanfälle geworden, da war er auch schon wieder hellwach und grübelte über den Donnerstagabend.

18

Der Donnerstagabend war düster und regnerisch. Der leichte Wind, der blies, war kühl und freudlos. Das Wetter hatte nichts zu bieten, was George Ely zu Geduld hätte verhelfen können, als er beim Holunderbaum wartete. Er pfiff noch einmal, ungeduldig, und starrte durch die Dunkelheit das Haus an, wo Marjorie vor ihm verborgen war. Im Wohnzimmer brannte Licht, das durch die Gardinen der Verandatür fiel. Hinter diesen Gardinen war Marjorie, und da sie auf seinen Ruf nicht sogleich kam, war vermutlich auch Grainger dort und genoss das Licht, die Wärme und Marjories Gesellschaft. Gott allein wusste, was in diesem Wohnzimmer hinter dem Schleier dieser Gardinen vor sich ging. Ely war verrückt, ja rasend vor Eifersucht. Er ballte die Fäuste in der Dunkelheit. Er konnte Marjorie weder misstrauen noch ihre Schwüre und Beteuerungen anzweifeln. Marjorie war auf seiner Seite gegen Grainger – er war ihr gemeinsamer Feind. Verzweifelt sehnte er sich nach Marjories Versicherung, dass es ihr gut ging. Er pfiff noch einmal, brodelnd vor Ungeduld und Sorge.

Jetzt kam sie zu ihm. Wie ein Geist glitt sie den Weg entlang.

»Nein, küss mich nicht, Liebster. Ich kann keine Minute bleiben. Ted wird sich wundern, was ich tue.«

Er versuchte, sie an sich zu ziehen. Doch sie widersetzte sich ihm.

»Nein, Liebling, wirklich, ich kann nicht. Ich bin nur gekommen, um dich zu bitten, heute Abend zu gehen. Es hat keinen Sinn, auf mich zu warten. Wirklich nicht. Ted ist so gemein.«

Diese letzten Worte hatte sie gar nicht sagen wollen. Sie waren ihr bei ihren hastigen Erklärungen entschlüpft, mit denen sie George davon zu überzeugen suchte, dass er rasch gehen sollte.

»Wie meinst du das? Was tut er?« Es war eher ein Knurren als ein Flüstern.

»Oh nichts, Liebster. Das habe ich nicht so gemeint. Ich meinte nur, dass ich jetzt wieder hineingehen muss. Ich kann nicht bleiben.«

Ted benahm sich wirklich gemein, aber davon wollte sie George nichts erzählen – das hätte sie nicht einmal getan, wenn sie heute Abend Zeit dazu gehabt hätte. Marjorie hatte beschlossen, diesen besonderen Kampf allein auszufechten. Es war genau die kritische Situation, für die sie sich schon den ganzen Tag gewappnet hatte. Sie konnte George nicht erzählen, dass sie Ted seit letztem Samstag mit Ausreden auswich, denn das würde notwendigerweise das Eingeständnis erfordern, dass mit ihren Ausreden ein stillschweigendes Versprechen für heute Nacht einherging. Und Ted war im Wohnzimmer und wartete darauf, dass sie zurückkam – es konnte sich nur noch um Sekunden handeln, bis er anfangen würde, nach ihr zu suchen, und entdecken würde, was sie tat.

»Was ist, Liebling? Was ist denn los?« Es lag Schmerz in Elys Stimme, da er ihre Aufregung spürte.

»Ich habe einfach nur Angst, dass Ted herauskommt. Oh, lass mich gehen, Liebster. Auf Wiedersehen, Liebling. Auf Wiedersehen. Bis morgen.«

Und dann war sie weg. Ely starrte ihr in der Dunkelheit

hinterher. Er ballte die Hände zu Fäusten, bis sie wehtaten; sein Kragen wurde ihm zu eng; doch dieses Unbehagen ging unter in der Woge von Kummer, die ihn verschlang. Seine Hilflosigkeit schockierte ihn.

»Was sollen wir nur *tun*?«, fragte er sich selbst. »Was sollen wir nur *tun*?«

Seiner Ohnmacht ausgeliefert, stand er eine Zeit lang im Garten da, ehe er den Trampelpfad an den Eisenbahnschienen entlang davonstapfte. Ein Vorortzug ratterte vorbei, ehe er die Abzweigung zur Simon Street erreichte. Dann ging er von Kummer gepeinigt im Laternenlicht durch die nassen Straßen zurück in die Dewsbury Road.

Im Wohnzimmer im Harrison Way versuchte Ted, Marjorie in die Arme zu schließen, so wie jede Einzelheit seines Verhaltens es ihr heute Abend angekündigt hatte.

»Hast du jetzt Zeit, mich zu küssen, altes Mädchen?«, sagte er.

Marjorie sah sich im Wohnzimmer um wie ein gehetztes wildes Tier. Es gab keine Zuflucht, keinen Beistand. Weder in der verblichenen Tapete noch in dem abgetretenen Teppich, noch in den verschlissenen Sesseln, noch in dem billigen Lautsprecher. Im Korb neben ihrem Sessel lag der übliche Haufen Kleider, die zu flicken waren. Es wäre das Paradies, wenn sie in diesem Augenblick still dasitzen und Kleider flicken könnte. Aber darauf bestand keine Aussicht. Ted ragte bedrohlich vor ihr auf. Sie fühlte sich wie in einem Albtraum gefangen, so als wäre er sechs Meter groß und zwei Meter breit und das ganze Wohnzimmer angefüllt von Teds Körper.

Seine Hände streichelten ihren Hals.

»Nein!«, rief sie. »Nein!«

Kraftlos schlug sie mit den Armen um sich, wie blind. Ein schwacher Faustschlag traf Ted an Nase und Mund.

»Verdammt noch mal«, sagte er. »Was zum Teufel soll das?«

Er trat einen Schritt zurück. Seine früheren Vermutungen, dass sie durch eine Phase der Kaltherzigkeit gegen ihn ging, bestätigten sich; aber mit einem so feindseligen Empfang hatte er nicht gerechnet. Er war wütend, und der Anblick von Marjories Gesicht, das bleich war und verzerrt von Abscheu, machte ihn wütender als je zuvor.

»Ich … ich kann nicht«, stieß Marjorie hervor. »Ich will nicht.«

»Das vergiss mal besser ganz schnell wieder«, sagte Ted. »Du hattest Zeit genug.«

Marjorie schluckte. Dies war der Augenblick, hundertfach schon durchgespielt, in dem sie Ted sagen musste, dass sie mit ihm auf diese Weise nichts mehr zu tun haben wollte, in dem sie ihn dazu überreden musste, sie für den Rest ihres Lebens in Ruhe zu lassen. Im Gegenzug würde sie ihm alle Freiheiten zugestehen, die er sich wünschte – ein-, zweimal in dieser Woche hatte sie sich in hoffnungsvollen Momenten vorgestellt, dass er auf den Vorschlag einging, widerwillig vielleicht. Aber es war noch unendlich viel schwieriger, als sie es sich vorgestellt hatte. Verzweifelt stürzte sie sich in Worte, während sie mit ausgestreckten Armen versuchte, Teds übermächtige Masse auf Abstand zu halten.

»Nein«, sagte sie. »Ich kann nicht mehr mit dir schlafen, Ted. Ich … ich habe mit all dem abgeschlossen. Bitte, bedräng mich nicht mehr. Du kannst tun, was du willst, Ted. Du kannst dir nehmen, wen du willst. Es macht mir nichts aus. Aber lass mich in Frieden. Das … das ist es, was ich sagen wollte, Ted.«

Sie war blind, obwohl sie die Augen offen hatte, so als umgäbe sie ein dichter Nebel. Sie stand da und sah nichts in dem kurzen Schweigen, das folgte. Teds Stimme schien von sehr weit weg zu kommen, als er schließlich sprach.

»Verstehe«, sagte er, und es lag ein gereizter Ton in seiner Stimme. »So stellst du dir das also vor, wie?«

»Ja.«

Sie hatte ihre Sehkraft wiedergewonnen. Jetzt, da sie es alles ausgesprochen hatte, konnte sie ihn wieder deutlich sehen, geschrumpft zu seiner normalen Größe, aber trotzdem nicht weniger bedrohlich. Der rasende und unkontrollierte Wutanfall, mit dem sie gerechnet hatte, deutete sich mit keinem Zeichen an. Er kniff die Augen zusammen und presste die wulstigen Lippen aufeinander. Dieser Ausbruch hatte Ted nicht unvorbereitet getroffen, und er wusste, wie er damit umgehen würde.

»Und du glaubst, damit kommst du durch, ja?«, sagte er mit einer kalten Heftigkeit, die sehr viel furchterregender war als jede Wut. »Ich behalt dich, zahl für deine Kleider und lass dich schicke Urlaube machen, und du kannst dich derart aufführen. Was steckt hinter all dem?«

»Nichts«, erwiderte Marjorie. »Nichts, außer dass ich nicht will.«

»Wer ist der andere Mann?« Ted schoss die Frage wie von einem Katapult auf sie ab. »Wer ist es?«

»Es gibt keinen«, sagte Marjorie standhaft. Mit dieser Frage hatte sie gerechnet, und die Tatsache, dass sie ihr gestellt wurde, half ihr, sich zu fangen.

»Wer ist es?«

»Es gibt keinen«, wiederholte Marjorie. Nichts auf der Welt würde sie dazu bringen, etwas anderes zu sagen. »Es gibt keinen, wirklich und wahrhaftig nicht.«

Ted glaubte ihr – nicht so sehr, weil sie so standhaft log, sondern weil es das war, was er glauben wollte. Es hätte einen schrecklichen Schlag für seine Selbstachtung bedeutet, wenn er erfahren hätte, dass Marjorie einen anderen Mann ihm vorzog. Noch einmal sah er sie aus seinen zusammengekniffenen Augen an, und sie wich vor ihm zurück; und als er sich auf sie zubewegte, wich sie noch weiter zurück. Das allein schon stellte ihn zufrieden. Es gefiel ihm zu sehen, welche Angst sie vor ihm hatte. Irgendwo in seinem Hinterkopf spukte der Gedanke herum, dass es eine herrliche und neue Erfahrung wäre, sie sich ihm gefügig zu machen, solange sie in dieser verschreckten und widerwilligen Stimmung war. Er könnte sie zwingen, das wusste er. Eine perfekte Methode hatte er bereits ersonnen – der Keim der Inspiration hatte seit Jahren in seinen Gedanken nur darauf gewartet, endlich zu sprießen. Die Idee war berauschend und erregend für ihn. Er hoffte nur, dass sie sehr fest und entschlossen an ihrem neuen Kurs festhalten würde. Denn je entschlossener sie wäre und je keuscher und reiner sie zu bleiben wünschte – oder eigentlich, je abstoßender er für sie geworden war –, desto reizender wäre die widerwillige Kapitulation, die er ihr gewiss würde aufzwingen können. Er wusste, dass es eine Methode gab (und er wusste, dass sie daran nicht gedacht hatte, sodass es eine Überraschung für sie sein würde), sie zu sofortiger demütiger Unterwerfung zu zwingen. Der Gedanke erregte ihn; die Vorfreude war köstlich. Er bohrte weiter, um herauszufinden, wie fest entschlossen sie war.

»Du wirst verdammt noch mal tun, was ich dir sage«, knurrte er, Kopf und Kinn vorgereckt.

»Nein!«, rief sie.

»*Doch*, das wirst du!«

»Nein. Das werde ich nicht!«

Jetzt war er überzeugt, dass sie absolut entschlossen war. Umso besser. Bald schon wäre sie seine willfährige Sklavin und würde jeden Befehl gehorsam ausführen, den er ihr zu geben geruhte.

»Jetzt hör mal gut zu«, sagte er. »Du bist ein Dummkopf. Ich könnte dich schlagen – und dich zwingen zu tun, was ich sag.«

»Das darfst du nicht! Du darfst mich nicht zwingen!«

»Oh, das darf ich also nicht, wie? Bist du dir da sicher, ja? Aber ich muss gar nicht dich schlagen. Oben ist ja noch die kleine Anne. Was ist denn mit der? So eine ordentliche Tracht Prügel heute Abend würde ihr sicher nichts schaden. Und mir würd's auch nichts ausmachen, ihr eine zu verpassen. Soll ich raufgehen und sie holen? He?«

»Ted!«

Das war das Allerschrecklichste. Marjorie war kurz vor einer Ohnmacht – sie lehnte sich an die Wand, das Gesicht totenbleich. Sie wusste, dass Ted es tun würde – dass er Anne aus ihrem Bett zerren, sie ausziehen und verprügeln würde.

»He?«, wiederholte Ted und sah sie an. »Komm her zu mir.«

Sie machte den Mund auf, um zu schreien, doch aus ihrer trockenen Kehle drang nur ein kümmerliches leises Geräusch, nicht lauter als das Blöken eines neugeborenen Zickleins.

»Komm her zu mir«, wiederholte Ted. Dies war die Stunde seines Triumphes. Er würde sich keinen Zentimeter auf sie zubewegen. Sie musste zu ihm kommen, auf ihren eigenen Beinen, unterwürfig.

»Es ist deine letzte Chance«, drohte Ted. »Annes letzte Chance.«

»A – a – ah!«, schrie Marjorie.

Die Tür war gleich neben ihr, immer noch weit geöffnet. Noch war eine Flucht möglich. Beim ersten Schritt ergriff hysterische Angst Besitz von ihr. Sie entwich in den Flur, noch bevor sie wusste, dass sie es tun würde. Hinter sich hörte sie Teds Schritte. Sie stürmte zur Haustür, erreichte sie gerade noch rechtzeitig, und dann rannte und rannte und rannte sie durch die Straßen, in denen leichter Nieselregen fiel. Sie trug weder Hut noch Jackett. Ihre Augen quollen über von Tränen, und ihre Oberlippe war voll Schnodder, während sie immer weiterrannte, die abschüssige Simon Street hinunter, bis zur Abzweigung in die Dewsbury Road. Sie rannte schnell und blindlings. Und schlug auch nicht bewusst einen bestimmten Weg ein. Vielleicht wäre sie sogar immer so weitergerannt, wenn es nirgends Hoffnung auf Hilfe gegeben hätte. Doch so lenkten Gewohnheit und Instinkt sie dorthin, wo ihre Mutter war, wo George war, wo sie als Kind zu Hause gewesen war.

Sie rannte lautlos, ohne dass die Absätze ihrer Schuhe aufs Pflaster schlugen, keuchend und schluchzend, aber so schnell wie ein Olympialäufer. Ein, zwei Fußgänger sahen sie vorbeilaufen, drehten sich um und starrten ihr nach. Doch sie war so rasch an ihnen vorbei, und es war so wenig zu gewinnen dabei, sie aufzuhalten oder ihr nachzurufen, dass sie sie verwundert rennen ließen und nichts taten.

Der Riegel der Pforte war ihr seit Kindertagen vertraut. Ihre Hand fand den Türklopfer, ohne danach zu suchen. Sie hämmerte an die Tür, hämmerte wie wahnsinnig, bis ihre Mutter mit raschen Schritten kam, um sie zu öffnen. Auch George stand im Flur, herbeigelockt von dem Getöse.

»Mutter!«, schluchzte Marjorie. »Es ist Ted!«

»Komm herein, Liebes. Komm herein, wir machen erst einmal die Tür zu«, sagte ihre Mutter besänftigend.

Sie ließ kein Anzeichen des Triumphes erkennen. Sie hatte gewusst, dass so etwas binnen Kurzem geschehen musste – was genau, hatte sie nicht voraussagen können, aber irgendeine Zuspitzung dieser Art, die ihr Ted ausliefern würde.

Marjorie stolperte in den Flur hinein. Sie sahen, dass ihr Gesicht tränenüberströmt war. Marjorie wirkte beinahe unmenschlich vor Angst und Übelkeit.

»Was ist los, Liebling?«, fragte George. »Was ist denn nur, Liebste?«

»Es ist Ted!«, wiederholte sie mit kreischend erhobener Stimme. »Er ist ein Teufel! Er ist böse! Ein Schurke!«

»Was hat er getan?«, fragte George.

»Oh, er hat... nein, ich kann nicht hierbleiben! Ich darf nicht hierbleiben! Ich muss zurück! Schnell!« Wirr drehte sie sich wieder zur Tür um und tastete nach dem Riegel.

»Wir gehen mit«, sagte Mutter kurz entschlossen. »George, du begleitest sie. Ich komme in einer Minute nach.«

Sie gingen hinaus auf die Straße, George schweigend und wutentbrannt, Marjorie jetzt kraftlos stolpernd und bei jedem Schritt erbärmlich schluchzend. Einige Augenblicke darauf kam Mutter angelaufen und schloss zu ihnen auf. In ihrer Hand schwang die lederne Tragetasche, und in dieser Tasche war etwas Schweres, doch weder George noch Marjorie bemerkten es. Fünfzig Meter weit sprach keiner ein Wort, und es war Marjorie, die schließlich das Schweigen brach. Ihre Stimme klang ganz matt jetzt, so als würde sie nur hauchen, was sie sagte.

»Beeilt euch!«, sagte sie und versuchte, mit gutem Beispiel voranzugehen, doch ihre kraftlosen Beine gaben fast unter ihr nach. »Er will Anne verprügeln! Vielleicht schlägt er sie schon.«

»Warum will er das tun?«, fragte George.

»Damit ich mit ihm schlafe. Er ist grausam. Er ist scheußlich. George, du weißt nicht, wie er ist. Er ist… er ist… oh, beeilt euch, beeilt euch!«

Sie zwang sich vorwärtszugehen. Es dauerte eine Minute, bis sie wieder Atem genug geschöpft hatte, um zu sprechen.

»Was wollen wir zu ihm sagen, Mutter?«, fragte Marjorie.

»Wir sagen gar nichts zu ihm«, erwiderte Mutter grimmig. »Wir töten ihn.«

George neben ihr stieß einen schnellen, schneidenden Atemzug aus. Er hatte gehört, was sie gesagt hatte, und es entsprach genau dem, was er selbst empfand. Er war verrückt, ja außer sich vor Wut. Doch er verschwendete keinen Gedanken an eine Waffe, als er die Hände zu Fäusten ballte; er wusste nicht, was da so schwer in der Ledertasche schwang, die Mrs Clair trug. Marjorie hatte es auch gehört. Sie war verwirrt und betäubt vor Kummer, aber sie hatte es gehört und verstanden. Wenn Ted starb, wäre Anne für immer in Sicherheit. Das war ihr vorherrschender Gedanke. Sehr dunkel und verschwommen dachte sie außerdem, dass Teds Tod auch all ihre anderen Probleme lösen würde. Doch sie war zu sehr in Eile und zu sehr von Angst beherrscht, um diese Ahnung weiterzuverfolgen.

»Ich habe darüber nachgedacht, wie wir es machen können«, sagte Mutter, bereit, jede Unentschlossenheit zu bekämpfen. Doch das war gar nicht nötig. Keiner hatte einen Kommentar abzugeben. Weder George noch Marjorie konnten klar genug denken, um sich von irgendeiner Konsequenz abschrecken zu lassen oder überhaupt die Möglichkeit von Konsequenzen in Betracht zu ziehen. Sie eilten schnell durch die Straßen, alle drei. Die Anhöhe der Simon Street hielt sie nicht auf. Dann hasteten sie den abschüssigen Harrison Way entlang.

»Hier hinein«, sagte Mutter, wie immer alle praktischen Details bedenkend.

Sie gingen durch die Seitentür ins Haus, in die Küche, und blieben dort einen Augenblick stehen. Mutter lauschte, die anderen beiden waren unschlüssig.

»Kommt«, sagte Mutter, die lederne Tragetasche immer noch in der Hand. Sie wollten ihr beide in den Flur folgen, doch Marjorie drängte sie zurück.

»Warte hier«, sagte sie zu ihr, und dann zog sie George mit sich ins Wohnzimmer.

Marjorie stand auf der Türschwelle zwischen Küche und Flur, wo ihre Mutter sie aufgehalten hatte, und hörte, wie die Wohnzimmertür geöffnet wurde.

»Was zum Teufel?«, hörte sie Ted laut und wütend sagen. »Was zum Teufel habt ihr in meinem Haus zu suchen? Raus hier, alle beide.«

Ted war naturgemäß wütend. Ihm war der Triumph über seine Ehefrau verwehrt worden, und auch wenn er wusste, dass es nur ein Aufschub war, dass sie bald zu ihm zurückgekrochen kommen würde, gezähmt und unterwürfig, reizte ein Aufschub ihn bis aufs Blut, vor allem ein Aufschub nach Sperrstunde der Pubs.

»Hört ihr nicht, was ich sage?« Teds Stimme erreichte Marjories Ohr ganz mühelos. »Raus hier. Und was Sie angeht, junger Mann …«

»Nimm das, George«, sagte die Stimme ihrer Mutter, ruhig und gelassen.

Marjorie konnte nicht einschätzen, was sie ihm da gab. Dann hörte sie Ted erstaunt und ängstlich »Herrje!« rufen, und gleich darauf das gedämpfte Geräusch eines Schlags und dann ein Aufschlagen. Jemand – es schien ihr, als hätte sie die Stimme noch nie zuvor gehört – begann zu jammern.

»Ooh – ooh!«, rief die Stimme kläglich.

»Schlag noch einmal zu, George«, sagte Mutter.

Marjorie hörte ein knirschendes Geräusch, und dann hörte sie es noch einmal. Doch das Gejammer war schon beim ersten Mal verstummt.

Schließlich kam Mutter in den Flur zurück. Ihr Gesicht war totenbleich, doch sie wirkte sehr ruhig und gelassen.

»Jetzt ist alles gut, Liebes«, sagte sie. »Du kannst hereinkommen.«

Auf dem Boden lag etwas; es trug Teds Bürokleider, und eine schwarze – nein, eine rote – Lache hatte sich darum gebildet. George stand da mit hochrotem Kopf und geblähten Nüstern. Er atmete so schwer wie ein Hund im Sommer, und in seiner rechten Hand schwang müßig eine kleine Axt, die auch von etwas Rotem überzogen war. Mit starrem Blick und völlig reglos blickte er die gegenüberliegende Wand an – reglos bis auf das müßige Schwingen der Axt. Etwas von dem Roten an der Axt formte sich zu einem länglichen, zähen Tropfen, wie Sirup, und dann fiel es mit einem »Plopp« auf das Linoleum.

»Wir haben viel Zeit«, sagte Mutter und sah auf die Uhr, die immer noch auf dem Kaminsims tickte. »Aber wir sollten sie nicht verschwenden. Also, gib mir das, George.«

Sie nahm die Axt aus seiner willenlosen Hand, stand einen Augenblick lang da, als müsste sie überlegen, was sie damit tun sollte, und trug sie dann hinaus in die Küche. Marjorie hörte, wie der Eisendeckel des Heißwasserboilers angehoben und wieder geschlossen wurde. Mutter hatte sie offenbar da versenkt. Rasch kam Mutter zurück.

»Ich habe das Gas unter den Kesseln angemacht«, sagte sie. »Wir werden eine Menge heißes Wasser brauchen, um diese Schweinerei zu beseitigen. Du kannst schon einmal damit anfangen, Marjorie, während George und ich weg sind. Es darf kein Anzeichen, nicht eine Spur übrig bleiben. Den Teppich werden wir waschen müssen.«

»Was hast du vor?«, fragte Marjorie – die ersten Worte, die sie sprach, seit sie das Haus betreten hatte.

Mrs Clair beugte sich vor zu ihnen, damit das, was sie zu sagen hatte, einen stärkeren Eindruck auf sie machte. Bei ihren ersten Worten ergriff sie George am Revers und schüttelte ihn, um ihn wieder zu sich zu bringen.

»Wir werden ihn zur Eisenbahn hinaustragen«, erklärte sie, »und ihn auf die Schienen legen. Bevor es morgen hell genug ist, um ihn zu sehen, werden schon ein Dutzend Züge über ihn hinweggerollt sein. Niemand wird je beurteilen können, dass es ... das hier ... gewesen ist und kein Selbstmord.«

»Mutter!«, rief Marjorie, die nicht so sehr schockiert als vielmehr überrascht darüber war, welches Doppelspiel ihre Mutter trieb und wie rasch sie einen Ausweg fand.

»Oh«, sagte Mrs Clair. »Ich habe alles gut vorbereitet. Der Polizei habe ich schon vor Tagen erzählt, dass er sich merkwürdig verhält.«

Ohne zusammenzuzucken, sah sie George und Marjorie in die Augen. Sie konnten gern rätseln, wie viel davon sie geplant hatte, es war ihr egal, jetzt, da es erfolgreich gewesen war. Sie hatte nicht vorhergesehen, dass es an diesem bestimmten Abend und auf diese bestimmte Weise geschehen würde – sie hatte lediglich dafür gesorgt, dass ein Streit unvermeidlich, ein gewalttätiges Verbrechen unvermeidlich wurde, und sich bereitgehalten, die Waffe zur Verfügung zu stellen und die Mittel, um die beiden vor den Konsequenzen zu retten. Wahrscheinlich würden sie nie erraten, wie viel davon geplant gewesen war und wie viel unvermeidlicherweise auf Zufall beruht hatte.

»Oh, jetzt macht schon«, sagte Mrs Clair unwirsch. »Wir dürfen keine Zeit mehr verschwenden. George, du nimmst ihn bei den Schultern. Jetzt reiß dich zusammen, George.

Recht so. Nimm ihn bei den Schultern, ich nehme seine Beine. Mach das Licht aus, Marjorie, und dann öffne die Verandatür. Dort entlang. Komm, George.«

Mrs Clair flüsterte jetzt, da die Tür offen war.

»Dort steht ein Sessel, George. Pass auf, dass du darum herumkommst. Denk an die Stufe. Da kommt sie gleich. Recht so. Sei leise.«

Ihre langsamen leisen Schritte verloren sich den Weg hinunter. Marjorie stand einen Moment lang auf der Stufe bei der Verandatür. Ihr Kopf klarte rasch auf. Sie zog die Tür heran, ließ sie aber offen. Dann zog sie die Gardine wieder vor und schlich durch das dunkle Wohnzimmer hindurch in den hell erleuchteten Flur. Sie hatte ein klares Bild von der dunklen Lache am anderen Ende des Zimmers vor Augen, von ihrer Form und von ihrer Größe. Sogar in der Dunkelheit war sie in der Lage, ihr auszuweichen, doch sie schauderte, als sie daran vorbeiging.

19

Sergeant Hale ging soeben die Simon Street entlang. Er hatte am späteren Abend noch ein Treffen mit einem »Singvogel« – mit einem Mann, der bereit war, ihm für ein paar Shilling Auskunft über die kriminellen Tätigkeiten seiner Kumpane zu geben. Hale rechnete heute Abend nicht mit Informationen; der Zweck dieses Treffens bestand nur darin, dem Singvogel das Geld auszuhändigen, das er in der letzten Zeit verdient hatte. Das würde nur einen Augenblick lang dauern. Aber die Uhrzeit war ohnehin so spät gewählt, nach der Sperrstunde der Pubs, dass höchstwahrscheinlich niemand sie sehen würde, und der Ort des Rendezvous lag so abseits, dass es sicher war.

Sergeant Hale wusste, dass er zehn Minuten zu früh dran war, als er schweren Schrittes, aber auf seinen Gummisohlen dennoch lautlos, die Simon Street entlangging. Es war eine seiner bedauerlichen Schwächen, deren er sich schon seit Kindertagen bewusst war, dass er zu jedem Treffen immer zehn Minuten zu früh dran war. An der Abzweigung zum Trampelpfad an den Eisenbahnschienen, hinter den Häusern mit den ungeraden Hausnummern im Harrison Way, blieb er einen Augenblick lang stehen. Wenn er einen Umweg machte, diesem Trampelpfad bis ans andere Ende folgte und so durch die Trecastle Road zu dem Treffen ging, würde er mindestens fünf Minuten zu spät kommen, oder sogar noch mehr. Eine Aussicht, die ihm nicht wirklich behagte, und sein erster Impuls war, den Gedanken zu verwerfen. Schließlich war Constable Clough, der dieses Revier zurzeit hatte, zuverlässig und daher sicher auch auf dem Trampelpfad ordnungsgemäß Patrouille gegangen.

Sergeant Hale wollte schon die Simon Street entlanggehen, als er sich mit dem nächsten Gedanken daran erinnerte, wie diese Frau – wie hieß sie noch? Ach ja, Mrs Clair – mit ihm über ihren Schwiegersohn gesprochen hatte, der in einem der Häuser wohnte, deren Rückseite auf diesen Trampelpfad hinausging – in der Nr. 77, wo die junge Frau sich mit Gas umgebracht hatte. Hatte sie nicht erzählt, dass er nicht ganz richtig sei im Kopf? Das war es, was den Ausschlag gab. Der Sergeant beschloss, dass er genauso gut auch den Trampelpfad entlanggehen könnte, nur um zu sehen, ob dort irgendetwas seiner Aufmerksamkeit bedurfte.

In Nr. 77 brannte Licht im Wohnzimmer nach hinten hinaus, das hell durch die Gardine der Verandatür fiel. Das war alles, als der Sergeant an der Gartenpforte ankam. Er wollte schon weitergehen, da hörte er, wie eine Tür – es klang wie die Tür von der Küche in die Waschküche – auf- und wieder zuging; und kurz darauf wurde hinten im Haus noch ein Licht angeschaltet, das nicht direkt in den Garten schien, sondern seitlich auf das Haus nebenan. Offenbar war soeben jemand nach Hause gekommen und hatte das Haus durch die Seitentür betreten. Der Sergeant wartete untätig bei der Hecke ab. Dieses Anzeichen von Aktivität im Haus war gerade auffällig genug in Verbindung mit dem, was Mrs Clair ihm erzählt hatte, dass er noch ein, zwei Augenblicke länger wartete, fast gegen seinen Willen.

Dann hörte er deutlich die Stimme eines Mannes, die in Wut oder Überraschung erhoben wurde, und dann verstummte diese Stimme plötzlich. Sogar das war alles vergleichsweise unauffällig – aber dennoch eben genug, um den Sergeant daran zu hindern, seinen Weg fortzusetzen. Das Licht im Wohnzimmer erlosch. Vermutlich gingen sie jetzt zu Bett – aber nein, da wurde vorsichtig die Verandatür geöffnet. Der Sergeant hörte das unverkennbare leise, etwas gedämpfte Geräusch. Das war schon interessanter. Jemand flüsterte, jemand schlich langsam den Weg entlang. Der Sergeant wich von der Pforte zurück, an der Hecke entlang, in der er eine kleine Lücke fand, die ihn in der Dunkelheit verbergen würde. Wer immer da kam – und es klang, als wenn es zwei Leute wären –, kam den Weg entlanggeschlichen. Die Pforte quietschte ein wenig, und jemand trat heraus und sah sich nach beiden Seiten um, so als wollte er sich versichern, dass niemand da war. Sergeant Hale stand reglos in seiner Nische in der Hecke. Jetzt hörte er erneut ein Flüstern – die Stimme einer Frau.

»Komm«, sagte sie. »Es ist alles in Ordnung.«

Ihren bedächtigen Schritten nach zu urteilen, schienen sie etwas Schweres zu tragen. Und so war es auch. Mit scharfen nervösen Atemstößen hoben sie ihre Last auf das Geländer, das den Trampelpfad von den Eisenbahnschienen abgrenzte. Einer von ihnen begann darüberzuklettern, und Sergeant Hale fand, dass es jetzt an der Zeit sei einzugreifen.

»Was geht hier vor sich?«, fragte er aus der Hecke hervortretend.

Die Frau schrie auf vor Angst und Überraschung; der Mann, dem trotz der Dunkelheit das Schuldbewusstsein an jeder seiner Bewegungen abzulesen war, sprang von dem Geländer wieder herunter. Keiner der beiden sagte ein Wort.

»Was haben Sie da?«, fragte Sergeant Hale. Er hegte keinerlei Verdacht, was es sein könnte, und so holte er seine elektrische Taschenlampe hervor und leuchtete das Bündel an, das am Geländer lehnte.

»Mein Gott!«, rief er und griff blitzschnell mit der Hand nach seiner Polizeipfeife.

Da erwachte Mrs Clairs Geistesgegenwart wieder zu neuem Leben. Sie packte seine Hand und hielt sie fest.

»Komm schon, George!«, rief sie. »Schlag ihn! Schnapp ihn dir!« George kam herangesaust und nahm die massige Gestalt des Sergeants in genau dem Moment mit beiden Armen in den Klammergriff, als der Sergeant Mrs Clair abgeschüttelt hatte. Die Männer wankten und taumelten in einem harten Kampf, und sie keuchten beide vor Anstrengung. George war geistig immer noch benommen, so wie schon die ganze Zeit, seit er im Wohnzimmer jenen Schlag ausgeführt hatte. Er wehrte sich tapfer gegen den kampferprobten Polizisten. Doch selbst als es dem Ende zuging, drehte Mrs Clair sich erneut herum und rannte wild drauflos den Gartenweg zurück. Ein einziger Gedanke schoss ihr durch den Kopf, während sie rannte – sie dankte Gott, dass sie die Voraussicht besessen hatte, die fünfzig Pfund von ihrem Bankkonto abzuheben, und dass sie sie heute Abend in ihrer Handtasche dabeihatte.

Sie riss die Verandatür auf. Marjorie betrat eben das Wohnzimmer, einen Eimer heißes Wasser in der einen und eine Scheuerbürste in der anderen Hand. Als ihre Mutter so unvermittelt hereinkam, erschrak sie und schrie auf. Der Eimer fiel klappernd zu Boden, und ein Sturzbach von Wasser ergoss sich in das Zimmer.

»Komm mit!«, rief Mrs Clair. »Komm mit! Mach dir darum keine Sorgen.«

Hastig zerrte sie ihre Handtasche aus der ledernen Tragetasche, die auf dem Beistelltisch lag. Dann ergriff sie Marjorie am Arm und zog sie aus dem Wohnzimmer.

»Ist dein Hut oben?«, fragte sie im Flur.

»Ja«, sagte Marjorie.

»Dann müssen wir ohne ihn auskommen.«

Sie riss die Haustür auf und drängte Marjorie auf die Straße hinaus. Sie rannten beinahe, als sie sich auf den Weg Richtung High Street machten. Nach kaum hundert Metern hörten sie hinter sich den Laut einer Polizeipfeife, der klar und durchdringend durch die stille Nacht gellte.

»Wir dürfen uns nicht mehr so beeilen«, sagte Mrs Clair. Sie zügelte ihren Schritt, und jetzt gingen sie beide fast langsam dahin, zwei offensichtlich anständige und harmlose Frauen, die sehr wohl den schrillen Laut der Polizeipfeife hinter sich ignorieren durften.

Nur zwei, drei Leute kamen an ihre Haustür bei dem Laut, und Mrs Clair und Marjorie gingen ruhig an ihnen vorüber; jeder Schritt brachte sie der Sicherheit ein Stück näher. Schließlich bogen sie um eine Straßenecke, und dann um noch eine. Jetzt waren sie in der High Street, und eine halbe Sekunde stand Mrs Clair unschlüssig da und verschwendete Zeit auf die Frage, in welche Richtung es nun weitergehen sollte. Ein herannahender Autobus brachte die Entscheidung. Sie hob die Hand, damit er anhielt, und sie stiegen ein.

»Zweimal, bis zur Endstation«, sagte Mrs Clair und gab dem Schaffner einen Shilling aus ihrer Handtasche.

Es war eine lange Fahrt, ganz bis nach Croydon. Fahrgäste stiegen ein und aus, und bei jedem neuen Halt blickten die Frauen sich um aus Angst, dass ein Polizist eingestiegen sein könnte. Mrs Clair zitterte vor Angst; doch es war nicht die Angst vor den Konsequenzen, die ihre Tat nach sich ziehen würde, sondern die blinde, panische Angst der Verfolgten, jetzt, da der entscheidende Augenblick vorüber war. Sie fühlte sich kraftlos und fror. Ihr war bewusst, dass ihr Gesicht bleich war und ihre Hände zitterten. Dann bemerkte sie, dass

Marjorie neben ihr vor Schluchzen bebte. Das würde Aufmerksamkeit auf sie lenken. Die Leute würden sich leicht an eine junge Frau erinnern, die ohne Hut und ohne Jackett an einem regnerischen Abend schluchzend in einem Autobus gesessen hatte. Das würde den Verfolgern später helfen. Mrs Clair zwang sich, darüber Freude zu empfinden, dass sie in keiner akuten Gefahr schwebten, dass niemand sie in den nächsten Minuten verhaften würde.

Mrs Clair sammelte ihre versiegenden Kräfte. Wenn es nur um sie ginge, würde sie zu dem stehen, was sie getan hatte, doch die arme kleine Marjorie musste umsorgt und beschützt werden. Sie setzte sich aufrecht hin und zwang sich, heiter und gelassen zu erscheinen, und sie stupste Marjorie an, um deren Aufmerksamkeit auf sich zu lenken. Marjorie erschrak und sah sich um und bemerkte dann das ernste Stirnrunzeln ihrer Mutter und ihr Kopfschütteln. Was Marjorie seltsam an den wortlosen Tadel erinnerte, den sie vor fast dreißig Jahren in der Kirche bekommen hatte, wenn die Predigt ihr zu langweilig geworden war. Die Warnung übermittelte sich durch die Gesten ihrer Mutter, doch in weit größerem Maße noch beruhigte Marjorie das Beispiel ihrer anscheinend so gelassenen Mutter. Sie versuchte, ihr Schluchzen in den Griff zu bekommen, und setzte sich in einer natürlichen Haltung hin. Sie konnten nicht miteinander reden, konnten kein bedeutungsloses Gespräch führen, was am besten gewesen wäre, wenn sie unauffällig wirken wollten. Und so saßen sie beide einfach nur steif da, Seite an Seite, und bemühten sich, nicht jedes Mal über die Schulter zu schauen, wenn wieder jemand neu zugestiegen war, den ganzen Weg bis nach Croydon.

Mrs Clair hatte eigentlich auch keine Zeit oder Energie übrig, um ihre Schauspielkunst zu verfeinern. Ihre Gedanken waren vollauf damit beschäftigt, Fluchtpläne zu schmieden.

Abgesehen von der einfachen Vorsichtsmaßnahme, die fünfzig Pfund von ihrem Bankkonto abzuheben, hatte sie noch keinen Gedanken daran verschwendet; so zuversichtlich war sie gewesen, dass es keinen Grund zur Flucht geben würde. Jetzt erschien ihr sogar die lange Fahrt nach Croydon zu kurz, um die Einzelheiten dessen zu bedenken, was sie als Nächstes tun sollten – und die Einzelheiten waren, wie Mrs Clair deutlich erkannte, genauso wichtig wie der generelle Plan.

Croydon war ein großer Verkehrsknotenpunkt, das wusste sie, von dort fuhren Züge und Busse in alle Richtungen, nach London hinein, in andere Vorstädte, hinunter an die Küste. Sie mussten die Küste erreichen, entschied sie auf Anhieb. Die Urlaubssaison war immer noch auf dem Höhepunkt. Der August war noch nicht einmal vorüber. Sie waren jetzt zwei heimatlose Frauen, und was war natürlicher für zwei Frauen, als vorübergehend Unterkunft in einem Urlaubsort zu suchen? Und dann war da noch die Frage nach heute Abend. Ohne Gepäck, und Marjorie ohne Hut oder Jackett, würde man sie in jedem Hotel und jeder Pension entsetzt ansehen, und man würde sich später an sie erinnern. Morgen könnten sie das in Ordnung bringen, doch heute Abend dürfte es schwierig für sie werden, ein Zimmer zu finden. Mrs Clair beschwor ihre Erinnerungen an die Städte an der Küste im Süden herauf und fragte sich, ob sie dort irgendwo die ganze Nacht lang unterkommen könnten oder nicht.

»Bahnhof Croydon-Ost«, rief der Schaffner, als der Bus anhielt.

Wieder stupste Mrs Clair ihre Tochter an, und sie folgten der großen Menge Fahrgäste, die aus dem Bus ausstiegen. In der hell erleuchteten Schalterhalle musterte Mrs Clair die Anzeigetafel. Heute Abend würde noch ein Zug nach Brighton fahren, in einer Viertelstunde. Sie machte ihre Handtasche auf, zog eine Banknote aus ihrer kostbaren Geldrolle und ging an das Schalterfenster.

»Drei einfache Fahrten nach Brighton, bitte«, sagte sie bestimmt. Als sie die Stufen zum Bahnsteig hinuntergingen, flüsterte Marjorie eindringlich auf sie ein – inzwischen hatte sie sich, dank des Beispiels ihrer Mutter, wieder so weit erholt, dass sie ein Interesse fasste an ihren Plänen.

»Warum hast du denn drei Fahrkarten gekauft?«, fragte sie.

»Mach dir keine Gedanken«, erwiderte Mrs Clair.

Eine Fahrkarte wanderte in ihre Handtasche, und an der Sperre hielt sie nur zwei zum Lochen hin. Sie hatte sich von der Überlegung leiten lassen, dass die Polizei nach zwei Frauen suchen würde; der Kauf von drei Fahrkarten würde sie von ihrer Spur abbringen, wenn sie dieser ganz bis hierher in die Schalterhalle des Bahnhofs von Croydon gefolgt waren. Aber sie konnte sich nicht überwinden, das Marjorie zu erklären. Das Thema schien ihr zu heikel, um es mit ihr zu besprechen. Deshalb hatte sie »Mach dir keine Gedanken« gesagt, genau so, wie sie es auch getan hatte, als die kleine Marjorie angefangen hatte, Fragen danach zu stellen, wie sie auf die Welt gekommen sei. Und Marjorie wurde von der Antwort ihrer Mutter ebenfalls daran erinnert. In ihrer neuen Hilflosigkeit und Abhängigkeit von ihrer Mutter schien sie wieder zu einem Kind zu werden.

Trödelnd kam ein Junge vorbei, der Abendzeitungen verkaufte; Mrs Clair nahm zwei. Dann fuhr der Zug ein, und die Hälfte der Fahrgäste stieg aus. Es saßen nur noch drei weitere Leute in dem Waggon, den Mrs Clair aussuchte, und es gelang ihr, Marjorie in eine Ecke zu setzen und neben ihr Platz zu nehmen. Sie reichte ihr eine der beiden Zeitungen, und um mit gutem Beispiel voranzugehen, schlug sie die andere auf und hielt sie sich vors Gesicht. Inzwischen konnte Mrs Clair wieder rasch und klar alles bedenken. Es wäre zumindest nicht ihr Fehler, wenn die anderen Fahrgäste sie später an den Beschreibungen wiedererkennen würden. Der Zug ratterte gleichmäßig durch die Dunkelheit dahin, und sein beständiger Rhythmus wurde nur von den Zwischenstopps an den Bahnhöfen auf der Strecke unterbrochen – dies war der letzte Nahverkehrszug zwischen London und Brighton. Die anderen drei Fahrgäste, der Mann mit den Gamaschen und der goldenen Uhrkette, die Frau, die bei Peter Robinson's eingekauft hatte, und der Jüngling mit dem bleichen Gesicht, stiegen aus dem Zug, ehe sie Brighton erreichten, doch ein junges, immer wieder kicherndes Ehepaar stieg ein, sodass sie auf der trostlosen Fahrt nie allein waren. Marjorie las denselben Artikel – irgendetwas, das mit Wertpapieren und Aktien zu tun hatte – wieder und wieder, während sie sich die vor ihren Augen hin und her schwankende Zeitung vors Gesicht hielt. Und am Ende der Reise hatte sie den Artikel genauso wenig verstanden wie zu Beginn.

Als der Zug in Brighton anhielt, blieb Mrs Clair noch einen Augenblick lang sitzen, um dem jungen Paar Gelegenheit zu geben, den Waggon zu verlassen, bevor sie ausstiegen. Marjorie hatte die Zeitung auf den Sitz gelegt in der Absicht, sie dort liegen zu lassen, doch ihre Mutter nahm sie mit.

»Die brauchen wir sicher noch«, sagte sie rätselhaft.

An der Sperre wurden ihnen die Fahrkarten ohne eine Frage und ohne einen prüfenden Blick abgenommen, und dann standen sie draußen auf der Straße. Inzwischen regnete es nur noch ganz leicht, ein fast unerhebliches Nieseln, und hier in dieser Stadt der Urlauber würde Marjorie ohne Hut nicht einmal auffallen.

»Was sollen wir nur *tun*?«, fragte Marjorie, und dann

schauderte sie und klammerte sich an den Arm ihrer Mutter. Sie erinnerte sich nur zu gut an die anderen Gelegenheiten, als diese Frage gestellt worden war.

»Oh, es wird alles gut werden, Liebes«, sagte ihre Mutter gelassen.

Die leichte Anhöhe hinunter ging es natürlich ans Meer, zu den bunten Lichtern und zur Promenade – das waren jedoch nicht Mrs Clairs Schlussfolgerungen aus der Topografie, sondern das sagte ihr die Erfahrung, die sie bei den Besuchen vieler anderer Küstenstädte gewonnen hatte. Die bunten Lichter waren inzwischen fast alle schon abgeschaltet, aber die Promenade erstrahlte noch im Schein der Straßenlaternen, und als sie dort ankamen, wurden sie vom sanften Rauschen der an den Strand schlagenden Schönwetterwellen begrüßt. Die Brise vom Meer her war eine Wohltat nach der stickigen Luft des Eisenbahnwaggons. Sie rief eine Welle von Erinnerungen wach in Marjorie. Das letzte Mal, als sie Seeluft geatmet hatte, war George bei ihr gewesen. Dann tauchte, ganz widersinnig, eine neue Erinnerung empor, die die vorangegangene auslöschte – die Erinnerung an etwas Zusammengekauertes in einer roten Lache auf dem Linoleum im Wohnzimmer.

»Oh, Mutter, Mutter«, sagte Marjorie.

Mrs Clairs dünner Arm schmerzte, wo die Finger ihrer Tochter sich in ihn krallten.

»Na, na«, erwiderte sie besänftigend. »Nur noch etwas weiter.«

Jetzt waren sie auf der Promenade, in der Nähe des Piers. Mrs Clair ging mit festen Schritten auf das Stadtviertel Kemp Town zu. In einem der Pavillons dort saßen noch zwei Leute – wahrscheinlich ein Liebespaar. Sie gingen noch an einigen weiteren Pavillons vorbei, ehe Mrs Clair innehielt.

»Hier setzen wir uns hin«, sagte sie.

Sie ließ sich auf der Bank dort nieder und bemerkte plötzlich, dass sie sehr, sehr müde war. Marjorie setzte sich neben sie.

»Hier«, sagte Mrs Clair. »Die habe ich mitgenommen, damit dir nicht so kalt wird.«

Im Zug hatte Mrs Clair sich daran erinnert, dass Zeitungspapier half, wenn man der Kälte ausgesetzt war. Damals in den Kriegsjahren hatte sie Lagen von Zeitungspapier zwischen die Bettdecken gelegt.

»Damit wickeln wir dich ein«, sagte Mrs Clair. »Unter dem Rock.«

Marjorie stand gehorsam da, während ihre Mutter ihr den Rock anhob und sie mit einem zusätzlichen Petticoat aus Zeitungspapier ausstaffierte.

»Na also«, sagte Mrs Clair. »Schon besser. Einen Moment noch. Ich falte nur das hier noch zusammen, dann kannst du dich mit dem ... dann kannst du dich darauf setzen. Ist es bequem so? Und jetzt versuch zu schlafen, Liebes. Leg deine Beine hoch. Genau so. Gute Nacht, Liebes.«

Als der Verkehr ganz aufhörte, nahmen sie das Geräusch des Meeres immer noch deutlicher wahr. Sie konnten hören, wie die kleinen Wellen sich am Strand brachen und wie es in den Kieseln rauschte, wenn das Wasser wieder abfloss. Eine Zeit lang glaubte Marjorie beinahe daran, dass sie wirklich einschlafen würde. Sie war so müde, und ihre Mutter hatte sich rührend um sie bemüht. Doch als sie mit geschlossenen Augen dasaß, hörte sie gemessene Schritte herannahen. Ihre Glieder wurden steif. Sie war starr vor Angst. Mord! War das die Polizei, die sie verhaften kam? Sie starrte durch die Dunkelheit das Profil ihrer Mutter an, das undeutlich in der anderen Ecke des Pavillons zu erkennen war.

»Mutter!«, sagte sie angsterfüllt.

»Scht!«, machte Mrs Clair.

Die Schritte kamen näher. Jetzt waren sie auf ihrer Höhe. Und dann gingen sie vorüber – es war nur ein verspäteter Passant gewesen, der die Promenade entlang nach Hause ging.

»Schlaf jetzt, Liebling«, sagte Mrs Clair. »Mutter ist bei dir.«

Auch das war eine alte Formel, dreißig Jahre alt.

Es dauerte eine Weile, bis Marjories stark pochendes Herz sich wieder beruhigt hatte. Dann döste sie ein, mehr als ein Mal, aber immer nur leicht und unruhig. Jedes Mal wieder schreckte sie schwitzend vor Angst auf. Neue furchterregende Gedanken waren ihr gekommen. Zu jenem Zeitpunkt hatte sie Teds Auge gar nicht bemerkt – das eine Auge, das zu sehen war –, doch jetzt erinnerte sie sich deutlich daran. Halb geöffnet und matt war es gewesen, sodass man gerade eben noch ein bisschen von dem leblosen Weiß und der Pupille erkennen konnte. Das Bild erschien ihr, um das Zwanzigfache vergrößert, im Schlaf.

»Scht, Liebling!«, sagte Mrs Clair. »Mutter passt auf dich auf.«

Und dann kam ihr ein weiterer Gedanke, ein noch viel schrecklicherer, wenn das möglich war.

»Mutter!«, sagte sie aus ihrem Dösen aufschreckend. »Was wird aus den Kindern?«

»Es wird sich schon jemand um sie kümmern. Mach dir darum keine Sorgen«, erwiderte Mrs Clair beruhigend.

Das musste Telepathie gewesen sein, denn Marjorie hatte diese Frage genau in dem Augenblick gestellt, als Mrs Clair selbst voller Angst und Schrecken an die Kinder gedacht hatte. Doch sie erlaubte es sich nicht, irgendein Anzeichen ihrer Angst durchscheinen zu lassen, als sie ihre Tochter beruhigte.

»Ich meine nicht jetzt, Mutter«, fuhr Marjorie ungestüm fort – bislang war sie noch gar nicht auf den Gedanken gekommen, dass die schlafenden Kinder in diesem Moment allein zu Hause waren –, »ich meine, was wird aus ihnen werden? Was sollen sie tun, wenn … wenn …«

Marjorie fehlte es an Worten, um die ungewisse Aussicht darauf, ob sie der Polizei entkommen würden oder nicht, zu beschreiben.

»Oh, mach dir jetzt keine Sorgen um die beiden, Liebes. Es wird ihnen gut gehen. Darum kümmern wir uns später.«

Mrs Clair hatte nicht die geringste Vorstellung davon, was aus den Kindern werden würde – ihr schmerzte der Kopf, wenn sie nur daran dachte –, doch sie sprach so bestimmt und beruhigend, wie sie konnte.

»Und dann ist da ja auch noch George, Mutter! Was ist aus ihm geworden?«

»Das weiß ich nicht, Liebes. Aber mach dir keine Sorgen. Schlaf, Liebes.«

»Haben sie … haben sie ihn erwischt?«

»Vielleicht, Liebes. Vielleicht auch nicht. Das werden wir morgen erfahren. Komm, schlaf jetzt, sei ein braves Mädchen.«

Später drang nächtliche Kälte durch das Zeitungspapier, mit dem Mrs Clair versuchte hatte, ihre Tochter warm zu halten.

»Ich friere so, Mutter. Ich zittere.«

Marjorie war mehr denn je das kleine Kind, das Mrs Clair an ihren Busen gedrückt hatte.

»Armes Lämmchen!«, sagte sie. »Hier! Ist ja schon gut.«

Mrs Clair zog ihr Jackett aus und wickelte es ihrer Tochter um die Beine.

»Und du, Mutter?«

»Ich? Mir geht's gut. Und jetzt mach die Augen zu, dann schläfst du ein, noch ehe du Jack Robinson sagen kannst.«

Die sanfte Brandung schlug weiter an den Strand. Eine Zeit lang schlief Marjorie tatsächlich, trotz zitternder Glieder und klappernder Zähne, und ihre Mutter saß aufrecht da, wachte über sie und versagte es sich eisern, selbst zu zittern oder mit den Zähnen zu klappern.

Langsam zog am Himmel die Morgendämmerung herauf, und die Landschaft wandelte sich von Schwarz zu Grau, ehe Marjorie wieder aufwachte.

»Es ist schon Tag, Mutter. Können wir jetzt gehen?«

»Nein, noch nicht, Liebes.«

Sie machten sich weniger verdächtig, meinte Mrs Clair, wenn sie still hier in dem Pavillon sitzen blieben, anstatt in der Stadt herumzulaufen, wo sie noch nichts tun konnten und wo inzwischen schon einige Leute auf den Straßen sein würden. Jetzt kamen die ersten hartgesottenen Urlauber, die schon vor dem Frühstück baden gingen, und überquerten auf ihrem Weg an den Strand hinunter die Promenade. Die Frauen sahen mit müden Augen zu, wie sie ins Wasser gingen, manche furchtsam, manche kühn. Es war schon nach acht Uhr, als Mrs Clair beschloss, dass es nun sicher genug sei, den Ort zu wechseln.

»Ich glaube, jetzt können wir gehen, Liebes. Wir werden sicher irgendwo ein Frühstück bekommen. Aber richte erst mal dein Haar her, Lämmchen. Hier – nimm meinen Kamm und meinen Spiegel.«

Sie musterte Marjorie ängstlich, um sich zu vergewissern, dass so wenige Anzeichen wie möglich darauf hindeuteten, wie sie die Nacht verbracht hatte.

»Wie schade«, sagte Mrs Clair, »dass ich gar keine Schminkutensilien für dich habe. Das wird zu den ersten

Dingen gehören, die wir kaufen. Aber jetzt komm und lass uns irgendwo einen Tee trinken.«

Die Reklameplakate mit den Schlagzeilen standen schon draußen vor den Zeitungsläden. Ein ganzer Wald davon stach ihnen ins Auge, als sie um eine Ecke bogen. Und als sie wieder in die Stadt hinaufgingen, blieb Marjorie plötzlich stehen und klammerte sich an den Arm ihrer Mutter.

»Rätselhafter Vorstadt-Tod. Mann verhaftet«, lasen sie, und auf einem der anderen Plakate: »Verbrechen an Londoner Bahnstrecke«

»Du darfst nicht so schreckhaft sein«, sagte Mrs Clair. »Wirklich nicht, Liebes.«

Auch Mrs Clair musste sich seelisch wappnen, um ohne zu zögern weiterzugehen, und vor allem, ohne sich umzudrehen und sich zu vergewissern, dass niemand sie bemerkt hatte. Entschlossen zwang sie sich, auch das letzte Plakat in der Reihe noch zu lesen.

»Verdacht auf Mord in Londoner Vorstadt«

»Komm weiter, Liebes. Und halte dich gerade«, sagte Mrs Clair, so, als würde sie immer noch eine widerspenstige fünfjährige Marjorie von der Kirche nach Hause bringen.

Es saßen schon einige Leute in dem Restaurant, das sie schließlich fanden – Mrs Clair spähte durch die Tür, um sich dessen zu vergewissern, ehe sie es betraten. In der Damentoilette stellte Marjorie die Frage, die ihr schon seit ein paar Minuten auf der Zunge lag.

»Mutter, ist George der Mann, den sie verhaftet haben?«

Mrs Clair warf rasch einen Blick durch den leeren Raum mit den Waschbecken, sah erleichtert, dass die zwei Türen neben ihr ein »Frei« anzeigten, und wandte sich dann erst an ihre Tochter.

»Solche Fragen darfst du *unter keinen Umständen* stellen«,

sagte sie erstaunlich vehement, wenn man bedachte, wie leise sie sprach. »Sprich mich *niemals* darauf an, wenn ich nicht zuerst etwas gesagt habe. Sonst bist ganz schnell *du* diejenige, die als Nächstes verhaftet wird.«

Marjories Unterlippe begann zu zittern.

»Hör auf damit!«, fuhr Mrs Clair sie an.

Sie tranken Tasse um Tasse starken heißen Tees in dem Restaurant, und das half beiden, wieder zu neuem Leben zu erwachen. Doch essen konnte keine von ihnen etwas.

»Nun«, sagte Mrs Clair mit einem Blick auf die Uhr. »Jetzt können wir unsere Einkäufe machen.«

Regenmantel und Hut für Marjorie, Lippenstift und Puder, das waren die ersten Dinge, die sie kauften. Marjorie kam sich vor wie in einem Traum, ja wie in einem Albtraum, der so albtraumhaft war, dass sogar das Kaufen eines Hutes zu einer abscheulichen Sache wurde, und umso abscheulicher, als ihre Mutter mit Adleraugen darüber wachte, dass der Hut, den sie kaufte, unauffällig, schlicht und alltäglich war.

»Wir brauchen auch Kleider zum Wechseln«, sagte Mrs Clair nachdenklich. »Und Nachthemden für die Übernachtung heute. Und eine Bürste und einen Kamm.«

Sie bekam langsam Bedenken wegen der Schneisen, die diese Einkäufe in ihre Barschaft schlugen – und die fünfzig Pfund waren ihrem sparsamen Geist wie ein Vermögen erschienen! –, doch sie nahm allen Mut zusammen und machte weiter. Jeder einzelne dieser Einkäufe war notwendig, wenn sie hier als Urlauber durchgehen wollten – und das mussten sie, damit sie nicht gefasst wurden. Sie ließ Marjorie, die die Arme voller Päckchen hatte, draußen auf dem Gehweg warten und ging allein in den Laden hinein, in dem sie einen schäbigen gebrauchten Koffer kaufte; sonst würde der Ladeninhaber sich vielleicht an sie erinnern. In einer Seitenstraße hatten sie Gelegenheit, die Päckchen alle in den Koffer zu tun, den sie mit sich durch die Straßen schleppten. Aber in Urlaubsorten war es ja zum Glück nicht ungewöhnlich, Frauen Koffer durch die Straßen tragen zu sehen.

Erschöpft setzten sie sich auf eine öffentliche Bank an einer kleinen Grünfläche.

»Jetzt hör gut zu, was ich dir sage«, begann Mrs Clair; sie hatte sich sorgfältig umgesehen und sich vergewissert, dass niemand sie hören konnte. »Wir müssen unsere Namen ändern. Das ist unerlässlich. Ich glaube, es wäre besser, wenn ich mich Mrs James nenne. Immerhin war ich eine Mrs James Clair, bis dein Vater gestorben ist. Mrs James. Denk daran. Wie willst du heißen?«

»Ich ... ich weiß nicht«, sagte Marjorie.

»Reiß dich zusammen«, sagte Mrs Clair forsch. »Was soll es sein? Mrs Smith? Mrs Jones? Nein, das ist zu gewöhnlich. Mrs Robinson. Ja, das ist es. Mrs ... Mrs Henry Robinson, Vorname ... Adelaide. Mrs Adelaide Robinson, geborene James. Und ich bin deine Mutter, Mrs Frances James. Es wird wohl besser sein, wenn ich auch weiterhin deine Mutter bin, Liebes.«

Mrs Clair verzichtete darauf hinzuzufügen, dass sie sich wohl kaum darauf verlassen könnte, von ihrer Tochter nicht doch versehentlich mal mit »Mutter« angesprochen zu werden, wenn sie in Hörweite Fremder waren.

»Ja«, sagte Marjorie.

»Es nützt nichts, einfach nur ›Ja‹ zu sagen. Du musst es dir ein für alle Mal einprägen«, sagte Mrs Clair.

»Ja.«

Wortlos saßen sie nebeneinander da und sahen zu, wie an der gegenüberliegenden Seite der Grünfläche der Verkehr vorüberfuhr.

»Adelaide«, sagte Mrs Clair plötzlich und erhielt keine Antwort. »Da! Siehst du? Du hast es schon wieder vergessen. Denk daran, dein Name ist Adelaide, und so werde ich dich von nun an immer nennen.«

»Oh, ja, Mutter.«

Marjorie war übel vor Erschöpfung. Sie war nicht im Geringsten schläfrig. Sie hatte nicht den Wunsch, die Augen zu schließen. Sie wollte nur hier sitzen, für immer, und an gar nichts denken.

20

»Hier werden wir es bequem haben, Adelaide«, sagte Mrs Clair und sah sich selbstzufrieden um in dem kleinen Zimmer mit den gerahmten Sprüchen an den Wänden und dem hässlichen Messingbettgestell, das fast den ganzen Raum ausfüllte.

Sie sprach langsam und deutlich, denn sie nahm an, dass die gestrenge Vermieterin draußen vor der Zimmertür stehen geblieben war, um auf ihre ersten Worte zu lauschen. Und sie wollte die Rolle aufrechterhalten, die sie angenommen hatte, als sie hier nach Unterkunft fragten – die Rolle der Witwe, die schon sehr viel bessere Tage gesehen hatte, aber sich immer noch selbstbewusst vornehm gab. Sie nahm den Hut ab und zog ihr Jackett aus, was der Vermieterin Zeit genug geben sollte zu gehen, und schlich sich dann leise zur Zimmertür hinüber und vergewisserte sich, dass keiner dahinterstand.

»Nun sind wir sicher«, sagte sie und ging wieder zu ihrer Tochter zurück. »Leg dich hin und ruh dich ein wenig aus.«

Sie nahmen die Tagesdecke ab, und Marjorie legte sich unter die obere Bettdecke, nachdem sie Rock und Schuhe ausgezogen hatte. Mrs Clair setzte sich unter das Fenster auf den einzigen Korbstuhl und schlug die Abendzeitung auf, die sie mitgebracht hatte – die Plakate mit den Schlagzeilen der Abendzeitungen hatten sie schon seit dem Mittag verfolgt. Als sie die Zeitung hochhob, um sie zu lesen, tanzten die Worte ihr immer noch vor den Augen:

»Vorstadt-Mord: Mann verhaftet«
»Vorstadt-Mord: Zwei Frauen vermisst«
»Polizei sucht nach zwei Frauen«

Da war es, gleich auf der ersten Seite: »Heute Morgen wurde vor dem Gericht des Südlichen Vorstadtbezirks George Frederick Ely, 24 Jahre alt, wohnhaft Dewsbury Road 16, des vorsätzlichen Mordes an Edward Grainger, wohnhaft Harrison Way 77, angeklagt. Auf Anraten des Vorsitzenden Richters Mason behielt der Gefangene sich seine Verteidigung vor, bis er von einem Rechtsbeistand vertreten werden kann. Mr Southwell, der Vertreter der Anklage, schlug bei seinem Antrag auf Untersuchungshaft vor, heute nur formale Beweise aufzunehmen. Es gebe starke Anhaltspunkte für den Verdacht, dass außer Ely noch weitere Personen an der Tat beteiligt gewesen seien, und solange man diese Personen nicht gefasst habe (und er hege keinen Zweifel daran, dass dies nur eine Sache von Tagen sei), sei es im Interesse des Gefangenen wie auch des Gerichts, dass eine Untersuchungshaft verhängt werde. Der Gefangene, ein auffallend gut aussehender junger Mann, wurde demgemäß für eine Woche in Untersuchungshaft genommen.

Später gab die Polizei folgende Stellungnahme ab: ›Die Polizei hält es im Interesse des Gesetzes für erforderlich, dass Mrs Marjorie Grainger, wohnhaft Harrison Way 77, und Mrs Martha Clair, wohnhaft Dewsbury Road 16, sich melden, um mit ihrer Aussage die Ermittlungen im Mordfall Edward Grainger, Ehemann der zuvor Genannten, zu unterstützen. Informationen über den Verbleib dieser beiden Personen nimmt jede Polizeiwache entgegen wie auch Scotland Yard telefonisch unter Whitehall 1212.‹

Unsere Reporter vor Ort haben erfahren, dass die Polizei Untersuchungen eingeleitet hat hinsichtlich des Kaufs eines

Beils in einem der Läden nahe dem Ort der Festnahme; das Beil war in der Nähe des Tatorts gefunden worden.«

Das war alles. Mrs Clair las den Artikel zwei Mal, und dann ein drittes Mal. Sie hatte keinen Blick für dessen journalistische Seite – weder für diese typische Art, in der George Ely als »auffallend gut aussehend« beschrieben wurde, noch für die subtile Anspielung auf das Beil, die das Interesse der Leser am Verbleib von Marjorie Grainger und Martha Clair anheizen würde. Für ihre Zwecke genügte es, dass bislang noch keine öffentliche Beschreibung von ihnen herausgegeben worden war. Die Polizei würde wohl eine haben, vermutete sie, aber das war nicht so wichtig. Heute Abend jedenfalls wären sie sicher vor schnüffelnden Vermieterinnen. Sie faltete die Zeitung zusammen und sah zu ihrer Tochter auf dem Bett hinüber.

»Ich glaube, heute Abend werden wir nicht ausgehen, Adelaide«, sagte sie mit der klaren, aber gezierten Stimme, die sie angenommen hatte. »Der Tag war doch sehr ermüdend, nicht wahr?«

»Ja«, sagte Marjorie. Sie stöhnte ein wenig und drehte ihren Kopf auf dem Kissen von einer Seite auf die andere.

»Ich werde mal unsere Sachen auspacken«, sagte Mrs Clair umtriebig.

Später hörten sie ein Klopfen an der Tür.

»Ihr Abendessen ist fertig«, sagte die Vermieterin draußen vor der Tür.

Brot, Käse, Tomaten und Tee – sie beide hatten den ganzen Tag lang nicht mehr als einen Bissen gegessen, und Marjorie war lustlos und hatte immer noch keinen Appetit.

»Wirklich, Adelaide, Liebes«, sagte Mrs Clair. »Du musst versuchen, ein klein wenig zu essen, damit du bei Kräften bleibst.«

Marjorie schüttelte den Kopf.

»Dieses Brot ist gut und frisch. Bitte«, sagte Mrs Clair.

Sie selbst aß etwas, auch wenn sie nicht mehr Appetit hatte als Marjorie. Mit einiger Mühe überredete sie ihre Tochter, etwas hinunterzuzwingen.

»Wir werden früh zu Bett gehen«, erklärte Mrs Clair der Vermieterin. »Wir sind müde nach unserer Reise.«

Die Vermieterin nickte desinteressiert – Mrs Clair hatte ihr erzählt, dass sie in Reading wohnten.

»Halb neun Frühstück?«, war alles, was sie sagte. »Und was wollen Sie da essen?«

Als Mrs Clair oben die Zimmertür hinter ihnen zuzog, stand Marjorie mit einem Ausdruck von Verwirrung da.

»Ich… ich fühle mich nicht sonderlich wohl«, sagte Marjorie. Ihr sackten die Knie weg, und Mrs Clair kam gerade noch rechtzeitig, um sie aufzufangen, bevor sie umkippte. Sie legte sie aufs Bett, machte ihren Rockbund auf, zog ihr die Schuhe aus und fuhr ihr mit einem Lappen durchs Gesicht, den sie in den Krug auf dem Waschtisch getaucht hatte.

»Na, na, Lämmchen«, sagte Mrs Clair besänftigend. »Es wird dir schon bald wieder besser gehen. Ich glaube, es geht dir schon besser. Komm, Mutter hilft dir ins Bett, Liebling.«

Sie zog ihrer Tochter die Kleider aus. Es herrschte keine falsche Prüderie zwischen den beiden in diesem Fall, kein sorgfältiges Überstreifen eines Kleidungsstücks, bevor man ein anderes auszog. An Marjories Hüfte zeichneten sich die dunkelroten Einschnitte ab, die der Hüftgürtel hinterließ, den sie sechsunddreißig Stunden lang ununterbrochen getragen hatte, doch sonst war ihr nackter Körper makellos – ihre prächtigen Arme, Schultern und Beine waren immer noch ein wenig gebräunt von ihrem kürzlichen Urlaub. Als Mrs Clair ihrer Tochter das neue Nachthemd überstreifte, dachte sie, dass Marjorie mit keinem Anzeichen erkennen ließ, dass sie zwei Kinder geboren hatte. Das war mehr, als sie von sich sagen konnte, und Mrs Clair war liberal genug gesinnt, das den besseren Methoden und Maßnahmen der neuen Generation zuzuschreiben. Sie bürstete Marjories Haar aus und band es in einem Zopf zurück.

»Jetzt schlaf, Liebling«, murmelte sie, hob die Bettdecke und schob Marjorie darunter. »Schlaf schön, Lämmchen.«

Sie strich Marjorie noch die kurzen Haare aus der Stirn, bevor sie sich abwandte und ihre eigenen Vorkehrungen fürs Zubettgehen traf.

Es kam ihr seltsam vor, dass sie sich weder müde noch schläfrig fühlte. Sie fühlte sich nur alt, wie sie es bei sich ausdrückte. Steif, schwach und matt, so als würde die Uhr ihres Lebens langsam ablaufen; aber nicht ein bisschen müde, und gewiss nicht schläfrig. Es machte einige Mühe, in dieses Bett zu klettern, und als sie erst darin lag, war es angenehm, ganz ruhig und still dazuliegen und in das dunkle Zimmer hineinzustarren. Jetzt gab es keinen Hass mehr, der ihren Frieden störte. Dieser Teufel Ted hatte bekommen, was er verdiente. Sie war überrascht, dass sie es gar nicht bedauerte, ihm nicht im Sterben noch ins Ohr geflüstert zu haben (wie sie es einst geplant hatte), dass seine Ehefrau ihm untreu gewesen war – dass sie freudig mit dem hübschen jungen Mann geschlafen hatte, der sein Mörder war. Doch das war jetzt alles vorbei und vergangen. Jetzt hatte der Hass ein Ende. Und übrig war nur noch die reiche, warme, überwältigende Liebe für ihre Tochter, die neben ihr lag. Mrs Clair empfand die aufsteigende Zärtlichkeit in ihrem Busen, als sie auf Marjories Atem lauschte und die Wärme ihres Körpers spürte. Nur deshalb hielt Mrs Clair noch am Leben fest. Sie war angefüllt mit dieser überwältigenden Liebe. Und umhüllt von deren tröstlicher Wärme glitt sie unmerklich in den leichten, aber erfrischenden Schlaf des Alters.

Es war irgendwann am frühen Morgen, als Marjorie sie weckte – Marjorie hatte lang genug geschlafen, um sich von der rein körperlichen Müdigkeit erholt zu haben, und in jener Morgenstunde, wenn die Lebenskraft an ihrem Tiefpunkt anlangt, hatten schreckliche Traumbilder sie aufgeweckt. Sie konnte sich ihnen nicht allein im Dunkeln stellen.

»Mutter, oh Mutter«, stöhnte sie. Ihre Finger krampften sich schmerzhaft in den dünnen Oberschenkel ihrer Mutter.

»Was ist, Liebling?«, flüsterte Mrs Clair, die sogleich wach war. Sie nahm Marjories Hand zwischen ihre eigenen beiden und streichelte sie liebevoll.

»Mutter, ich will es wissen«, sagte Marjorie, deren Geist von kaum selbst gesehenen Erinnerungen gequält wurde. »Mutter – *was ist aus seinem anderen Auge geworden?*«

»Scht, Liebes«, flüsterte Mrs Clair. »Scht, Liebling. Du musst dir keine Sorgen machen. Das ist jetzt alles vorbei. Das vergessen wir jetzt.«

Mrs Clair wusste sehr gut, was Marjorie beunruhigte. Sie hatte die gleiche Erinnerung an dies matte, halb geöffnete Auge mit dem leblosen Weiß, und sie hatte, im Gegensatz zu ihrer Tochter, gesehen, was aus dem anderen Auge geworden war unter der Klinge des Beils, das Ely mit all der Kraft eines Rasenden geschwungen hatte.

»Mutter«, fuhr Marjorie fiebrig fort, warf sich wieder auf ihre Seite des Bettes und kehrte zu einer anderen Sorge zurück. »Mutter, werden sie uns aufhängen, dich und mich?«

»Nein, Liebes, natürlich nicht. Niemals. Mutter passt auf dich auf, Liebes. Mach dir keine Sorgen, Lämmchen. Du musst dir keine Sorgen machen.«

Sie siegte schließlich über diese albtraumhaften Sorgen.

Es gelang ihr, sie allmählich wieder zu besänftigen und in eine Art Frieden zu lullen, bis die Erschöpfung sich erneut geltend machte und Marjorie wieder schlief – wenn auch nicht allzu tief; sie erschrak und murmelte selbst im Schlaf noch. Genau das hatte Dot auch getan, als sie ein kleines Mädchen gewesen war.

Am nächsten Tag war Samstag, und Straßen, Promenade und Pier waren noch voller als gestern, da die Urlauber Zuwachs bekommen hatten durch Wochenendgäste. Und überall schienen Reklameplakate aufgestellt zu sein, draußen vor den Läden und auch an den Zeitungskiosken auf der Promenade:

»Beschreibung der gesuchten Frauen«

An jeder Ecke schrie es ihnen entgegen. Mrs Clair kaufte eine Zeitung.

»Wir können die Kapelle auch von diesem Platz aus hören, Adelaide«, sagte sie. »Setzen wir uns.«

Sie hatte nicht die Absicht, drei Pence pro Person für einen Sitzplatz näher bei der Kapelle zu bezahlen – nicht solange das Geld in ihrer Handtasche in einem solch erschreckenden Tempo dahinschwand. Sie saßen genau so da, wie Marjorie mit George auf so vielen Promenaden dagesessen hatte in jenem Urlaub, der jetzt schon so lange her zu sein schien; und Mrs Clair schlug die Zeitung mit einem solchen Anschein rein beiläufigen Interesses auf, wie es ihr nur gelingen wollte. Da waren sie, ihre Beschreibungen, natürlich.

»Marjorie Grainger. 32 Jahre alt. 1,62 Meter groß. Dunkles Haar, dunkle Augen, kleine Hände und Füße. Schlanke Gestalt, war sehr sonnengebräunt, als sie zuletzt gesehen wurde. Trägt vermutlich einen braunen Wollpullover und einen Rock.

Martha Clair, 59 Jahre alt. 1,58 oder 1,60 Meter groß. Graues, fast weißes Haar, haselnussbraune Augen. Ist von adretter Erscheinung und sehr aktiv für ihr Alter. Trägt vermutlich ein schwarzes Kostüm und einen schwarzen Hut mit schwarzer Hornspange an der Seite.«

Mrs Clair holte erleichtert Atem, als sie diese Beschreibungen las. Sie waren in mehreren wesentlichen Einzelheiten falsch. Marjorie trug den rot-grauen Pullover und dazu ihren braunen Rock. Und sie selbst – nun, manche Leute sagten vielleicht, dass ihre Augen haselnussbraun seien, aber sie selbst würde sie als grau beschreiben. Und das schwarze Kostüm mit dem schwarzen Hut bedeutete gar nichts. Die Hälfte aller Frauen über fünfzig in England trug schwarze Kostüme; und Hüte, auf die die genannte Beschreibung passte, konnte man in jeder Straße sehen. Insgesamt waren es keine sonderlich guten Beschreibungen, und Mrs Clair fragte sich, wer sie gegeben haben mochte. Die Größen hatte vielleicht jener Sergeant geschätzt; aber es musste wohl Mrs Taylor gewesen sein, Marjories direkte Nachbarin, die der Polizei ihre Kleidung beschrieben hatte, dachte Mrs Clair. Es wäre jedenfalls typisch Mrs Taylor, alles durcheinanderzubringen.

Marjorie rutschte ruhelos neben ihr hin und her.

»Was steht da, Mutter?«, fragte sie.

Mrs Clair brachte sie mit einem Blick zum Schweigen; es saßen noch zwei weitere Leute auf der vollen Bank, und sie konnte nicht antworten aus Angst, belauscht zu werden. Also fuhr sie fort, die erste Seite zu lesen, und ihr eben noch so frisches Gefühl der Sicherheit schwand dahin und wandelte sich fast in Bestürzung, als sie es tat. Zwei kurze Absätze des Artikels handelten davon, wo Mrs Grainger und Mrs Clair sich aufhalten könnten. Und es schien nicht der geringste Zweifel daran zu herrschen, dass man sie bald fassen würde. Alle Häfen wurden überwacht, aber es war bekannt, dass die beiden Frauen keine Reisepässe besaßen. Man nahm an, dass ihre finanziellen Mittel sehr knapp seien – das hieß (sagte Mrs Clair sich selbst), dass die Polizei von ihren fünfzig Pfund wusste und sich denken konnte, wie bald sie aufgebraucht sein würden. Letztlich sei es ja auch für jedermann offensichtlich, wie einfach es doch ist, zwei gemeinsam reisende Frauen, noch dazu Mutter und Tochter, zu identifizieren. Und abschließend wurde die Öffentlichkeit noch einmal in aller Deutlichkeit dazu aufgerufen, die Augen nach ihnen offen zu halten.

Mrs Clair erlebte einen langen eindringlichen Augenblick der Hellsichtigkeit, als sie dort saß und über all dies nachdachte. Noch nie zuvor hatte sie innegehalten und sich die Beziehungen zwischen Presse, Polizei und Öffentlichkeit klargemacht, doch jetzt wurden ihr deren Verschränkungen schlagartig bewusst. All diese Reklameplakate dort drüben:

»JAGD NACH ZWEI FRAUEN«

würden ausreichen, um Zeitungen zu Hunderten und Tausenden zu verkaufen, und das war genau das, was die Presse wollte. Eine Verbrecherjagd war ein Verkaufsschlager, und eine Jagd nach Verbrecherinnen war sogar noch besser. Auch sie wusste – sie war früher ja ganz genauso gewesen –, dass ein guter pikanter Mord half, Zeitungen zu verkaufen. Leute, die am Dienstag einen Artikel über eine junge Ehefrau lasen, die verdächtigt wurde, ihren Mann ermordet zu haben – vor allem eine junge Ehefrau mit einem »auffallend gut aussehenden« Liebhaber –, würden auch am Mittwoch wieder eine Zeitung kaufen in der Hoffnung, mehr darüber zu erfahren. Und eine blutige Affäre, in der eine Axt vorkam, bot natürlich besseren Lesestoff als jeder eiskalte Mord mit Rattengift oder Unkrautvernichter – Mrs Clair bewunderte nun geradezu, wie klug es von der Polizei gewesen war, diese

Einzelheit an die Reporter durchsickern zu lassen und so das Interesse der Öffentlichkeit anzuheizen und sich der Zusammenarbeit der Presse zu versichern.

Die Jagd war mittlerweile in vollem Gang; vielleicht konnte die Polizei sich einfach zurücklehnen und warten, dass die Öffentlichkeit die Arbeit für sie erledigte. Alle, alle Hotelbesitzer, alle Pensionswirtinnen, würden Ausschau halten nach einer neunundfünfzigjährigen Mutter mit einer zweiunddreißigjährigen Tochter, und wenn sie sie fänden, würden sie sie der Polizei mit genauso wenig Mitgefühl für die beiden Frauen übergeben, wie ein Jäger es für den Fuchs empfand oder der Schütze für den Fasan. Teils würde es das Gefühl ihrer eigenen Wichtigkeit befriedigen; teils war es alles nur Teil eines Spiels, und die beiden Frauen hätten genauso gut Tennisbälle sein können. Mrs Clair kochte vor Empörung über die Öffentlichkeit, die sich an Marjories Kummer erfreute, so als wäre es eine Gratisshow; und dann überkam sie wieder die kalte Angst. Es war ja alles schön und gut, dass sie sich selbst versicherte, es müsse überall in England Tausende von Müttern und Töchtern geben, die in Pensionen übernachteten. Einige von ihnen würden vielleicht sogar verdächtigt oder auch verhaftet werden – völlig zu Unrecht. Was ihnen aber kaum etwas ausmachen dürfte, denn nach einer Stunde der Nachforschungen wären sie wieder auf freiem Fuß; nicht, dass Mrs Clair sich um Schwierigkeiten anderer Leute überhaupt groß sorgte. Doch die Möglichkeit, dass Marjorie und sie durch die Neugier und die Wichtigtuerei der Öffentlichkeit verhaftet werden könnten, war etwas, das ihr Sorgen machte. Bis zu dem Zeitpunkt, als sie diese Zeitung las, hatte sie diese Gefahr nie sonderlich beunruhigt – die meisten ihrer Aktivitäten waren darauf gerichtet gewesen, keine Spur zu hinterlassen, der die Polizei folgen konnte. Der Gedanke war unerträglich, dass all das umsonst gewesen sein sollte; dass die Jagdhunde sich hinlegen und schlafen konnten, bis das Halali eines Arbeiters auf dem Feld ihnen verraten würde, wo der Fuchs war.

Mrs Clairs Zustand gehobener Hellsicht hielt an. Sie sah die Welt als eine unendlich ausgedehnte Fläche bedrohlichen schwarzen Wassers, auf dem ohnmächtig Schiffe dahintrieben. Hier und dort waren Strudel, und manchmal gerieten Schiffe hinein und wurden immer und immer wieder im Kreis gewirbelt und schließlich auf ewig in die Tiefen hinabgezogen. Sie und jene, die sie kannte, waren in die Nähe eines solchen Strudels geraten. Dot war zuerst verschwunden – Mrs Clair seufzte bei dem Gedanken, welche Seelenqual Dot durchlitten haben musste, als sie erfasst und herumgewirbelt wurde. Ted war ihr gefolgt in den klaffenden Schlund. Jetzt war George Ely erfasst worden und kreiste am Abgrund dieses Schlunds – lange würde es nicht mehr dauern, bis auch er, armer Junge, verschwinden würde. Sie selbst und Marjorie begannen eben den Sog zu spüren. Vielleicht würden sie George schon bald folgen. Und außer ihnen würden vielleicht auch noch andere mit hinabgezogen – Derrick und Anne vielleicht.

Als dies Bild vor ihrem geistigen Auge aufstand, waren Mrs Clairs Gedanken völlig unbelastet davon, dass es zum Teil vielleicht ihre Schuld war, dass sie diese Katastrophe vielleicht aus freiem Willen herbeigeführt hatte. Mrs Clair erschien all das vollkommen unvermeidlich, schicksalhaft, vorherbestimmt, und es ist möglich, dass sie recht hatte.

Es war eine widerwärtige Angelegenheit, eine Geschichte von Lust, Mord und Rache, unerlöst durch irgendeine der edleren Eigenschaften des Menschen wie Hingabe, Selbstaufopferung oder Liebe. Das war Teds Schuld. Mit seiner Widerwärtigkeit hatte alles angefangen, und seine Widerwärtigkeit hatte jeden befleckt, der daran rührte. Er musste mit seinen eigenen Mitteln geschlagen werden, Lust um Lust, Leidenschaft um Leidenschaft, Ehebruch um Ehebruch und Mord um Mord. Es wäre gewiss das Beste, die Geschichte so rasch wie möglich zu einem Abschluss zu bringen, sie zu überwinden und zu beenden und zu vergessen.

Mit einem plötzlichen Schaudern befreite Mrs Clair sich von diesem Gedankenstrom. Das zeigte nur wieder einmal die Torheit der Tagträumerei. Sie hatte doch tatsächlich daran gedacht aufzugeben, Marjorie der Polizei und damit dem Henker auszuliefern. Das war Wahnsinn, ja sogar bösartiger Wahnsinn. Das würde sie nie, nie, nie tun. Um sich selbst sorgte sie sich nicht. Es war der Gedanke an Marjorie, der sie beunruhigte. Sie musste alles für Marjorie tun, was sie tun konnte. Mrs Clair biss ihre weißen Zähne aufeinander – es war nicht ein falscher darunter – und schwor sich, dass sie bis zum letzten Atemzug kämpfen wollte, wenn sie dadurch Marjorie retten könnte. Ihre süße, liebe, geliebte kleine Marjorie. Sie musste noch mal ganz von vorn darüber nachdenken, was sie als Nächstes tun sollten.

Marjorie hatte ihr die Hand aufs Knie gelegt und rüttelte sie.

»Mutter, Mutter, warum hörst du mir nicht zu!«

»Was ist denn?«, erwiderte Mrs Clair und fügte mit einer Willensanstrengung hinzu: »Adelaide.«

»Ich glaube, ich habe eben Mrs Posket am Strand entlanggehen sehen«, sagte Marjorie.

Mrs Clair wäre zusammengeschreckt, wenn sie nicht eine solche Selbstbeherrschung besessen hätte. Doch so saß sie noch zwei, drei Sekunden lang starr und schweigend da. Zu beiden Seiten saßen ganz in ihrer Nähe Leute, sie durfte keinerlei Angst vor Mrs Posket erkennen lassen.

»Oh wirklich?«, sagte sie endlich, und sie hoffte, dass ihre Stimme in den Ohren der anderen nicht so unnatürlich gestelzt klang wie in ihren eigenen. »Natürlich, Mrs Posket wollte in Worthing Urlaub machen. Sehr gut möglich, dass du recht hast, Liebes, und dass sie es war. Es ist ja einfach, von Worthing nach Brighton hineinzufahren. Was ... was für ein schöner sonniger Tag es doch ist, Liebes.«

Ihr eindringlicher Blick veranlasste Marjorie dazu, etwas Zustimmendes zu stammeln. Dann saßen sie noch zwei Minuten schweigend dort, Minuten, die ihnen wie Stunden erschienen, während Mrs Clair die Promenade, so weit sie sehen konnte, mit Adleraugen absuchte. Und dann schließlich –

»Nun, ich glaube, wir haben hier lang genug gesessen, Liebes«, sagte Mrs Clair ganz beiläufig. »Lass uns jetzt weitergehen.«

Sie überquerten rasch die Promenade und fanden Schutz in einer der ansteigenden Seitenstraßen.

»Bist du *sicher*, dass es Mrs Posket war?«, fragte Mrs Clair.

»Ja, Mutter. Ganz sicher. Sie hat uns nicht gesehen.«

»Bestimmt nicht, da bin ich mir sicher«, sagte Mrs Clair bitter. Sie machte sich keine Illusionen darüber, was Mrs Posket tun würde, wenn sie diese beiden Bekannten von sich sehen würde, die von der Polizei gesucht wurden.

»Was sollen wir nur *tun*, Mutter?«, jammerte Marjorie und eilte neben ihrer Mutter her.

»Wir gehen in unsere Pension zurück. Wir können es uns nicht erlauben, auf der Straße draußen zu sein, wenn Mrs Posket hier irgendwo herumläuft.«

Im Eingangsbereich ihrer Pension trafen sie auf ihre Vermieterin. Sie stand mit dem Rücken an die Wand gelehnt da und las eine Zeitung – offenbar eine, die sie im Zimmer eines ihrer Mieter gefunden hatte.

»Sie kommen früh zurück«, sagte die Vermieterin. »Ihr Mittagessen ist noch nicht fertig, noch lange nicht.«

»Nein«, erwiderte Mrs Clair, und selbst während sie diese eine Silbe aussprach, fiel ihrem stets suchenden Geist eine Lüge ein, die sie rasch erzählen konnte. »Wir kommen nur zurück, weil ich ein Buch vergessen habe. Wir gehen noch einmal aus bis zum Mittagessen.«

»Verstehe«, sagte die Vermieterin.

Sie war eine hochgewachsene Frau mit dunklem Haar und einem knochigen, kantigen Gesicht. Es war etwas merkwürdig, wie genau sie sie ansah, sie musterte sie geradezu von oben bis unten mit ihren Blicken. Doch das waren vielleicht nur schlechte Manieren.

»Lauf du hinauf und hol es, Adelaide«, sagte Mrs Clair. »Deine Beine sind jünger als meine. Ich warte hier und rede ein wenig mit Mrs – ach, wissen Sie, es ist zwar unhöflich von mir, aber jetzt habe ich doch schon wieder Ihren Namen vergessen. Mein Gedächtnis ist fürchterlich.«

»Ich heiße Hudson«, sagte die Vermieterin.

Sie starrte Mrs Clair immer noch an, die jetzt sicher war, dass ihr das schwarze Kostüm auffiel und sie sich fragte, ob sie wohl neunundfünfzig war und ihre Tochter zweiunddreißig.

»Herrlich, wie lange der Sommer anhält, nicht wahr?«, sagte Mrs Clair tapfer.

»Ja, wirklich«, erwiderte Mrs Hudson und fügte plötzlich hinzu: »Wie ist es denn in Reading?«

»Oh, ganz furchtbar«, sagte Mrs Clair. »Die … die Keksfabriken machen einen solchen Lärm.«

»Hm, ja, kann ich mir denken«, meinte Mrs Hudson.

Marjorie kam die Treppe wieder herunter. Mrs Clair warf ihr einen raschen Blick zu. Vielleicht konnte man sich ja darauf verlassen, dass sie überzeugend log. Aber sie musste es ohnehin darauf ankommen lassen.

»Hast du es, Liebes?«, fragte sie mütterlich.

»Ja, in meiner Handtasche«, antwortete Marjorie kühn. Diese Lüge hatte sie sich ausgedacht, als sie oben allein in ihrem Zimmer war; und den ganzen Weg hinunter hatte sie sich innerlich gewappnet, um sie auch auszusprechen.

»Sehr schön«, sagte Mrs Clair. »Nun, dann machen wir uns jetzt wieder auf den Weg. Um halb eins sind wir zurück, Mrs Hudson.«

»Schon recht«, erwiderte Mrs Hudson, und sie traten wieder hinaus in die Freiheit der Straße – eine Freiheit, die vergiftet war durch die Möglichkeit, dass sie auf Mrs Posket treffen könnten.

»Wir werden auf keinen Fall dorthin zurückkehren«, sagte Mrs Clair entschieden. »Ein Jammer, dass wir all die Sachen zurücklassen müssen, die wir gerade erst gekauft haben.«

»Aber was sollen wir nur *tun,* Mutter?«

»Wir können nicht dorthin zurückkehren.« Mrs Clair ignorierte die Frage. »Sie hegt einen Verdacht.«

»Oh, Mutter.«

»Ja, das tut sie. Das konnte ich sehen. Sobald sie fünf Minuten Zeit hat, wird sie es der Polizei erzählen, und die wird dann um halb eins auf uns warten. Jetzt ist es elf«, sagte Mrs Clair, die auf eine Straßenuhr sah. »Gehen wir dort entlang, wo die Straßen ruhiger sind.«

Und wo die Möglichkeit, auf Mrs Posket zu treffen, geringer war, lautete der unausgesprochene Zusatz. Mrs Clair ging flinken Schritts voran. Sie empfand offenbar keine Spur der Erschöpfung von gestern und vorgestern. Marjorie dagegen war bereits angespannt und müde. Und sie war auch ganz unvorbereitet auf die Entscheidung, die ihre Mutter ihr nun mitteilte.

»Du fährst zurück nach London, Liebes«, sagte Mrs Clair. »Und ich werde dich nicht begleiten. Wir müssen uns trennen.«

»Mutter! Was meinst du denn damit?«

»Ich meine genau das, was ich sage, Liebes.«

Mrs Clair hatte die Entscheidung ganz rasch getroffen. Es war eindeutig viel zu unsicher, wenn sie zusammenblieben; und kurz vor Verlassen der Pension hatte Marjorie auf gute Art eine gute Lüge erzählt, was bewies, dass sie auch auf sich allein gestellt sicher sein würde – außerdem hatte Mrs Clair nie etwas davon gehalten, Kinder zu verhätscheln. Sobald Marjorie gezwungen war, für sich selbst zu denken und zu handeln, würde sie sich vermutlich sofort wieder von dieser vollkommen kindlichen Abhängigkeit von ihrer Mutter erholen, die sie zuletzt gezeigt hatte.

»Aber warum denn nur, Mutter? Warum müssen wir uns trennen?«

»Weil alle nach zwei gemeinsam reisenden Frauen suchen. Sie können uns ganz leicht erkennen. Sieh dir Mrs Hudson an. Wenn wir uns trennen, wird es viel schwieriger für sie. Dann kriegen sie uns nie. Es ist das Beste, was wir tun können – und auch das Einzige.«

»Vermutlich«, stimmte Marjorie zweifelnd zu. Die Wahrheit dessen, was ihre Mutter sagte, leuchtete ihrem müden Geist ein. »Aber warum soll ich nach London zurückfahren?«

»London ist der sicherste Ort für dich, Liebes. Überall sonst kannst du Leute treffen, die du kennst. Aber nicht, wenn du ans andere Ende von London gehst. Nach Ealing, zum Beispiel, oder nach Acton, oder hinaus ans andere Ende, Hornsey, nicht wahr?«

Es lag eine tiefe Wahrheit in dem, was ihre Mutter da sagte. Die entgegengesetzten Ecken des Großraums London waren quasi weiter voneinander entfernt als Orte, die fünfzig Meilen weit weg lagen. Die Wahrscheinlichkeit, von den mehreren Dutzend Leuten, die Marjorie vom Sehen kannte und die alle im Südosten Londons wohnten, irgendeinen in den Seitenstraßen von Acton oder Hornsey zu treffen, war unglaublich gering. Das war für Vorstadtbewohner wie Marjorie eine Binsenweisheit.

»Ja«, sagte sie. »Aber … aber … ich will dich nicht verlassen, Mutter.«

»So ein Unsinn!«, rief Mrs Clair forsch und freundlich. »Du bist in all den Jahren, die du verheiratet warst, ganz gut ohne mich ausgekommen. Du bist sehr gut in der Lage, für dich selbst zu sorgen.«

»Ich werde einsam sein, Mutter.«

»Das wirst du wohl, Liebes. Aber es ist noch keiner an Einsamkeit gestorben. Du wirst jede Menge Geld haben. Ich habe genug für uns beide. Wir gehen jetzt zum Bahnhof. Ich hoffe, es fährt bald ein Zug. Jetzt hör mir gut zu, Liebes. Das ist wichtig. Hier ist dein Geld. Mach deine Handtasche auf. Richtig so. Du fährst jetzt nach London, und sobald du an der Victoria Station angekommen bist, musst du in die U-Bahn einsteigen und so weit wie möglich hinausfahren. Ich glaube, Acton wäre am besten. Du musst dir einen Koffer und neue Sachen kaufen. Das ist schade, aber du wirst es schon schaffen. Such dir ruhige möblierte Zimmer, Liebes. Nimm billige. Dann wirst du wochenlang von dem Geld leben können. Erzähl, dass du eine Stelle in der Stadt drinnen hast, und geh jeden Tag aus, so als hättest du wirklich eine. Du kannst in Büchereien und anderswohin gehen, um dir die Zeit zu vertreiben. Und die Kinos sind billig, wenn du vor eins gehst. Nach einem Monat ungefähr kannst du anfangen, dir eine Stelle zu suchen. Du wirst ganz bestimmt eine finden, Liebes. Du wirst eine finden. Und dann suchst du dir eine Wohnung und bist wieder glücklich und vergisst all das. Da bin ich mir sicher, Liebes.«

Es war eine lange Rede, die Mrs Clair da von sich gab, ein Wort auf das andere stapelnd in ihrem Bestreben, alles Notwendige zu sagen. Es war ein gutes Beispiel dafür, wie blitzschnell sie Entscheidungen traf; das alles hatte sie sich in den wenigen Minuten ausgedacht, seit sie die Pension verlassen hatten. Sie hatte genauso blitzschnell gedacht wie in jenem Augenblick, als Sergeant Hale aus der Hecke hervortrat und sie George Ely auf ihn hetzte, nur um Zeit für ihre Flucht mit Marjorie zu gewinnen.

»Und was ist mit dir, Mutter?«, fragte Marjorie widerwillig und zweifelnd.

»Oh, ich komme schon zurecht«, sagte Mrs Clair. »Ich kann immer für mich selbst sorgen. Ich habe genug Geld. Ich werde mir auch möblierte Zimmer suchen. Und später suche ich mir dann eine Stelle als Haushälterin. Ich habe ohnehin oft gedacht, dass ich das einmal tun würde, wenn Dot verheiratet ist.«

»Aber ich will dich nicht verlassen, Mutter«, sagte Marjorie noch einmal, als sie um die Ecke bogen und sich dem Bahnhof näherten.

»Unsinn, Mädchen. Wir können uns nicht immer aussuchen, was wir tun und was wir lassen wollen. Da sind wir. Gehen wir mal nachsehen, ob ein Zug fährt.«

Es fahren immer viele Züge zwischen London und Brighton, und zufällig dauerte es nur noch eine Viertelstunde, bis der nächste ging.

»Ich werde mich jetzt verabschieden, Liebes. Gib mir keinen Kuss. Ich werde mich dort drüben hinsetzen und warten, bis dein Zug fährt. Aber wir sollten nicht mehr miteinander reden. Lauf und kauf dir eine Fahrkarte, und dann steig in deinen Zug. Auf Wiedersehen, Liebling. Auf Wiedersehen. Auf Wiedersehen, Liebling.«

Mrs Clair, eine ziemlich verlorene und einsame kleine Gestalt, saß auf einer der Bänke im Bahnhof da und kämpfte tapfer gegen die Tränen an, die ihr in die Augen stiegen. Sie sah Marjorie mit ihrer Fahrkarte vom Fahrkartenschalter zurückkommen, und sah sie sicher die Sperre passieren und in den Zug einsteigen. Sie blieb sitzen, bis der Zug abgefahren war, und sie wäre gern noch sehr viel länger dort sitzen geblieben, denn jetzt war sie furchtbar müde. Doch das traute sie sich nicht. Jemand könnte sie bemerken, und das könnte später die Jagd erneut auf Marjorie lenken. Mit einem kleinen Seufzen stand sie auf von der Bank und ging hinaus aus dem Bahnhof, flink und aufrecht, so wie es immer ihre Art gewesen war, auch wenn ihre Augen noch von Tränen schwammen, die törichterweise immer weiter darin aufstiegen.

Mrs Clair hatte keineswegs die Absicht, jenem Plan zu folgen, den sie Marjorie skizziert hatte. Zunächst einmal, sie hatte gar kein Geld. Abgesehen von zwei klimpernden Pennys hatte sie alles, was sie besaß, in Marjories Handtasche geleert. Sie wollte nicht mehr leben, wenn sie von Marjorie getrennt war, und sie wollte ihr Leben auch nicht verlängern um den Preis, dass dann die Gefahr für Marjorie wuchs – das Geld, das viel war für einen allein, wäre viel zu wenig gewesen, hätte man es durch zwei teilen müssen. Solange Marjorie in Sicherheit war, war es ihr egal, was aus ihr selbst wurde. Sie hatte eine Entscheidung getroffen und wusste, was sie tun würde.

Sie ging durch die ruhige Seitenstraße, und ging und ging immer weiter, ohne auf ihre wachsende Erschöpfung zu achten, und mit den Tränen kämpfend. Ziemlich erstaunt über sich selbst stellte sie plötzlich fest, dass ihr Schluchzer aus der Kehle aufstiegen. Sie unterdrückte sie – sonst würden die Leute schon bald Notiz von ihr nehmen, und das wäre nicht gut. Noch nicht zumindest. Eine Straßenuhr zeigte ihr an, dass Marjories Zug noch nicht an der Victoria Station angekommen war. Sie ging weiter und weiter. Sie wusste, wo die Polizeiwache war, da sie sie schon am frühen Vormittag bemerkt hatte. Dorthin ging sie zurück, als die Uhren ihr anzeigten, dass Marjorie wieder sicher in London angelangt war. Vor dem Gebäude blieb sie noch einen Augenblick stehen und vergewisserte sich, dass ihre Kleidung ordentlich war und ihr Hut gerade saß. Dann ging sie die Stufen hinauf und ganz gelassen hinein. Ein großer, schwerer Sergeant thronte schreibend an einem Schreibtisch und ließ sich zunächst gar nicht dazu herab, die kleine alte Dame zu bemerken, die geduldig dastand und darauf wartete, dass er ihr seine Aufmerksamkeit zu schenken geruhte. Schließlich sah er sie von oben herab an, und sie sagte ihm, wer sie war.

21

Der Waggon, in dem Marjorie in eine Ecke gekauert dasaß, war glücklicherweise leer. Aber sie war dennoch nicht ganz unbeobachtet, denn es war ein Waggon mit Mittelgang, und beständig liefen Leute hin und her auf dem Weg durch den Zug. Jedes Mal, wenn jemand kam, schrumpfte Marjorie in sich zusammen. Sie drehte sich herum, sodass sie aus dem Fenster schaute und die Vorbeigehenden nur ihren Hinterkopf zu sehen bekamen, und sie versuchte auch, mit der Hand an der Wange ihr Gesicht zu verdecken. Die Landschaft wirbelte an ihren Augen vorüber, und das Geräusch der Räder dröhnte ihr gleichmäßig, aber leise in den Ohren. Alles – sogar die Vorsichtsmaßnahmen, die sie ergriff, um unerkannt zu bleiben – erschien ihr unwirklich, nur die Angst in ihrem Herzen nicht. Die war wie ein großer Schmerz von solch überwältigender Intensität, dass alles andere merkwürdig bedeutungslos wurde daneben, wie in einem Albtraum. Angst nagte an ihrem Herzen und schoss ihr wie weiß glühende Flammen durch die Adern. Die unsinnige Freude, die der Mensch in der Jagd findet, hat ihr natürliches Pendant in der besinnungslosen Qual des Gejagten. Es war Marjorie nicht möglich, stoisch die nächste Drehung des Rades abzuwarten oder irgendeine düstere Befriedigung in der mathematischen Berechnung der Chancen für oder gegen sich zu finden. Sie konnte nur leiden, ohnmächtig. Die Stunde, die der Zug für die Fahrt von Brighton zur Victoria Station brauchte, fraß das wenige an Kraft, das sie besaß, gänzlich auf.

Und so wie der verwundete Soldat auf dem Schlachtfeld oder der an Krebs sterbende Mensch allen Schmerz zu erleiden scheint, der zugefügt werden kann, und dennoch von Zeit zu Zeit unter neuen und noch grausameren Qualen aufschreit, so erging es auch Marjorie. Der beständig dahinfließende Strom ihres Schmerzes beschleunigte sich von Zeit zu Zeit noch, wenn sie an Derrick und Anne dachte, die jetzt vermutlich im Armenhaus waren, und an ihre Mutter – bitterste Qual war das. Und einmal, das beständige Dröhnen der Räder im Ohr, dachte sie auch an George Ely. Ihr war, als könnte sie das grobe Geflecht des Strangs, der seinen Hals erwartete, in ihren Handflächen geradezu spüren. Sie biss sich auf die Unterlippe und krümmte sich auf ihrem Platz unter der Pein. Als der Zug in der Victoria Station einlief, konnte sie kaum aufstehen, konnte kaum zur Waggontür wanken. Beim Anblick des Bahnsteigs, der überfüllt war mit den Massen des Samstagmittags, wich sie einen Augenblick ängstlich zurück. Diese Menschenmassen, sagte ihr besinnungsloser Instinkt ihr, warteten vielleicht auf sie.

Victoria Station war voller Menschen, so, wie es an einem Samstag im Sommer kurz nach Mittag zu erwarten war, eine einzige geschäftige, lärmende Woge. Marjorie stand eine Weile auf dem Bahnsteig da und wartete auf die Kraft, die sie zur Fahrkartensperre führen würde; und schließlich versuchte sie sich zu sammeln. Sie wusste recht gut, was sie tun musste – oder sie hatte zumindest das Gefühl, dass sie es wissen würde, wenn sie sich nur erinnern könnte. Sie versuchte sich zu sagen, dass gerade diese geschäftigen, eilenden Menschenmassen ihr die beste Gelegenheit bieten würden, der Entdeckung zu entgehen. Sie versuchte sich selbst Mut zuzusprechen, so wie ihre Mutter es getan hätte.

Doch der Lärm des Bahnhofs raubte ihr noch die letzte Kraft. Sie wusste, dass sie bald ohnmächtig werden würde, und eine Ohnmacht würde Entdeckung und Verhaftung bedeuten. Die Kräfte, die nötig wären, um das zu tun, was sie tun sollte – einen Koffer kaufen, in eine der Vorstädte fahren, eine Unterkunft finden –, waren genauso unerreichbar für sie, wie es ihr unmöglich gewesen wäre, den Zug, in dem sie eben gefahren war, ganz allein voranzuziehen. Und an Willen und Vernunft mangelte es ihr ebenso wie an Kraft. Sie war ein schwaches kleines Tier, das nur noch von Instinkten geleitet wurde, seit ihr Versuch, sich zu sammeln, wieder verblasste. Victoria Station bedeutete jetzt nur noch eines für sie – Millicent Dunne und Millicent Dunnes Apartment. Es waren die alten Assoziationen, die sie leiteten, sonst nichts. Und ohne zu wissen, wohin sie ging, schob sie sich durch die Menge zum Bahnhofsausgang Wilton Road. Hier war das Haus, und die Eingangstür stand offen. Die Treppe hinauf in den zweiten Stock. Dies war die Tür. Sie klopfte, und die Tür wurde augenblicklich geöffnet von Millicent, die noch in Jackett und Hut dastand, weil sie eben erst aus dem Büro nach Hause gekommen war.

Millicent hatte damit gerechnet, dass vielleicht ihre Vermieterin klopfte oder irgendeine Nachbarin, die Milch oder ein Ei leihen wollte. Sie hätte im Traum nicht daran gedacht, dass es Marjorie sein könnte. Doch sie trat zur Seite, und Marjorie ging hinein, blinden Auges und mit langsamen kurzen Schritten, und blieb reglos mitten im Zimmer stehen, während Millicent die Tür hinter ihr schloss und sie, einer Eingebung folgend, auch abschloss. Dann kam sie zu Marjorie.

»Nun, Marjorie?«, sagte sie ruhig. »Nun, Schatz?«

Es gab nichts weiter zu sagen. Marjorie rollten Tränen über die Wangen, und sie tropften ihr bis auf den Busen hinab, während sie, den blinden Blick zum Fenster gewandt, einfach nur dastand.

»Du armer Schatz!«, rief Millicent voll tief empfundenem Mitleid und schloss sie in die Arme.

Später saß Marjorie im Sessel. Dies war zweifellos Millicents Wohnschlafzimmer – ihr »Apartment«, wie sie zu Leuten sagen würde, die es nicht kannten. Der Diwan an der Wand mit dem braunen Überwurf war des Nachts das Bett. Am Fenster hingen die Gardinen, die Marjorie aussuchen geholfen hatte und die auf Marjories Nähmaschine gesäumt worden waren. Auf dem Kaminsims stand ein Foto von Anne als Baby. Und Millicent beugte sich jetzt über ihren Gaskocher, der an den Gasofen angeschlossen war, und plauderte wie üblich.

»Es gibt Eier«, erzählte Millicent. »Es gibt immer Eier. Weißt du was, wenn ich meine Beförderung bekomme und ein richtiges Apartment habe, werde ich nie wieder Eier essen. Und ich werde nur noch Speisen kochen, die richtig *riechen*. Zwiebeln. Und frischen Hering. Wenn man hier auch nur an frischen Hering *denkt*, ist Mrs Hardy in null Komma nichts oben, klopft an die Tür und erzählt einem, dass sich schon das ganze Haus über den Gestank beschwert. Na, jedenfalls gibt's heute Eier. Drei insgesamt. Gebraten, gekocht, pochiert oder Rührei?«

Marjorie schüttelte den Kopf. Sie konnte sogar lächeln.

»Ist mir egal«, sagte sie.

»Tja, eine schrecklich schwierige Entscheidung«, fuhr Millicent fort. »Vor allem, wenn du seit sechs Jahren etwa fünfmal die Woche unentschlossen vor den vier Möglichkeiten stehst. Komm, sag schon. Such dir was aus und erspar mir die Mühe.«

»Dann gekocht«, erwiderte Marjorie. Das bedeutete den leichtesten Abwasch danach – es war die Entscheidung, die sie zu Hause immer traf, wenn es ihr überlassen war.

»In Ordnung«, sagte Millicent und füllte den Eiertopf am Wasserhahn.

Millicent konnte immer schon reden, und die jahrelange Erfahrung in ihrer jetzigen Anstellung hatte sie gelehrt, wie man unangenehme Pausen mit heiterem Geplauder füllte. Und sie redete immer weiter, während sie den Tisch deckte, Brot schnitt, Butter hinstellte und in einem Anfall von Extravaganz eine Dose Früchte öffnete. Wenn sie später auf diese Zeit zurückblickte, konnte sie sich selbst nicht mehr vorstellen, wie sie in dieser ersten Stunde so heiter über lauter Nichtigkeiten hatte plaudern können – sie zollte ihren beruflichen Fähigkeiten nicht genügend Anerkennung. Aber ihr Geplauder zeitigte eine so gute Wirkung, dass Marjorie tatsächlich ein Ei und ein Butterbrot sowie einen Löffel voll Dosenfrüchte aß, tatsächlich über ihre Witze lachte und tatsächlich eine Dreiviertelstunde lang vergaß, warum sie sich hier in Millicents Zimmer versteckte.

Millicent hatte eben das letzte Geschirr in den Schrank zurückgestellt. Nachdenklich nahm sie das Zigarettenetui und die Zigarettenspitze aus ihrer Handtasche und zündete sich eine Zigarette an.

»Bett oder Sessel?«, fragte sie. »Du bist vermutlich müde.«

Das war der erste, bedeutungsloseste Hinweis, der zwischen ihnen fiel und darauf hindeutete, dass Marjorie ihr keinen gewöhnlichen Besuch abstattete.

»Oh, ich bin müde, Mill. Völlig erledigt. Sie sind hinter mir her. Mill, darf ich hier übernachten?«

»Natürlich darfst du das«, sagte Millicent.

Das Eis war gebrochen. Sie mussten eine offene Aussprache darüber führen, und je früher desto besser. Millicent ging im Zimmer auf und ab, die Zigarettenspitze zwischen den Fingern. Vor einiger Zeit schon, eigentlich als sie ihr Ei aufklopfte, war ihr die Redewendung »der Beihilfe schuldig« in den Sinn gekommen, und es machte ihr alle Ehre, dass sie es sich nicht erlaubt hatte, deshalb den Redefluss ihres Small Talks zu unterbrechen oder ihre Handlungen davon beeinflussen zu lassen. Sie riskierte eine Gefängnisstrafe, den Verlust ihrer geliebten Stelle, ihre ganze Zukunft. Das war jetzt unwichtig, weil Marjorie Hilfe brauchte. Sie ging im Zimmer auf und ab, während Marjorie sie beobachtete. Nervös geworden von diesem forschenden Blick und leicht befangen zupfte sie an der Dekoration herum. Sie zog die Gardinen auseinander und sah hinaus, hinunter auf die lärmende Straße zwei Stockwerke unter sich.

Und da wankte ihre Selbstbeherrschung einen Moment lang. Der leicht erschreckte Gesichtsausdruck, mit dem sie sich vom Fenster abwandte, ließ Marjorie panisch wieder vom Bett aufspringen.

»Was ist los?«, fragte Marjorie. »Was hast du gesehen?«

»Nichts, Schatz«, sagte Millicent.

»Doch! Was war es?«

Marjorie zog die Gardinen ebenfalls auseinander und sah hinaus. Sie hätte nicht sagen können, was sie zu sehen erwartete – einen Polizeikordon vielleicht oder eine Menschenmenge, die herandrängte, um sie zu lynchen. Doch auf der breiten Straße war keine Gefahr auszumachen. Da hinten spielten ein paar Kinder, ein paar Taxis krochen dahin, einige Leute gingen friedlich den Gehweg entlang. Nirgends irgendetwas Gefährliches. Doch direkt gegenüber war ein Zeitungsladen mit der üblichen Reihe von Reklameplakaten, und das mittlere trug rote Lettern, blutrote Lettern, die sie so klar erkennen konnte, als stünde sie ganz nah davor, auch wenn sie aufgrund ihrer momentanen Anspannung schrumpften und fast schwanden, bis sie ihr mikroskopisch klein erschienen.

»MRS CLAIR VERHAFTET«

*

Die Telegrafen hatten die wichtige Nachricht aus Brighton übermittelt. Männer mit Telefonhörern am Ohr hatten sie in den Büros der Fleet Street herausgebrüllt. Druckmaschinen waren angehalten worden, während die Finger der Setzer über die Buchstaben flogen. Und dann waren die Lieferwagen, voll dicker Bündel an Zeitungen und Reklameplakaten und gelenkt von rücksichtslosen Fahrern, hinausgeschossen und durch die Straßen gerast, als gelte es, die Letzten der großen Woge aus London hinaus zu erwischen und sich so viele Pennys wie möglich zu sichern von jenen, die die Leute begierig aus ihren Taschen ziehen würden, wenn sie diese roten Lettern lasen.

Nun schien es, als könnte nichts mehr Marjories Schmerz noch vergrößern, als wäre ihr Kelch schon so voll, dass nichts mehr ihn noch voller machen konnte. Ihr Gesicht zeigte keine Veränderung im Ausdruck, als Millicent sie jetzt ansah. Sie erwiderte Millicents Blick mit einem Starren, unbewegt, benommen.

»Hast du … hast du es nicht gewusst?«, flüsterte Millicent.

»Nein«, sagte Marjorie.

Sie stand reglos da, betäubt und gefühllos.

»Leg dich wieder hin, Schatz«, sagte Millicent.

Erst danach war Marjorie wieder fähig, zu denken und zu weinen.

»Das hat Mutter für mich getan!«, platzte es plötzlich aus ihr heraus. »Sie hatte es schon die ganze Zeit vor. Und ich habe es nicht bemerkt. Was werden sie ihr jetzt antun, Mill? Werden sie gemein sein zu ihr?«

»Nein, natürlich nicht«, sagte Millicent beruhigend.

Der Ton, in dem sie sprach, ihr Verhalten, ihre Worte, all das erinnerte Marjorie daran, wie ihre Mutter mit ihr gesprochen hatte während dieses zweitägigen Albtraums, und aufgrund irgendeines seltsamen Zugs in ihrem Charakter half ihr das, ihr Gleichgewicht wiederzugewinnen. Mutter hatte sie geleitet und beschützt. Jetzt erkannte sie auf einmal mit großer Klarheit, wie vollkommen abhängig sie von ihrer Mutter gewesen war und dass sie sich in dem Moment, als sie auf sich allein gestellt gewesen war, sogleich zu Millicent geflüchtet und neue Unterstützung gesucht hatte. Das würde nicht noch einmal geschehen. Millicent sah überrascht, wie Marjories Gesichtsausdruck sich verhärtete. Das Kindliche, das Törichte, schwand. In einer plötzlichen Wandlung wurde sie binnen weniger Minuten wieder die alte Marjorie, die Millicent immer gekannt hatte. Zum ersten Mal seit jenem Donnerstag konnte Marjorie wieder klar denken und hatte sich selbst vollkommen im Griff.

»Ich sollte nicht hier sein«, sagte Marjorie. »Das ist nicht fair dir gegenüber. Du hättest mich nicht hereinlassen sollen.«

Millicent zuckte die Achseln.

»Ich an deiner Stelle würde so lange wie möglich hierbleiben«, sagte sie. »Und das Beste draus machen.«

»Du bist so gut zu mir, Mill«, erwiderte Marjorie. »Du hättest ihnen sagen können, wo ich bin.«

»Das ist nicht meine Aufgabe. Du bist meine Freundin.«

Millicent blickte Marjorie unwillkürlich fragend an, als sie jetzt sprach. Sie wusste auch nicht mehr über das, was geschehen war, als alle anderen Leute; die kurzen Artikel in den Zeitungen hatten nur wenig preisgegeben. Von George Ely hatte sie zuvor noch nicht einmal gehört – so viel war geschehen seit jenem tragischen Abend vor ein paar Wochen, als sie Marjorie zuletzt gesehen hatte. Die Zeitungsartikel hatten vor ihrem geistigen Auge das Bild zweier wütender Frauen und eines jungen Liebhabers heraufbeschworen, ein blutiges Drama, in dem eine Axt eine Rolle spielte. Wie es dazu gekommen war, konnte sie sich nicht vorstellen; aber sie hatte seit Jahren vermutet, dass Ted brutal mit Marjorie umging. Doch egal, ob Ted nun seine gerechte Strafe ereilt hatte oder nicht, für Millicent war es selbstverständlich, Marjorie ohne zu zögern all die Hilfe anzubieten, die in ihrer Macht stand. In ihrem fragenden Blick lag nicht mehr als entschuldbare Neugier. Marjorie fiel er trotzdem auf.

»Du glaubst, ich habe es getan!«, sagte sie empört. Ihre Stimme hatte sich wieder einen halben Ton gehoben.

»Nein, das glaube ich nicht. Das kann ich mir einfach nicht vorstellen«, erwiderte Millicent, blickte Marjorie ins müde Gesicht und fügte dann hinzu: »Erzähl mir, wie es geschehen ist, wenn du willst.«

Es war eine Erleichterung für Marjorie zu reden. Sie sprudelte die ganze Geschichte hervor, mit all dem Kummer und Schrecken, der dazugehörte. Millicent zwang sich, nicht zusammenzuzucken, während sie zuhörte. Mal schneller, mal langsamer erzählte Marjorie ihr alles. Die Enthüllungen über Dots Tod stieß sie in wenigen atemlosen Sätzen hervor. Als sie von George Ely erzählte, stockte und zögerte sie; aber das geschah nicht so sehr aus Scham, sondern weil es ihr jetzt so vorkam, als hätte es nie stattgefunden. Es erschien ihr unmöglich, dass sie je die Arme um seinen Hals gelegt oder seine Küsse gespürt hatte. Ihre Erinnerung sagte ihr, dass sie es getan hatte, doch sie misstraute ihrer Erinnerung. Es war, als versuchte sie sich an die Einzelheiten eines Romans zu erinnern, den sie vor langer Zeit gelesen hatte, und jetzt beim erneuten Nachdenken darüber klangen sie nicht mehr so wahr, wie sie zuerst gedacht hatte. Sie brachte diesen Teil der Geschichte hinter sich ohne einen Gedanken daran, sich dafür zu entschuldigen.

Die Einzelheiten des letzten Abends in Teds Leben waren ihr sehr viel lebhafter in Erinnerung. Sie erzählte sie alle, eine nach der anderen, und die schnörkellosen Sätze ließen vor Millicents geistigem Auge das ganze Bild in all seiner lebensprallen Drastik erstehen. Und dann machte sie weiter mit der Flucht und den Ereignissen der letzten beiden Tage. Hier begannen ihr die Worte wieder zu versiegen. Nur durch Nachfragen und aufgrund des sich in Marjories gepeinigtem Gesicht spiegelnden Schreckens konnte Millicent schließlich erahnen, was sie in den vergangenen achtundvierzig Stunden durchgemacht haben musste.

»Und so bin ich hierhergekommen«, sagte Marjorie vage und versuchte mit Gesten die Angst und Schwäche anzudeuten, die sie an der Victoria Station überwältigt hatte.

»Verstehe«, sagte Millicent.

Marjorie sah flehentlich in Millicents mitfühlendes Gesicht.

»Werde ich gehängt, wenn sie mich fassen?«, fragte sie.

»Nein!«, rief Millicent hitzig. »Niemals! Dich trifft doch … gar keine Schuld.«

Trotzdem zögerte sie mitten in diesem Satz. Sie hatte die Beteuerung in gutem Glauben begonnen. Erst als sie schon zu reden angefangen hatte, beschlichen sie Zweifel. Marjorie war gesagt worden, was geschehen würde, bevor sie das

Haus erreichten – »Wir töten ihn!«, hatte ihre Mutter gesagt. Und dennoch hatte Marjorie George und Mrs Clair in ihr Haus eingelassen und hatte, ohne einzugreifen, dabeigestanden, als das Verbrechen begangen wurde. Nach dem Gesetz war sie damit folglich genauso schuldig, welche moralischen Rechtfertigungen und Begründungen sie auch immer anführen konnte im Hinblick auf ihren geistigen Zustand zu jenem Zeitpunkt. Ein unglücklicher Zufall oder eine missglückte Verteidigungsstrategie könnte sie an den Galgen bringen, könnte diese wunderschöne junge Frau zu einer Masse toten Fleisches machen. Millicent spürte dieses seltsame Prickeln der Neugier, als sie jetzt eine Person betrachtete, deren gefährdetes Leben allein von den Juristen abhing, die bei einem Mordprozess zuhauf den Gerichtssaal füllten; und sie hasste sich zugleich dafür.

»Ist das wahr?«, fragte Marjorie.

»Ja«, erwiderte Millicent trotzig. Sie brachte es zuerst nicht über sich, etwas anderes zu sagen, wie immer sie es auch empfand. Sie begegnete Marjories fragendem Blick so offen, wie sie konnte. Doch dann zwang sie sich, den Grund ihrer Zweifel zu erwähnen.

»Hör mal, Schatz«, begann sie und versuchte, eindringlich und zugleich doch beiläufig zu reden. »Du musst aufpassen, was du sagst, wenn ... wenn du je etwas sagen musst. Erzähl *niemandem,* was deine Mutter gesagt hat, als ihr zusammen die Simon Street hinaufgelaufen seid. Außer deinem Anwalt. Ihm kannst du es natürlich erzählen. Aber sonst *niemandem.*«

»Wie meinst du das?«, fragte Marjorie ehrlich ahnungslos. Unwissenheit und Angst hatten sie daran gehindert, je die Vor- und Nachteile ihrer Situation mit Blick auf das Gesetz abzuschätzen.

»Ich kann es nicht so richtig erklären«, sagte Millicent, immer noch verzweifelt bemüht, beiläufig zu klingen. »Aber ich bin mir sicher, dass ich recht habe. Und das meine ich ernst, Schatz. Denk immer daran, was ich dir gesagt habe, *immer*.«

Millicent versuchte Marjorie davor zu warnen, bei einer dieser »freiwilligen Aussagen«, die die Polizei Gefangenen so geschickt aus der Nase zog, Eingeständnisse zu machen, die ihr später schaden würden. Doch sie konnte beim besten Willen nicht noch deutlicher werden. Das hätte bedeutet, kaltblütig die Wörter »Polizei« und »Verhaftung« in den Mund zu nehmen, und hätte eine Unlauterkeit ahnen lassen, die sie nicht dulden konnte.

22

Für Millicent war es sehr warm und unbequem in dem schmalen Einzelbett mit Marjorie an der Seite. Doch sie lag fast die ganze Nacht eisern reglos da und ertrug lieber Krämpfe und Unbehagen, als das Risiko einzugehen, die tief schlafende Marjorie zu stören, deren schwere Atmung bezeugte, wie erschöpft sie war. Sie hörte das Klirren, als der Milchmann mit seinem Träger voller Flaschen den Hausflur entlangkam – eine Sonderregelung erlaubte es ihm, das Gebäude schon früh am Morgen zu betreten und den üblichen Viertelliter Milch (es war ausnahmslos ein Viertelliter) vor alle Türen zu stellen, hinter denen je eine alleinstehende berufstätige Frau schlief. Abgesehen davon blieb es in dem Gebäude am heutigen Sonntagmorgen sehr viel länger ruhig als an den Werktagen.

Später hörte sie einige Türen auf- und zuklappen und Schritte die Hausflure entlangeilen. Das waren die Katholikinnen, die zur Frühmesse gingen. Die nicht so Gläubigen und die Ungläubigen blieben viel länger im Bett liegen. Ganz allmählich erwachte das Haus vollständig, und schließlich drang das Auf- und Zuklappen der Türen, wenn die berufstätigen Frauen ihre Milch hereinholten, immer häufiger an ihr Ohr, wie ein gedämpftes Murmeln des Lebens, so als würde ein schläfriger Bienenkorb langsam erwachen. Erst da begann Marjorie neben ihr sich zu regen und wachte auf. Es war immer noch Angst in ihr – Millicent sah, wie sie die Bettdecke umklammerte und sich umblickte, bis sie wieder wusste, wo sie war –, doch ihre Angst war längst nicht mehr so schlimm wie noch gestern bei ihrer Ankunft. Und tatsächlich, sie lächelte wie ein Kind, als sie Millicent an ihrer Seite sah.

»Hast du gut geschlafen, Schatz?«, fragte Millicent.

»Ooh ja, danke«, erwiderte Marjorie.

»Du kannst dich noch ausruhen, bis ich das Frühstück fertig habe«, sagte Millicent.

Sie kletterte aus dem Bett und hantierte im Nachthemd in ihrem Zimmer herum. Es bestand keine Aussicht darauf, ein Bad zu nehmen, das wusste sie – am Sonntagmorgen wurden die wenigen Badezimmer stets alle von einer Clique mit Beschlag belegt, die sich mithilfe von geheimen Zeichen gegenseitig hineinließen und unter Ausschluss aller anderen den ganzen Vormittag lang voll Wonne in der Badewanne lagen. Millicent nahm am Sonntag immer erst am Nachmittag ein Bad. Sie wusch sich am Handwaschbecken und zog sich an, setzte den Kessel auf, holte die Milch herein, machte das Frühstückstablett fertig und schob den Tisch ans Bett. Marjorie lag da und sah verträumt zu, wie sie geschäftig hin und her ging. Sie fühlte sich umfangen von einem Gefühl des Trostes und der Sicherheit. Sie hatte eine Freundin; sie hatte ein Zuhause. Das Elend der letzten beiden Tage – die in ihrer Erinnerung zwei Monate gedauert zu haben schienen – hatte ein Ende gefunden. Es fühlte sich herrlich an, solange sie schlaftrunken war und nur das bewusst wahrnehmen konnte, was an ihrer Situation so außerordentlich war. Dann plötzlich lag sie ganz starr da im Bett. In diesem Moment kehrte das Unglück zurück. Sie spürte wieder die alte elende Schwäche. Und jetzt schämte sie sich ihrer selbst auch. Bis jetzt hatte die Panik ihr nicht erlaubt, an irgendeinen anderen als an sich selbst zu denken.

Auf einer unterschwelligen Ebene ihrer Gedanken herrschte das Wissen, dass sie sich keine Sorgen um Mutter und George gemacht hatte – Mutter hatte die letzte Nacht im Gefängnis verbracht, in einer Zelle, im Schatten des ihr drohenden Galgens, so wie er zweieinhalb Tage lang George gedroht hatte. Doch dies war nur die unterschwellige Ebene. Es waren Derrick und Anne, an die sie dachte. Ihr Unglück intensivierte sich noch dadurch, dass sie sich überhaupt nicht vorstellen konnte, was aus ihnen geworden war, dass sie sich nicht einen Moment ein Bild davon machen konnte, in welcher Umgebung sie an diesem Morgen aufwachten. Das schreckliche Wort »Anstalt« kam ihr in den Sinn. Ein Wort, das Assoziationen an schlechtes Essen, barsches Verhalten und kalte, zugige Räume weckte. Die kleine Anne würde sich an einem solchen Ort ganz in sich verkriechen und alles in klaglosem Leiden erdulden, doch Derrick würde protestieren, sich wehren, sich weigern, die kratzigen Anstaltskleider anzuziehen, und seinen Widerwillen gegen das Anstaltsessen hinausschreien, bis hasserfüllte Aufseherinnen ihn verbissen und mitleidlos bestrafen, unterdrücken und in eine betäubte Unterwerfung zwingen würden, von der er sich niemals mehr erholen könnte, nicht einmal als Mann.

»Oh Gott!«, stöhnte sie. Sie hätte noch viel vehementer geflucht, wenn ihr die Worte eingefallen wären. Sie war voll ungehässiger Wut auf eine Welt, die solche Dinge zuließ. »Oh Gott!«

Und sie war auch voll bitterer Verachtung für sich selbst, weil sie ihre Kinder diesem Leid ausgesetzt und nicht eine Minute lang an sie gedacht hatte in all diesen Stunden. Jetzt war kein Selbstmitleid mehr in ihr. Sie konnte sich selbst so sehen, wie sie war: schwach, schnell unterwürfig und dennoch selbstsüchtig. In ihrem düsteren Kummer gab sie sich allein die Schuld an all dem, was geschehen war, ohne einen Gedanken an Teds Verantwortung.

»Zeit, endlich aufzuwachen, junge Frau«, sagte Millicent und schob den Tisch noch ein wenig näher ans Bett, sodass das Geschirr fröhlich klapperte.

»Ich will kein Frühstück – ich kann nichts essen«, sagte Marjorie. Sie setzte sich im Bett auf, das Haar zerzaust und ohne einen Gedanken an das Nachthemd zu verschwenden, das ihr die Schulter hinuntergerutscht war.

»Unsinn, natürlich kannst du. Fang mit einer Tasse Tee an«, sagte Millicent mit entschlossener Fröhlichkeit. Ihr war Marjories erneuter Kummer aufgefallen; ja, sie hatte sogar ziemlich genau seine Ursache erraten, und sie wusste, dass gegen solche Realitäten mit bloßen Worten von ihr nichts auszurichten war. Sie konnte ihr nur eine Tasse Tee anbieten.

»Es geht um die Kinder!«, sagte Marjorie.

»Ich werde mich über nichts dergleichen unterhalten, bis du dein Frühstück gegessen hast«, erwiderte Millicent fest. »Toast oder Butterbrot?«

Millicent hielt an den Alltagsdingen fest. Das hatte ihre Fürsorge-Arbeit in der Fabrik sie gelehrt. Ob sie es mit einem gequetschten Finger oder einem gebrochenen Herzen zu tun hatte, die erste Abhilfe, die sie herbeischaffte, war immer eine Tasse Tee, eingebettet in ein wenig Small Talk. Das gab Zeit zum Atemholen, und die Vernunft konnte wieder Fuß fassen. Und genau das tat sie auch jetzt instinktiv; obwohl sie gegen das schreckliche Gefühl ankämpfen musste, dass sie sich diesmal in einer Sackgasse befand, aus der es überhaupt keinen Ausweg gab. Sie spielte tapfer auf Zeit, denn sie konnte keine Lösung für Marjories Schwierigkeiten entdecken außer einer, und die fürchtete sie.

»Ich finde ja«, plauderte sie und hielt die Milchflasche

ins Licht, »die Milch ist heutzutage nicht mehr annähernd so gut wie zu dem Zeitpunkt, als sie damit anfingen, sie in Flaschen abzufüllen. Die Sahneschicht obendrauf ist nicht einmal mehr halb so dick. Ist dir das auch schon aufgefallen?«

Es war ein feinsinniger Köder. Zehn Jahre hausfraulicher Tätigkeiten verschafften sich ihre Geltung. Marjorie ließ sich zu einem Gespräch über Hauswirtschaft verleiten. Ein paar Minuten lang unterhielten sie sich ganz vernünftig, und das Geklapper der Teetassen hob die Gemütlichkeit noch hervor.

Und dann brachte ein plötzliches Klopfen an der Tür die empfindliche Blase zum Platzen.

»Was ist das?«, keuchte Marjorie. Sie war augenblicklich totenbleich geworden.

»Oh, nichts«, sagte Millicent. Sie hatte auch Angst, doch sie zwang sich, sich dem Unausweichlichen zu stellen. Etwas mühsam beruhigte sie sich und ging dann stoisch an die Tür und öffnete sie.

»Oh, guten Morgen, Mrs Hardy«, sagte sie. Die Hauswirtin trat mit einem raschen Schritt ins Zimmer, und Marjorie duckte sich im Bett. Mrs Hardy ließ ihren Blick durch das ganze Zimmer schweifen und sortierte sie in die sonstige Unordnung mit ein.

»Ich muss Sie darauf aufmerksam machen«, sagte sie eisig, »dass Sie bestimmten Regeln zugestimmt haben, Miss Dunne. Eine Bedingung des Mietvertrags hier lautet, dass es nur der Mieterin erlaubt ist, in ihrem Ein-Zimmer-Apartment zu schlafen. Wenn Sie wollen, dass bei Ihnen Freundinnen übernachten können, müssen Sie eins mit zwei Zimmern nehmen.«

»Oh, das habe ich vergessen«, erwiderte Millicent. »Es tut mir leid, Mrs Hardy.«

»Sorgen Sie dafür, dass es nicht noch einmal vorkommt, Miss Dunne.«

Mrs Hardy machte einen würdevollen Abgang, und Millicent schloss die Tür hinter ihr hastig wieder ab.

»Glaubst du, sie hat mich gesehen?«, fragte Marjorie. »Geht sie die … die …«

Mit hysterischem Gestikulieren forderte Millicent sie zum Schweigen auf und verhinderte so, dass Marjorie noch mehr sagen konnte. Millicent wusste, dass irgendwer an der Tür gelauscht und Mrs Hardy berichtet haben musste, dass sie ihren Mietvertrag verletze und jemand bei sich übernachten lasse, und vielleicht lauschte in diesem Moment Mrs Hardy selbst an der Tür. Sie zitterten beide.

Marjorie sah, wie erschüttert Millicent war, sah ihre bleichen Wangen und zitternden Lippen, und dieser Anblick klärte ihre Gedanken wie ein sich auflösender Nebel eine Landschaft. Das Kartenhaus der Illusion ganz alltäglicher Sicherheit, das sie in den fünf Minuten vor Mrs Hardys Klopfen aufgebaut hatte, war eingestürzt; aber nun war es für Marjorie auch nicht mehr als nur der Einsturz eines Kartenhauses. Sie hatte keine Tränen mehr, die sie über den Ruinen vergießen konnte. Ihr konnte nichts Schlimmeres mehr widerfahren als das, was ihr schon widerfahren war. Sie warf die Bettdecke zur Seite und stand auf.

»Es tut mir leid«, sagte sie. »Ich hätte nicht hierherkommen sollen. Es war nicht fair dir gegenüber. Du willst mit so einer Frau wie mir nichts zu tun haben.«

Marjorie hatte sich bisher auf verschiedene Weise selbst gesehen, als Marjorie Grainger, als Mrs Edward Grainger, als Annes und Derricks Mutter, als Mrs Clairs Tochter. In den Tagen der Flucht war sie für sich selbst mal das eine, mal das andere gewesen. Jetzt sah sie sich selbst klar und deutlich als »so eine Frau«, als eine Mordverdächtige, eine Ehebrecherin. Es machte ihr wahnwitzigerweise überhaupt keine Angst mehr, was sie ihr antun könnten. Die Ruhe der Resignation hatte sich auf sie herabgesenkt, dieselbe, die im Laufe der Geschichte schon oft genug Märtyrer auf dem Weg zum Scheiterhaufen begleitet hatte. Mrs Hardys Klopfen und Millicents Not waren die letzten Halme gewesen in dem Bündel an Qualen, die sie ertragen hatte. Sie konnte es nicht mehr ertragen. Sie sah sich nach ihren Kleidern um in dem Zimmer. Diese neu erworbene geistige Klarheit erstreckte sich allerdings nicht auf banale Einzelheiten. Sie tastete herum, als sie ihre Unterwäsche zusammensuchte; dann drehte sie sich wie abwesend zum Handwaschbecken herum, und beim Anblick ihres Spiegelbildes griff sie sich instinktiv ins Haar.

»Was wirst du tun?«, flüsterte Millicent, die sie mit wildem Blick ansah. Ihre berufliche Gelassenheit war jetzt verschwunden.

»Ich weiß nicht«, sagte Marjorie. Sie lachte, ein wenig zu hoch. Vielleicht war sie hysterisch; vielleicht war sie in diesem Augenblick wahnsinnig. »Diese Frau hat es für mich entschieden. Ich kann das alles nicht mehr ertragen.«

Sie wusch ihr Gesicht mit kaltem Wasser und trocknete es mit einem Handtuch ab. Fast nackt griff sie unwillkürlich nach ihrer Handtasche und lachte noch einmal. Millicent sah sie fasziniert an, als sie sich das Unterhemd über den Kopf zog und in ihr Kleid schlüpfte.

»Marjorie«, sagte sie, »du wirst dich doch nicht ... doch nicht ...«

Millicent fürchtete, sie könnte sich umbringen, doch der Gedanke lag Marjorie so fern, dass selbst Millicents unbeendete Frage sie auf keine Idee brachte.

»Ich werde das alles hinter mir lassen«, sagte Marjorie. »Sie können machen mit mir, was sie wollen. Es ist mir egal.«

Jetzt zog sie sich, auf der Kante des unordentlichen Bettes sitzend, die Strümpfe an.

»Die Kinder«, sagte Marjorie nachdenklich, während sie es tat. »Mir tun die Kinder so leid.«

Es lag ein tief empfundenes Mitleid in ihrer Stimme, als sie sprach, von Herzen kommend und ernsthaft, und dennoch unmütterlich. Marjorie fühlte sich nicht mehr dieser Welt angehörig.

»Ich kann mich um die Kinder kümmern«, sagte Millicent eifrig. »Wenn ... wenn sie jemanden brauchen, der sich um sie kümmert. Ich sorge dafür, dass es ihnen gut geht. Ich werde lieb sein zu ihnen.«

»Ja«, sagte Marjorie. »Du hast Anne immer liebgehabt. Du hast sie sogar lieber gemocht als Derrick. Du würdest ihnen eine gute Mutter sein. Du kennst dich mit Kindern aus, obwohl du nie selbst eins gehabt hast.«

Mit ihrem Hut in den Händen stand sie auf.

»Marjorie!«, rief Millicent noch einmal. »Was wirst du tun?«

Die einzige Antwort, die sie hatte, war dasselbe Lachen wie vorhin. Vielleicht war es die Lösung aller Anspannung infolge ihres neuen geistigen Zustands, die Marjorie lachen ließ, auch wenn ihr Lachen schrill und seelenlos klang.

»Ich begleite dich«, sagte Millicent verzweifelt, und das rührte an etwas in Marjorie, das sie ein wenig menschlicher erscheinen ließ.

»Nein!«, rief sie. »Das lasse ich nicht zu. Du hattest so schon genug Schwierigkeiten durch mich.«

Millicent griff nach ihrer Hand, doch Marjorie schüttelte sie ab, entwand sich ihrem Griff, schlängelte sich an ihr vorbei zur Tür und lachte noch einmal triumphierend.

»Auf Wiedersehen, Schatz«, sagte sie. Und wieder war ihre Stimme getränkt von jener unmenschlichen Zärtlichkeit. »Auf Wiedersehen, meine Liebe. Du bist lieb, Mill, wirklich sehr lieb. Auf Wiedersehen.«

Sie schloss die Tür auf und trat auf den Hausflur hinaus, während Millicent sie nur hilflos mit offenem Mund ansah. Es dauerte fünf Sekunden, bis sie ihr hinterherrennen konnte, und in diesen fünf Sekunden war Marjorie schon verschwunden.

Draußen auf der Straße atmete Marjorie an diesem späten Sonntagvormittag tief und frei durch und hob ihr Gesicht gen Himmel. Es fiel ein leichter Regen; doch sie bemerkte ihn kaum. Sie war jetzt frei, frei von allen Befürchtungen und Zweifeln. Es tat gut, auf der Straße zu sein und die frische Luft zu atmen nach der Zeit in Millicents stickigem Zimmer, die ganze lange Straße hinabzusehen, statt den Blick von vier engen Wänden begrenzt zu haben. Das war alles, was sie im Augenblick wollte. Sie nahm nichts bewusst wahr, nur das freudige Gefühl darüber, mit flottem Schritt dahingehen und tief durchatmen zu können. Jetzt lenkte sie kein bewusster Gedanke mehr. Sie war ein ganz den Instinkten ausgelieferter Automat, und diese Instinkte führten sie unweigerlich nach Hause. Fast zehn Jahre lang hatte sie in dem Haus im Harrison Way gewohnt, und es war dieses Haus, auf das sie zusteuerte. Alte Assoziationen, die sich neue Geltung verschafften, beschleunigten vielleicht ihren Schritt in dem Wunsch, ihre Kinder, ihren Ehemann, ihre altvertrauten Möbel wiederzusehen, so tot war ihre bewusste Erinnerung. Sie fand sich selbst inmitten einer Gruppe von Menschen an einer Bushaltestelle wieder und stieg automatisch in den Bus ein. Sie fand Silbergeld in ihrer Handtasche und entrichtete den Fahrpreis. Nicht einmal die gerollten Bündel von Ein-Pfund-Noten, die ihre Mutter dort hineingeworfen hatte – gestern erst! –, konnten sie aus dieser neuen, seltsamen Gleichgültigkeit reißen. Der Regen hatte zugenommen, als sie an der Ecke High Street ausstieg, und die Straßen waren leer an diesem nassen Sonntagmittag. Rasch ging sie die Anhöhe der Simon Street hinauf und genoss das Gefühl der ihr ins Gesicht fallenden Regentropfen. Dann bog sie in den Harrison Way ab.

Sergeant Hale verließ eben die Nr. 77. Er wollte zum Mittagessen gehen, und er ließ einen Constable zurück, der in dieser Zeit für das Haus verantwortlich war. Es gab Zeitungsreporter, die das ganze Haus auseinandernehmen würden, wenn er das nicht täte, so groß war der Durst nach Neuigkeiten in dieser Angelegenheit. Seine Nachforschungen an diesem Morgen hatten weder Neues über Edward Graingers Tod zutage gefördert – auch wenn in einem so klaren Fall wie diesem in der Hinsicht ohnehin nicht viel zu erwarten war –, noch hatten sie weiteren Aufschluss darüber gegeben, wo Mrs Grainger zu finden sein könnte. Doch Sergeant Hale hatte nicht den geringsten Zweifel, dass man sie trotzdem rasch finden würde. Er freute sich, wenn seine Pflicht ihn in Nr. 77 festhielt, denn er sagte zu sich selbst: »Sie kommen meistens zurück.« Es hätte ihn nicht im Mindesten überrascht, wenn sie heute Morgen ins Haus hineinspaziert gekommen wäre.

An der Pforte sah er, noch in diesen Gedanken vertieft, die Straße auf und ab, ehe er sich auf den Weg nach Hause machte. Und da sah er sie auf sich zukommen und beeilte sich, ihr entgegenzugehen. Sie blickte lächelnd zu ihm auf, erstaunt darüber, derart willkommen geheißen zu werden. Hale errötete angesichts dieses Lächelns und stammelte wie ein Junge, als er hochgewachsen vor ihr stand. Wie ein Schuljunge, der in einem Schultheaterstück mit Lampenfieber zu kämpfen hat, äußerte er unzusammenhängend und in künstlichem Ton die Worte, mit denen er sie festnahm und sie belehrte, dass alles, was sie nun sage, gegen sie verwendet werden könne. Eine Vorsicht, die gerechtfertigt war. Sie erweckte ein winziges Fragment in Marjories schlafender Erinnerung zum Leben. Millicent hatte gesagt: »Erzähl *niemandem*, was deine Mutter gesagt hat, als ihr die Simon Street hinaufgelaufen seid.« Das war der einzige Gedanke, der sich inmitten all der Stagnation in Marjories Geist rührte, als sie sich Sergeant Hale auslieferte, und das war es, was sie später rettete.

Mrs Posket sah aus ihrem Schlafzimmerfenster betrübt in den Regen hinaus. Sie war gestern erst aus dem Urlaub zurückgekommen, als alles schon geschehen und vorbei war. Es war zum Verzweifeln, wenn man bedachte, was sie alles verpasst hatte. Mord, Verhaftung und Flucht hatten sich nicht weiter als fünfzig Meter von ihrem Haus entfernt abgespielt, und sie war nicht da gewesen, um das alles zu beobachten. Die törichte kleine Mrs Taylor war da gewesen und hatte nun Geschichten zu erzählen von Polizeipfiffen, die durch die Nacht gellten, war von Reportern interviewt worden und hatte mittendrin im Geschehen gesteckt, während sie nicht zu Hause gewesen war. Mrs Posket war außer sich vor Ärger. Aber sie hatte entschlossen versucht, das Beste daraus zu machen. Gleich als sie gestern nach Hause gekommen war, war es ihr gelungen, Sergeant Hale zu fassen zu kriegen und erst einmal die offensichtlichen Fehler in der absurden Beschreibung von Mrs Grainger zu korrigieren, die Mrs Taylor gemacht hatte. Und jetzt saß sie hier am Fenster und hoffte, irgendwelche neuen Einzelheiten dieser Katastrophe aufzuspüren. Und ihr Optimismus war wohlbegründet, denn vom Fenster ihres Schlafzimmers aus, fast vor ihrer eigenen

Pforte, sah sie etwas, das sie für den Rest ihres Lebens mit Gesprächsstoff versorgen sollte. Sie war nämlich die einzige Augenzeugin der Verhaftung der berühmt-berüchtigten Mrs Grainger. Und um die Bedeutung dessen noch hervorzuheben, betonte sie in späteren Erzählungen davon stets, dass Mrs Grainger ganz gewiss schuldig sei und das Urteil des Gerichts äußerst ungerechtfertigt. Nur wenige Leute stimmten ihr zu.

Klassische Autoren der englischen und amerikanischen Literatur im dtv

James Fenimore Cooper
Der letzte Mohikaner
Ein Bericht aus dem Jahre 1757
Roman
Neu übers. v. Karen Lauer
ISBN 978-3-423-**14334**-9

Arthur Conan Doyle
Sherlock Holmes Kriminalgeschichten
Übers. v. A. Uthe-Spencker und R. Frenzl
ISBN 978-3-423-**13755**-3

F. Scott Fitzgerald
Der große Gatsby
Roman
Neu übers. v. Lutz-W. Wolff
ISBN 978-3-423-**13987**-8

Zärtlich ist die Nacht
Roman
Neu übers. v. Lutz-W. Wolff
ISBN 978-3-423-**14057**-7

Bernice schneidet ihr Haar ab
Erzählungen
Neu übers. v. Lutz-W. Wolff
ISBN 978-3-423-**14120**-8

Graham Greene
Am Abgrund des Lebens
Roman
Übers. v. Barbara Rojahn-Deyk
ISBN 978-3-423-**13951**-9

Der menschliche Faktor
Roman
Übers. v. Edith Walter
ISBN 978-3-423-**13952**-6

Thomas Hardy
Am grünen Rand der Welt
Übers. v. Peter Marginter und Roswith Krege-Mayer
ISBN 978-3-423-**13024**-0

Tess
Roman
Übers. v. Helga Schulz
ISBN 978-3-423-**14188**-8

Nathaniel Hawthorne
Der scharlachrote Buchstabe
Roman
Übers. v. Franz Blei
ISBN 978-3-423-**13863**-5

Die Mächte des Bösen
Unheimliche Geschichten
ISBN 978-3-423-**14300**-4

Henry James
Das Durchdrehen der Schraube
Eine Geistergeschichte
Übers. v. Karl Ludwig Nicol
ISBN 978-3-423-**14176**-5

Die Aspern-Schriften
Roman
Übers. v. Bettina Blumenberg
ISBN 978-3-423-**13337**-1

D. H. Lawrence
Lady Chatterleys Liebhaber
Roman
Übers. v. Axel Monte
ISBN 978-3-423-**13636**-5

Klassische Autoren der englischen und amerikanischen Literatur im dtv

Robert Louis Stevenson
Die Schatzinsel
Roman
Übers. v. Richard Mummendey
ISBN 978-3-423-**13884**-0

Der Master von Ballantrae
Eine Wintergeschichte
Hg. und übers. v. Melanie Walz
ISBN 978-3-423-**14068**-3

Der Strandräuber
Ein Criminalroman
Übers. v. Hanna Neves
ISBN 978-3-423-**14121**-5

St. Ives
Roman
Hg. u. übers. v. Andreas Nohl
ISBN 978-3-423-**14213**-7

Edgar Allan Poe
Detektivgeschichten
Neu übers. v. Sophie Zeitz
ISBN 978-3-423-**13725**-6

Bram Stoker
Dracula
Roman
Neu übers. v. Andreas Nohl
ISBN 978-3-423-**14299**-1

William Thackeray
Jahrmarkt der Eitelkeit
oder Ein Roman ohne Held
Übers. v. Theresia Mutzenbecher
ISBN 978-3-423-**13999**-1

Jack London
Lockruf des Goldes
Roman
Übers. v. Erwin Magnus
ISBN 978-3-423-**13886**-4

Wolfsblut
Roman
Neu übers. v. Lutz-W. Wolff
ISBN 978-3-423-**14239**-7

Der Ruf der Wildnis
Roman
Neu übers. v. Lutz-W. Wolff
ISBN 978-3-423-**14277**-9

König Alkohol
Roman
Neu übers. v. Lutz-W. Wolff
ISBN 978-3-423-**14326**-4

Der Seewolf
Roman
Neu übers. v. Lutz-W. Wolff
ISBN 978-3-423-**14364**-6

Mark Twain
Ein Yankee aus Connecticut an König Artus' Hof
Roman
Übers. v. Lore Krüger
ISBN 978-3-423-**12393**-8

Tom Sawyer & Huckleberry Finn
Roman
Neu übers. v. Andreas Nohl
ISBN 978-3-423-**14166**-6

Klassische Autoren der englischen und amerikanischen Literatur im dtv

Henry David Thoreau
Walden. Leben mit der Natur
Übers. v. Erika Ziha und überarbeitet v. Sophie Zeitz
ISBN 978-3-423-**12684**-7

Lewis Wallace
Ben Hur
Roman
Übers. v. Günter Jürgensmeier
ISBN 978-3-423-**13945**-8

Oscar Wilde
Das Bildnis des Dorian Gray
Roman
Neu übers. v. Lutz-W. Wolff
ISBN 978-3-423-**14207**-6

H. G. Wells
Die Zeitmaschine
Roman
Übers. v. Annie Reney und Alexandra Auer
ISBN 978-3-423-**12234**-4

Die Insel des Dr. Moreau
Roman
Übers. v. Felix Paul Greve und Christine Mrowietz
ISBN 978-3-423-**14073**-7

H. G. Wells
Die Perle der Liebe
Erzählungen
Übers. v. M. Gridling, G. J. Klett und L. Neumann
ISBN 978-3-423-**12535**-2

Von kommenden Tagen
Roman
Übers. v. L. Nürenberger-Körbler und A. C. Körbler
ISBN 978-3-423-**13299**-2

Der Besuch
Roman
Übers. v. Hermann Fuchs
ISBN 978-3-423-**13361**-6

Kipps
Roman
Übers. v. Johann Wagner
ISBN 978-3-423-**13409**-5

Kinder der Sterne
Roman
Übers. v. Franziska Reiter
ISBN 978-3-423-**13487**-3

Klassische Autorinnen der englischen und amerikanischen Literatur

Jane Austen
Stolz und Vorurteil
Roman
Übers. v. Helga Schulz
ISBN 978-3-423-**12350**-1

Die Watsons
Ein anonym vollendeter Roman
Übers. v. Elizabeth Gilbert
ISBN 978-3-423-**12541**-3

Sanditon
Roman
Übers. v. Elizabeth Gilbert
ISBN 978-3-423-**12666**-3

Verstand und Gefühl
Roman
Übers. v. Helga Schulz
ISBN 978-3-423-**12747**-9

Mansfield Park
Roman
Übers. v. Helga Schulz
ISBN 978-3-423-**12956**-5

Emma
Roman
Übers. v. Helga Schulz
ISBN 978-3-423-**13357**-9

Anne Elliot
oder die Kraft der Überredung
Roman
Neu übers. v. Sabine Roth
ISBN 978-3-423-**13901**-4

Northanger Abbey
Roman
Neu übers. v. Sabine Roth
ISBN 978-3-423-**14013**-3

Harriet Beecher Stowe
Onkel Toms Hütte
Roman
Übers. v. Susanne Althoetmar-Smarczyk
ISBN 978-3-423-**14060**-7

Charlotte Brontë
Jane Eyre
Roman
Übers. v. Gottfried Röckelein
ISBN 978-3-423-**12540**-6

Shirley
Roman
Übers. v. Andrea Ott
ISBN 978-3-423-**13300**-5

Emily Brontë
Sturmhöhe
Roman
Übers. v. Michaela Meßner
ISBN 978-3-423-**12348**-8

Anne Brontë
Agnes Grey
Roman
Neu übers. u. mit einem Nachwort v. Michaela Meßner
ISBN 978-3-423-**14101**-7

Große Klassiker der Moderne im dtv

Eine Auswahl

Hans Adler
Das Städtchen
Roman
ISBN 978-3-423-**14238**-0

Michail Bulgakow
Meister und Margarita
Roman
Neu übersetzt von Alexander Nitzberg
ISBN 978-3-423-**14301**-1

Pearl S. Buck
Die gute Erde
Roman
Übers. v. Robby Remmers
ISBN 978-3-423-**13543**-6

Joseph Conrad
Herz der Finsternis
Roman
Übers. v. Sophie Zeitz
ISBN 978-3-423-**13338**-8 und
ISBN 978-3-423-**25321**-5
(dtv großdruck)

Graham Greene
Der dritte Mann
Roman
Übers. v. Fritz Burger und Käthe Springer
ISBN 978-3-423-**11894**-1

F. Scott Fitzgerald
Der große Gatsby
Roman
Neu übers. u. mit einem Nachwort v. Lutz-W. Wolff
ISBN 978-3-423-**13987**-8

Zärtlich ist die Nacht
Eine Romanze
Übers. v. Lutz-W. Wolff
ISBN 978-3-423-**14057**-7

Ödön von Horváth
Jugend ohne Gott
Roman
ISBN 978-3-423-**13854**-3

Joris-Karl Huysmans
Gegen den Strich
Roman
Übers. v. Brigitta Restorff
ISBN 978-3-423-**13098**-1

James Joyce
Dubliner
Neu übers. v. Harald Raykowski
ISBN 978-3-423-**14069**-0

Selma Lagerlöf
Gösta Berling
Roman
Übers. v. Pauline Klaiber-Gottschau
ISBN 978-3-423-**13916**-8

Große Klassiker der Moderne im dtv

Eine Auswahl

Erich Kästner
Fabian
Die Geschichte eines Moralisten
ISBN 978-3-423-11006-8

Gustav Meyrink
Der Golem
Roman
ISBN 978-3-423-14074-4

Robert Musil
Die Verwirrungen des Zöglings Törleß
Roman
ISBN 978-3-423-14222-9

Leo Perutz
Der Meister des Jüngsten Tages
Roman
ISBN 978-3-423-13112-4

Joseph Roth
Radetzkymarsch
Roman
ISBN 978-3-423-12477-5

Die großen Erzählungen
Mit einem Nachwort von Joseph Kiermeier-Debre
ISBN 978-3-423-14297-7

Arthur Schnitzler
Die großen Erzählungen
ISBN 978-3-423-14094-2

Vita Sackville-West
Eine Frau von vierzig Jahren
Roman
Übers. v. Theodor A. Knust, I. Knust und Heddi Feilhauer
ISBN 978-3-423-14233-5

Bruno Schulz
Die Zimtläden
Übers. v. Doreen Daume
Illustr. v. Bruno Schulz
ISBN 978-3-423-13838-3

John Steinbeck
Früchte des Zorns
Roman
Übers. v. Klaus Lambrecht
ISBN 978-3-423-10474-6

Friedrich Torberg
Der Schüler Gerber
Roman
ISBN 978-3-423-00884-6

H. G. Wells
Die Zeitmaschine
Roman
Übers. v. Alexandra Auer und Annie Reney
ISBN 978-3-423-12234-4

Mascha Kaléko im dtv

In meinen Träumen läutet es Sturm
Gedichte und Epigramme aus dem Nachlass
Hg. v. Gisela Zoch-Westphal
ISBN 978-3-423-01294-2
Mascha Kalékos Lyrik ist zugängliche, unverkrampfte »Gebrauchspoesie«, vom Alltag für den Alltag, keck, gegenwartsnah, voller Ironie und Gefühl.

Mein Lied geht weiter
Hundert Gedichte
Hg. v. Gisela Zoch-Westphal
ISBN 978-3-423-13563-4
Ein attraktiver Geschenkband mit den schönsten Gedichten aus dem Gesamtwerk der Lyrikerin.

Die paar leuchtenden Jahre
Mit einem Essay von Horst Krüger
Hg. v. Gisela Zoch-Westphal
ISBN 978-3-423-13149-0
Das große Mascha-Kaléko-Lesebuch: Gedichte, Chansons, Lieder und Prosa.

»Liebst du mich eigentlich?«
Briefe an ihren Mann
Hg. v. Gisela Zoch-Westphal und Eva-Maria Prokop
ISBN 978-3-423-28039-6
Ein Best-of aus den Briefen an Chemjo Vinaver.

Sei klug und halte dich an Wunder
Hg. v. Gisela Zoch-Westphal und Eva-Maria Prokop
ISBN 978-3-423-14256-4
Eine Sammlung mit Lebens-Weisheiten der Dichterin aus ihren Werken und Briefen.

Jutta Rosenkranz
Mascha Kaléko
Biografie
Mit 26 s/w-Abbildungen
ISBN 978-3-423-34671-9
Die erste ausführliche Biografie der Dichterin Mascha Kaléko, deren heiter-melancholische Verse bis heute eine große Leserschaft faszinieren.

Sämtliche Werke und Briefe in vier Bänden
Hg. v. Jutta Rosenkranz
ISBN 978-3-423-59087-7
ISBN 978-3-423-59086-0 (Hardcover-Ausgabe)
Diese erste kommentierte Gesamtausgabe versammelt in vier Bänden sämtliche Werke und Briefe der Dichterin und gibt bisher ungekannte Einblicke in das Leben und Werk von Mascha Kaléko.